NICHOLSON BAKER

ROLLTREPPE ODER DIE HERKUNFT DER DINGE

ROMAN

Aus dem Amerikanischen
von Eike Schönfeld

ROWOHLT

Die Originalausgabe erschien 1988 unter dem Titel
«The Mezzanine» bei Weidenfeld & Nicolson, New York
Redaktion Thomas Überhoff

1. Auflage März 1991

Umschlaggestaltung Walter Hellmann
Satz Garamond (Linotronic 500)
Gesamtherstellung Clausen & Bosse, Leck
Printed in Germany
ISBN 3 498 00530 8

Für Margaret

EINS

Kurz vor ein Uhr betrat ich die Eingangshalle des Gebäudes, in dem ich arbeitete, und ging zu den Rolltreppen, in der Hand ein schwarzes Penguin-Taschenbuch und eine kleine weiße CVS-Tüte, über deren Öffnung der Kassenbon geheftet war. Die Rolltreppen führten hinauf zum Zwischengeschoß, in dem mein Büro lag. Es waren freihängende: ein integrales Zeichenpaar, das sich zwischen den beiden Stockwerken, die sie bedienten, hochschwang, ohne daß Streben oder Pfeiler ein Zwischengewicht trugen. An sonnigen Tagen wie diesem kreuzte zeitweilig eine steilere, von den Schnittstellen der aufragenden Marmor- und Glasmassen gebildete Rolltreppe aus Tageslicht die wirklichen Rolltreppen unmittelbar oberhalb ihrer Mitte, fächerte dort, wo sie auf die Mattstahl-Balustrade traf, zu einer kristallin funkelnden Fläche aus und versah jeden der schwarzen Gummihandläufe mit langen schimmernden Glanzstreifen, die mit dem Gleiten der Handläufe auf der Führung unmerklich bebten wie die Radianten des schwarzen Scheins, der auf dem sanft wogenden

Außenrand einer LP[1] tanzt. Als ich mich der aufwärts führenden Rolltreppe näherte, nahm ich mein Taschenbuch und die CVS-Tüte unwillkürlich in die linke Hand, damit ich mit der rechten den Handlauf fassen konnte, wie ich es gewohnt war. Die Tüte gab ein feines Papiergeraschel von sich, und als ich darauf hinuntersah, merkte ich, daß ich mich einen Augenblick lang nicht entsinnen konnte, was darin war; mein Erinnerungsvermögen war an dem festgehefteten Kassenbon hängen geblieben. Das aber war natürlich einer der Hauptgründe, weswegen man kleine Tüten brauchte, dachte ich: Sie entzogen das Gekaufte dem Blick, während sie der Welt signalisierten, daß man ein bewegtes, erfülltes Leben voller dringender Besorgungen führte. Vorhin in der Mittagspause hatte ich ein Papa Gino's aufgesucht, eine Kette, bei der ich selten aß, um mir zu einem Keks, den ich unerwartet in einem Keksladen erstanden hatte, einen Viertelliter Milch zu kaufen; mich hatte die Vorstellung gereizt, ein paar Minuten auf der Freifläche vor meinem Gebäude zu verweilen, eine Art Nachtisch zu essen, dem ich eigentlich hätte entwachsen sein müssen, und mein Taschenbuch zu lesen. Ich bezahlte für die Tüte Milch, dann aber zögerte das Mädchen (auf ihrem Namensschild las ich «Donna»); sie spürte, daß ein Teil der Transaktion

---

[1] Ich mag den konstanten Glanz am Rand sich bewegender Gegenstände. Sogar Propeller oder Tischventilatoren glitzern beständig an bestimmten Stellen im Grau ihrer Rotation; die Krümmung eines jeden Ventilatorblattes fängt auf dessen Kreislauf für einen Augenblick das Licht ein und gibt es dann an das nachfolgende weiter.

noch fehlte. Sie sagte: «Wollen Sie einen Trinkhalm?» Nun zögerte ich – wollte ich einen? Mein Interesse an Trinkhalmen hatte, Milchshakes ausgenommen, schon vor einigen Jahren nachgelassen und seinen Tiefpunkt möglicherweise in dem Jahr erreicht, als alle großen Trinkhalmhersteller von Papierhalmen auf Plastikhalme umstellten und wir in die lästige Ära des schwimmenden Trinkhalms eintraten;[1] wenngleich ich den Ellbogenhalm aus Plastik

---

[1] Ich wollte es nicht glauben, als ich zum erstenmal sah, wie der Strohhalm aus meiner Sodadose aufstieg und über den Tisch hinaushing, kaum gehalten von den Einkerbungen an der Unterseite der Metallöffnung. In einer Hand hielt ich eine Pizzaschnitte, eingeklappt in einem Dreifingergriff, damit sie sich nicht absenkte und keine Käsesoße auf den Pappteller lief, und in der anderen mit einem ähnlichen Griff ein Taschenbuch – was tun? Der einzige Sinn des Trinkhalms, so dachte ich, bestand doch darin, daß man nicht die Pizzaschnitte weglegen mußte, um einen Schluck Cola einzusaugen, während man ein Taschenbuch las. Wie viele andere fand auch ich bald heraus, daß es eine Möglichkeit gab, mit diesen neuen schwimmenden Trinkhalmen freihändig zu trinken: Man mußte sich zum Tisch hinunterbeugen, den fast horizontalen Strohhalm mit den Lippen erfassen und ihn immer, wenn man einen Schluck wollte, zurück in die Dose manövrieren, wobei man die Augen verdrehte, um sie auf der Zeile der Seite zu halten, die man gerade las. Wie konnten die Trinkhalmdesigner einen so elementaren Fehler begehen und einen Trinkhalm konstruieren, der weniger wog als das Zuckerwasser, in dem er stehen sollte? Wahnsinn! Später aber, als ich mir über das Thema einige Gedanken gemacht hatte, kam ich zu dem Schluß, daß die Trinkhalmdesigner zwar wahrscheinlich insofern zu tadeln waren, als sie den Auftrieb des Trinkhalms nicht vorausgesehen hatten, daß das Problem aber komplexer war, als ich mir zunächst vorgestellt hatte.

immer noch sehr mochte, dessen Faltenhals dem Gebogenwerden in einer Art widerstand, die den winzigen Krämpfen sehr ähnlich ist, denen die Finger-

---

Wenn ich diesen historischen Augenblick, es war wohl um 1970, rekonstruiere, dann war folgendes geschehen: Das Plastikmaterial, das anstelle des Papiers verwendet wurde, war tatsächlich schwerer als Cola – die Gleichungen waren völlig korrekt, die Produktionsvorläufe machten einen guten Eindruck, und obwohl das Gewichtsverhältnis Wasser–Plastik etwas knapp war, gaben sie grünes Licht. Was sie vielleicht vergessen hatten zu berücksichtigen, waren die Kohlensäurebläschen, die sich an unsichtbaren Unebenheiten auf der Oberfläche des Trinkhalms festsetzen und womöglich sogar durch Turbulenzen beim Einführen des Trinkhalms entstehen, wenn man ihn in das Getränk stößt; derart mit Bläschen umhüllt, steigt der vormals geringfügig schwerere Halm wieder auf, bis die noch in der Flüssigkeit verbliebene Oberfläche nicht mehr genügend Bläschen Platz bietet, um ihn noch weiter anzuheben. Zwar war der frühere Papiertrinkhalm mit seiner Spiralnaht viel rauher als das Plastik und zog eher Bläschen an, aber dafür war er porös: Er sog ein wenig Cola als Ballast auf und blieb unten. Na gut – ein Versehen; aber warum wurde es nicht korrigiert? Eine andere Rezeptur des Plastiks, ein dickerer Halm? Gewiß hätten die Großabnehmer, die Fast Food-Gesellschaften, Trinkhalme, die sich in ihren Restaurants flachlegen, nicht länger als ein halbes Jahr geduldet. Sie mußten doch ganze Abteilungen gehabt haben, die ausschließlich damit beschäftigt waren, Sweetheart und Marcal Konzessionen herauszuleiern. Doch die Fast Food-Gaststätten stellten um diese Zeit selbst auf eine Neuheit um: Sie stülpten auf jede Limonade, die sie ausgaben, zum Mitnehmen *und* Hieressen, einen Schwappschutzdeckel, was das Verschütten reduzierte, und der Schwappschutzdeckel hatte in der Mitte ein kleines Kreuz, was zur Zeit der Papiertrinkhalme Anlaß zu einiger Unzufriedenheit gegeben hatte, weil das Kreuz oft so fest war, daß der Papiertrinkhalm bei dem

gelenke unterworfen sind, wenn man sie ein Weilchen in einer Stellung hält.[1]

Als Donna mich also fragte, ob ich zu meinem Viertelliter Milch auch einen Trinkhalm wollte, lä-

---

Versuch, es zu durchstoßen, geknickt wurde. Die Trinkhalmleute der Fast Food-Gesellschaften hatten vor der Wahl gestanden: Entweder machen wir a) die Kreuzschlitze leichter durchstoßbar, damit die Papiertrinkhalme nicht geknickt werden, oder b) wir verzichten ganz auf Papier und machen die Schlitze noch *fester*, damit 1. jeglichem Auftrieb entgegengewirkt wird und 2. die Versiegelung zwischen Halm und Kreuzschlitz so dicht ist, daß nahezu keine Limonade herausquellen, Autositze und Kleidung beschmutzen und mithin Unmut auslösen kann. Und b) war für sie die Ideallösung, selbst wenn sie den attraktiven Preis außer acht ließen, den die Trinkhalmhersteller ihnen machten, als sie ihre Fabriken von Papierspiralierungsgeräten auf Hochgeschwindigkeitsauspreßmaschinen umstellen ließen – also übernahmen sie sie, ohne dabei zu bedenken, daß ihre Entscheidung weitreichende Folgen für alle Gaststätten und Pizzalokale (die besonders) hatte, die Limonadendosen verkauften. Plötzlich bot der Papierwaren-Großhändler den kleinen Restaurants schwimmende Plastikstrohhalme und nur schwimmende Plastikstrohhalme an und erzählte ihnen, daß alle großen Ketten so verführen; und die kleineren Filialläden führten keine eigenen Tests mit Limodosen anstelle von Bechern mit kreuzgeschlitzten Schwappschutzdeckeln durch. Auf diese Weise sank die Lebensqualität, obwohl niemand daran schuld war, um ein kleines Quentchen, bis ich eines Tages, ich glaube, es war letztes Jahr, bemerkte, daß ein Plastiktrinkhalm, der wohl aus einem raffinierterem Polymer bestand und einen farbigen Streifen hatte, wie verankert auf dem Boden meiner Dose blieb!

[1] Als ich klein war, hatte ich des längeren über den Fingergelenkeffekt nachgedacht; ich nahm an, daß man, rubbelte man sacht über diese temporären Barrieren, regelrechte

chelte ich sie an und sagte: «Nein, danke. Aber vielleicht eine kleine Tüte.» Sie sagte: «Ach, Entschuldigung», und griff hastig unter den Ladentisch, rührend errötet in dem Glauben, sie habe gepatzt. Sie war noch ganz neu; das sah man an der Art, wie sie die Tüte öffnete: dreimal spreizte sie darin anemonengleich die Finger, langsamer ging's nicht. Ich dankte ihr und ging, und dann begann ich mich zu fragen: Warum hatte ich um eine Tüte gebeten, nur für einen schlichten Viertelliter Milch? Das geschah nicht einfach aus einem abstrakten Bedürfnis nach Anstand, aus einem Wunsch, die Beschaffenheit des Kaufs vor den Augen der Öffentlichkeit zu verbergen – obwohl das oft ein starkes Motiv war, das man nicht belächeln sollte. Kleine Tante-Emma-Laden-Besitzer, die derlei Dinge verstanden, steckten instinktiv jedweden Artikel, den man kaufte – eine Schachtel Muschelnudeln, einen Liter Milch, eine Jiffy Pop-Dose, einen Laib Brot –, in eine Tüte: Essen, das zum häuslichen Verzehr bestimmt war, so meinten sie, sollte auch nur im Haus gesehen werden. Aber selbst nachdem sie Dinge wie Zigaretten oder ein Eis am Stiel eingetippt hatten, die offensichtlich zum sofortigen Verbrauch bestimmt waren, drängten sie oft: «Kleine Tüte?» – «Ein Tütchen?» – «Dafür eine kleine Tüte?» Das Eintüten diente offenbar dazu, den genauen Punkt zu bezeichnen, an dem der Rechtsanspruch auf das Speiseeis auf den Käufer

---

«Zellwände» einebnete, die das Gelenk aufgebaut hatte, um die, wie es auf Grund der Bewegungslosigkeit glaubte, endgültige, stabile Geographie dieses mikroskopischen Gebietes zu definieren.

überging. Als ich auf der Highschool war, verwirrte ich solche Ladenbesitzer, wenn sie automatisch nach einer Tüte für meinen Liter Milch griffen, indem ich eine Hand hob und übereifrig sagte: «Danke, ich brauche keine Tüte.» Dann ging ich, den Liter Milch lässig in einer Hand, als wäre er ein großes Nachschlagewerk, das ich so oft zu Rate ziehen mußte, daß es mich längst langweilte.

Warum hatte ich bewußt gegen ihre Konvention verstoßen, wo ich doch Tüten von Kindesbeinen an liebte und gelernt hatte, die großen dicken aus dem Supermarkt wieder zusammenzufalten, indem ich die Kniffe straff zog und dann auf beiden Seiten auf das Faltzentrum tippte, bis die Tüte von selber, wie verwundet, nach vorn kippte und schließlich flach dalag? Ich hätte diesen Verstoß damals verteidigen können, indem ich etwas von unnötiger Verschwendung, von Mülldeponien usw. erzählte. Der wahre Grund war aber, daß ich da schon regelmäßig Zeitschriften mit Farbfotos von nackten Frauen konsumierte, die ich zumeist nicht in den Tante-Emma-Läden kaufte, sondern in den neueren und anonymeren Selbstbedienungsläden, wobei ich meine Einkäufe auf mehrere in der Gegend verteilte. Und in diesen Geschäften verzerrte der Mensch an der Kasse die «Kleine Tüte?»-Konvention manchmal grausam und scheinbar unschuldig, indem er fragte: «Brauchen Sie dafür eine Tüte?» – wodurch er mich zwang, entweder den Bedarf mit einem Kopfnicken einzugestehen oder hart zu bleiben und nein zu sagen, das uneingetütete Herrenmagazin einzurollen und es so auf meinen Fahrradgepäckträger zu klemmen, daß man nur die verräterische Zigarettenreklame auf dem Rückumschlag sah – «Carlton Is Lowest».[1]

Daher war die Tatsache, daß ich zu der Zeit in den Tante-Emma-Läden oft eine Tüte für einen Viertelliter Milch ablehnte, eine Art, jedermann, der mich beobachtet haben mochte, zumindest in dem Moment, als ich den Laden verließ, zu demonstrieren,

---

[1] Jahrelang war es unvorstellbar, eine solche Zeitschrift zu kaufen, wenn ein Mädchen hinterm Ladentisch stand; einmal aber wagte ich einen Versuch – ich starrte stur auf ihr Mascara und verlangte ein *Penthouse*, obwohl ich die weniger prätentiösen *Oui* oder *Club* vorzog, sagte es aber so leise, daß sie «Powerhouse» verstand und fröhlich auf den Schokoriegel zeigte, bis ich den Namen wiederholte. Sie brach jeglichen Blickkontakt ab, legte das Corpus delicti zwischen uns auf den Ladentisch – das war zu der Zeit, als sie auf dem Titel noch die Brustwarzen zeigten – und tippte es zusammen mit der kleinen Packung Woolite, die ich zur Ablenkung noch kaufte, ein: sie war verlegen, kurz angebunden und möglicherweise auch etwas erregt, und sie schob das Magazin in eine Tüte, ohne zu fragen, ob ich eine «brauchte» oder nicht. Von dem Nachmittag an veredelte ich ihre kurze Verlegenheit dann zu einer dienlichen Vignette, indem ich regelmäßig einmal die Woche bei ihr ein Herrenmagazin kaufte, immer Dienstag vormittags, bis allein schon mein Bimbam-Eintreten in das 7-Eleven uns beide mit bebender Verschämtheit erfüllte, und dann fing es mit den kleinen handgeschriebenen Zettelchen an, die ich, zu Hause angekommen, zwischen den am weitesten gespreizten Seiten des Magazins fand und die lauteten: «Hi! – die Kassiererin» und «Gestern abend habe ich mich vor dem Spiegel in meinem Zimmer so ähnlich hingelegt – die Kassiererin» und «Manchmal betrachte ich diese Bilder und stelle mir vor, wie Sie sie betrachten – die Kassiererin». Fluktuation ist in derlei Geschäften immer ein Problem, und als ich das nächste Mal hinkam, war sie nicht mehr da.

daß ich nichts zu verbergen hatte, daß ich hin und wieder tatsächlich auch lasterfreie Haushaltseinkäufe tätigte. Und jetzt bat ich Donna um eine Tüte für meinen Viertelliter Milch, um, endlich, die Verwirrung auszuräumen, die ich bei jenen Tante Emmas ausgelöst hatte, um mich mithin glücklich der Konvention zu unterwerfen, ja, sie auch noch an jemanden bei Papa Gino's weiterzugeben, der sie noch nicht ganz begriffen hatte.

Es gab aber noch einen einfacheren, weniger anthropologischen Grund, warum ich Donna ausdrücklich um eine Tüte gebeten hatte, einen Grund, den ich in jenem ersten Augenblick der Analyse auf dem Gehweg nicht ganz herausgearbeitet hatte, den ich aber nun, da ich mich der Rolltreppe zum Zwischengeschoß näherte und auf die zugeheftete CVS-Tüte blickte, die ich soeben in die andere Hand genommen hatte, erkannte. Anscheinend hatte ich beim Gehen immer gern eine Hand frei, selbst wenn ich mehrere Gegenstände zu tragen hatte: Ich schlug gern liebevoll mit der Hand auf die grünen «Nur für Postzwecke»-Postkästen oder mit der Faust leicht gegen die Stahlpfosten der Ampeln, einmal, weil das Vergnügen an der Berührung dieser kalten, staubigen Oberflächen mit dem federnden Muskel an der Seite meiner Handfläche an sich schon schön war, aber auch, weil ich es gern hatte, wenn andere in mir einen sahen, der einen Schlips trug und dennoch unbekümmert und lässig genug war, um zu tun, was Kinder tun, wenn sie einen Stock über die senkrechten Stangen eines gußeisernen Zauns ziehen. Eins machte mir besonders Freude: Zu gern ging ich so dicht an einer Parkuhr vorbei, daß es den Anschein hatte, als würde meine Hand gleich dagegenprallen, um dann im letzten Moment den Arm gerade so weit anzuheben, daß die Parkuhr unter meiner Achselhöhle hindurchglitt. Jede dieser Handlungen setzte eine freie Hand voraus, und im Papa Gino's hatte ich ja schon das Penguin-Taschenbuch, die CVS-Tüte und die Tüte mit dem Keks. Sicher hätte ich die klobige Form des Viertelliters Milch auch gegen das Taschenbuch drücken können und dann das obere Ende der schmalen Kekstüte samt der CVS-Tüte gegen dessen andere Seite, um mir so eine Hand freizuhalten, doch dann hätten meine Finger mehrere Blocks weit, bis ich zu meinem Gebäude kam, in diesem ungünstigen Griff verharren müssen und dabei fleißig Zellwände aufgebaut. Eine Tüte für die Milch ließ da eine elegantere Lösung zu: Ich konnte das obere Ende der Kekstüte, die CVS-Tüte und die Milchtüte *zusammen* um die eingerollten Finger falten, als führte ich ein kleines Kind an der Hand. (Ein aus der Milchtüte herausragender Trinkhalm wäre diesem Faltvorgang im Wege gewesen – zum Glück hatte ich ihn abgelehnt!) Dann konnte ich das Taschenbuch in den Raum zwischen der Tütenpapierrolle und dem Handballen schieben. Und genau das hatte ich getan. Zu Anfang war die Papa Gino's-Tüte steif gewesen, doch mit dem Gehen wurde das Papier etwas weicher, wenngleich ich es nicht annähernd so absolut lautlos und kuschelweich bekam, wie es eine Tüte wird, die man den ganzen Tag mit sich herumträgt und deren von der Hand gehaltene Rolle, wenn man dann nach Hause kommt, so fein gerunzelt und der Form der Finger angepaßt ist, daß man zögert, sie abzunehmen.

Erst jetzt, kurz vor dem Fuß der Rolltreppe – ich beobachtete gerade, wie meine linke Hand automatisch Taschenbuch und CVS-Tüte zusammen übernahm –, verdichtete sich in mir die kleine Einsicht, die ich eine Viertelstunde zuvor fast gehabt hätte. Vorhin war sie noch nicht als Wissen zu späterer Verwendung etikettiert gewesen, und sie wäre mir völlig entfallen, hätte nicht der Anblick der CVS-Tüte, die der Milchtüte ziemlich ähnelte, Vergleichsvibratiunkeln ausgelöst. Unter dem Mikroskop erweisen sich selbst unbedeutende Erkenntnisse wie diese fast immer als inkrementeller, als man sie später hinzustellen versucht ist. Es wäre weniger umständlich gewesen, hätte ich bei vorliegendem Bericht über eine bestimmte Mittagspause vor mehreren Jahren so getan, als wäre mir der Tütengedanke als Ganzes und «auf einmal» am Fuß der aufwärts führenden Rolltreppe gekommen, in Wahrheit aber war er nur die letzte einer ziemlich langen Reihe teilweise vergessener, unartikulierbarer Erfahrungen und hatte nun endlich den Punkt erreicht, an dem ich ihm zum erstenmal Beachtung schenkte.

In der zugehefteten CVS-Tüte war ein neues Paar Schnürsenkel.

ZWEI

Mein linker Schnürsenkel war kurz vor Mittag gerissen. An einem früheren Zeitpunkt des Vormittags war mein linker Schuh aufgegangen, und während ich an meinem Schreibtisch saß und an einem Memo arbeitete, hatte mein Fuß seine potentielle Freiheit gespürt und war aus der Sauna aus schwarzem Korduan geschlüpft, um sich mit rhythmischen Bewegungen auf einem Stück Teppichboden unter meinem Schreibtisch zu entspannen, das im Gegensatz zu den abgetretenen Laufflächen noch fast so weich und flauschig war wie am Tag, als er verlegt wurde. Nur unter den Schreibtischen und in den wenig benutzten Konferenzräumen war der Flor noch plüschig genug, um sich die schönen Ms und Vs zu bewahren, die die Nachtkolonne als Streifen ihrer Staubsaugerdüsen hinterließ, wobei sich staubfreies Tufting bahnenweise in Richtungen abwinkelte, die das Licht im Wechsel absorbierten und reflektierten. Die nahezu überall verbreitete Ausstattung von Büroräumen mit Teppichböden muß, nach Schwarzweiß-Filmen und Bildern von Hopper zu urteilen, zu meinen Lebzeiten vorgenommen worden sein: Seit dem Siegeszug des Teppichbodens hört man die Menschen nur noch an deren Eigengeräuschen vorbeigehen – dem Rascheln des Regenmantels, dem Klimpern des Kleingelds, dem Knarren der Schuhe, den wirkungsvollen kleinen Schniefern, die sie machen, um uns und sich selbst zu signalisieren, daß sie zu tun haben und aus gutem Grund irgendwohin gehen, dazu an dem nahezu hörbaren *Wusch* des niederschmetternden und unpassenden Parfüms der Empfangsdamen sowie an unterdrücktem Husten und Zungeherausstrecken und dem Greifen kettchenbehängter Hände an die Luftröhre: jenen Zeichen, die dezenter duftende Sekretärinnen in den Dunstschwaden besagter Empfangsdamen austauschen. Pro Büro schaffen es vielleicht noch einer oder zwei (in meinem Dave) mit einem besonderen, stampfenden Gang, daß man ihre Schritte hört; im allgemeinen aber schweben wir alle bei der Arbeit: eine bedeutende Verbesserung, wie jeder weiß, der sich einmal in Bürobereiche begeben hat, die aus unterschiedlichen Gründen noch immer mit Linoleum ausgelegt sind – Cafeterias, Postzimmer, Computerräume. Linoleum war damals, als das Licht aus Glühbirnen es mit einem weichmachenden Schimmer neutralisierte, noch erträglich, doch die Kombination von Leuchtstofflicht und Linoleum, die über mehrere Jahre weit verbreitet gewesen sein muß, als die beiden Trends einander überlappten, ist ungut.

Während ich also gearbeitet hatte, war mein Fuß ohne Genehmigung meines Willens aus dem aufgegangenen Schuh geschlüpft und hatte die Textur der Teppichware erkundet; obgleich ich nun, da ich den

Augenblick rekonstruiere, sehe, daß zusätzlich noch ein spezielleres Verlangen am Werk war: Wenn man einen mit einer Socke bekleideten Fuß über eine Teppichfläche schurren läßt, verzahnen und verhaken sich die Fasern von Socke und Teppich, so daß man zwar meint, sich an der Textur der Teppichware zu erfreuen, in Wirklichkeit aber das Rutschen der Innenfläche der Socke über die Unterseite des Fußes genießt, etwas, das man gemeinhin nur am Morgen erlebt, wenn man die Socke frisch anzieht.[1]

Einige Minuten vor zwölf unterbrach ich meine Arbeit, warf meine Ohrstöpsel weg und, vorsichtiger, den Rest meines Morgenkaffees (ich stellte den Becher aufrecht in die konvergierenden Spinnaker des Papierkorbbeutels auf den Boden des Behält-

---

[1] Wenn ich eine Socke anziehe, *bausche* ich sie nicht mehr *vor*, das heißt, ich raffe die Socke nicht mehr zu teleskopierten Falten über die Daumen, um dann den so entstandenen Krapfen über die Zehen zu stülpen, auch wenn ich jahrelang in dem Glauben lebte, dies sei ein cleverer Kniff, den einem großartige, rotbackige Vorschullehrer beibringen, und ich verriete meine Faulheit und meine Unfähigkeit, im voraus zu planen, wenn ich die Socke statt dessen am Knöchelende faßte und den Fuß an seinen Bestimmungsort zwang, wobei ich mit dem Knöchel einige Male hin und her rücken mußte, bis der Absatz richtig saß. Warum? Das elegantere Vorbauschen kann kleine Krümchen, die sich von dem unsauber gefegten Boden, über den man von der Dusche ins Zimmer gegangen ist, in der Sohle festgesetzt haben, an Ort und Stelle belassen, während die grobere, direktere Methode, die zwar das Risiko beinhaltet, daß eine ältere Socke reißt, diese Steinchen im Zuge der Abwärtsbewegung des Fußes ablöst, so daß einem nur selten störende Partikel unter dem Fußgewölbe herumrollen, wenn man sich zur U-Bahn aufmacht.

nisses). Ich heftete den Durchschlag eines Memos, das mir jemand gemacht hatte, auf die Kopie eines früheren Memos, das ich über denselben Vorgang geschrieben hatte, und schrieb oben hin in meiner besten lässigen Klaue an meinen Abteilungsleiter: «Abe – soll ich die Leute weiter besülzen oder die Sache abblasen?» Ich steckte die zusammengehefteten Papiere in eine meiner Heftmappen, unsicher, ob ich sie an Abelardo weiterleiten sollte. Dann zog ich mir wieder den Schuh an, indem ich ihn auf die Seite stupste, mit dem Fuß als Haken aufnahm und zurechtschüttelte. Das alles erreichte ich mit Fußgefühl; und während ich über den Papieren auf meinem Schreibtisch kauerte, um an den aufgegangenen Schnürsenkel zu gelangen, durchfuhr mich ein Gefühl leisen Stolzes, daß ich mir den Schuh zubinden konnte, ohne hinzusehen. In dem Moment winkten mir Dave, Sue und Steve zu, die auf dem Weg zur Mittagspause an meinem Büro vorbeikamen. Mitten im Schuhzubinden konnte ich nicht cool zurückwinken, und so rief ich ihnen ein aufgeschrecktes, überherzliches «Appetit auch, ihr!» nach. Sie verschwanden; ich zog fest am linken Senkel, und *ping*, er riß.

Der Schwall von Ungläubigkeit und Resignation, an dem ich in diesem Augenblick zu schlucken hatte, gehörte einer Gattung an, die im Leben von einer ganz bestimmten Klasse von Vorkommnissen ausgelöst wird, nämlich von Störungen physischer Routinen wie etwa:

a) auf der obersten Stufe ankommen, denken, es gäbe noch eine weitere, und auf den Treppenabsatz stampfen;

b) an dem roten Streifen ziehen, der ein Verbandspäckchen in der Mitte aufreißen soll, sich dann aber von der Hülle löst, ohne sie zu zerteilen;
c) ein Stück Scotch-Klebeband von der Rolle ziehen, die halb versenkt in ihrem schweren schwarzen, düsenbergmäßigen Spender ruht, das unmerklich tiefer werdende Fispeln des klebstoffbeschichteten Plastiks hören, wie es sich von der Rückseite des nachfolgenden Bands löst (die Tonlage wird deshalb tiefer, weil der Streifen, der den Ton verstärkt, beim Ziehen länger wird[1]), um dann, gerade als man das Stück an der metallenen Zahnung abreißen will, das innerste Ende der Rolle zu erreichen, so daß das Teilstück, an dem man gezogen hat, urplötzlich frei schwebt. Besonders heute, mit dem Aufkommen der Post-it-Zettel, die die massigen schwarzen Klebebandspender noch pompöser, biedermeierlicher und auf tragische Weise überholt erscheinen lassen, glaubt man fast, daß man nie ans Ende einer Bandrolle kommt; und wenn es dann doch soweit ist, verspürt man beinahe, wenn auch nur kurz, Schock und Trauer;
d) versuchen, ein dickes Memo zusammenzuheften, in Vorfreude auf die drei Phasen des Vorgangs –

---

[1] Als ich klein war, dachte ich, es hieße Scotch, weil das Wort «Scotch» das tiefer werdende Schrillen der frühen Zellophanbänder nachahmte. Als bei der Bürobeleuchtung die Glühlampen den Leuchtstoffröhren wichen, wurde der Scotch-Film, der einmal gelblich-transparent war, bläulich-transparent und dazu noch wunderbar leise.

erstens, bevor der Hefterarm das Papier berührt, der Widerstand der Feder, die den Arm oben hält; *zweitens* dann der Augenblick, wenn der kleine frei bewegliche Stößel im Hefterarm auf das Papier stößt und beginnt, die beiden Spitzen der Heftklammer hinein- und durchzudrücken; und *drittens* das fühlbare Knirschen, wie beim Kauen auf einem Eiswürfel, wenn die Zwillingszinken der Heftklammer aus der Unterseite des Papiers hervortreten, durch die beiden Rillen der Schablone im Fuß des Hefters umgebogen werden, sich, das Memo in den Krabbengriff nehmend, nach innen krümmen und sich schließlich vollständig von der Maschine lösen –

beginnen, sich auf den brontosaurischen Kopf des Hefterarms[1] zu stützen, und merken,

[1] Der Hefter ist den umfassenden stilistischen Veränderungen, die wir bei der Lokomotive und dem Tonarm des Plattenspielers – denen ähnelt er – beobachtet haben, in einem Abstand von ungefähr zehn Jahren gefolgt. Die ältesten Hefter sind gußeisern und aufrecht, wie die kohlenbefeuerte Lokomotive und der Wachszylinderspieler von Edison. Als dann um die Mitte des Jahrhunderts die Lokomotivenhersteller das Wort «stromlinienförmig» entdeckten und die Tonarmdesigner die Nadel in aerodynamische, gerippte Plastikhauben einbauten, die wie ein Zug aussahen, der einen Berg umkurvte, zog man bei Swingline und Bates nach, da man instinktiv spürte, daß Hefter Lokomotiven insofern ähnlich waren, als die beiden Spitzen der Heftklammer mit einem Paar metallischer Höhlungen in Kontakt treten, die sie, gleich dem Schienenpaar unter den Rädern des Zugs, zwingen, einem vorgegebenen Weg zu folgen, und daß sie dem phonographischen Tonarm insofern ähnelten, als beide Maschinen von ungefähr gleicher Größe sind und mit ihrem jeweiligen Informationsspeichermedium durch Spitzzulaufendes in

während man sich mit versteiftem Ellbogen und angehaltenem Atem auf den Hefter lehnt und er zahnlos auf das Papier sackt, daß ihm die Klammern ausgegangen sind. Wie kann einen etwas so Beständiges, so Inkrementelles

---

Verbindung treten. (Im Falle des Tonarms holt die Nadel die Information wieder heraus, beim Hefter dagegen verbindet die Klammer sie zu einer Einheit – den Auftrag, das Schiffsfrachtpapier, den Lieferschein: *peng*, geheftet, eine Einheit; den Beschwerdebrief, die Kopien stornierter Schecks und Quittungen, den Brief mit der Bitte um Entschuldigung: *peng*, geheftet, eine Einheit; eine Abfolge von Memos und Telexen über den Verlauf einer Kontroverse zwischen irgendwelchen, Abteilungen: *peng*, geheftet, eine Kontroverse. Auf alten, abgehefteten Problemen kann man die TB-Impfnarben in der oberen linken Ecke sehen, wo Heftklammern entfernt und erneuert wurden, entfernt und erneuert, so wie das Problem – selbst die Heftklammernlöcher des Problems – kopiert und an andere Abteilungen zur weiteren Bearbeitung, zum Kopieren und Heften weitergeleitet wurde.) Und dann begann die große Zeit der Kantigkeit. BART war das Ideal für Züge, während AR- und Bang & Olufsen-Plattenspieler eckig wurden – keine cremefarbenen Plastikkolben mehr! Erneut wurde man bei Bates und Swingline mitgerissen; man befreite die Geräte von allen weichmachenden Rundungen und bot sie nicht mehr in dem interessant strukturierten Hellbraun, sondern in Schwarz an. Und jetzt sind die Hochgeschwindigkeitszüge Frankreichs und Japans natürlich wieder auf die aerodynamischen Profile zurückgekommen, die an die Stadt-der-Zukunft-Titelblätter von *Popular Science*-Ausgaben aus den fünfziger Jahren erinnern; und bald wird auch der Hefter wieder den abgeschwächten Bogen einer Rokoko-Frisur zur Schau stellen. Bedauerlicherweise hat sich der stilistische Fortschritt des Tonarms verlangsamt, weil alle Käufer, die einen aktualisierten sozialistischen Realismus im Design begrüßen würden, jetzt CD-Plattenspieler kaufen: seine inspirierende Zeit ist um.

im Stich lassen? Doch dann findet man Trost: Man lädt ihn nach, indem man den Hefterarm aufklappt und eine lange, flitternde Klammerreihe hineinfallen läßt; später spielt man dann beim Telefonieren mit dem Stück Heftklammern, das nicht mehr in den Hefter gepaßt hat, zerbricht es in kleinere Segmente, läßt sie an einem Klebstoffscharnier baumeln.)

Während die Enttäuschung über den gerissenen Schnürsenkel noch nachhallte, stellte ich mir irrationalerweise Dave, Sue und Steve vor, wie ich sie eben noch gesehen hatte, und dachte: «Fröhliche Arschlöcher!», weil ich den Schnürsenkel womöglich abgerissen hatte, indem ich die soziale Energie, die ich aufbringen mußte, um ihnen aus meiner mißlichen Schuhbindekauerstellung ein kumpelhaftes «Appetit auch!» zu entbieten, auf die Kraft übertrug, mit der ich an dem Schnürsenkel gezogen hatte. Natürlich wäre er früher oder später ohnehin durchgescheuert. Es war der Originalsenkel; die Schuhe waren nämlich diejenigen, die mir mein Vater zwei Jahre zuvor gekauft hatte, kurz nachdem ich diese Stelle angetreten hatte, meine erste nach dem College – und daher war der Riß sozusagen ein Meilenstein sentimentaler Erinnerung. Ich rollte mit dem Stuhl zurück, um mir den Schaden anzusehen, stellte mir dabei vor, wie das Lächeln auf den Gesichtern meiner drei Kollegen verschwunden wäre, hätte ich sie tatsächlich fröhliche Arschlöcher genannt, und bedauerte diesen Anfall von Verstimmung ihnen gegenüber.

Sobald mein Blick aber auf meine Schuhe fiel, wurde ich an etwas erinnert, das mir hätte gleich einfallen müssen, als der Schnürsenkel riß. Am Tag davor, ich hatte mich gerade für die Arbeit fertiggemacht, war der *andere* Schnürsenkel, der rechte, als ich fest daran zog, um ihn zuzubinden, ebenfalls und unter ganz ähnlichen Umständen gerissen. Ich reparierte ihn mittels eines Knotens, was ich nun auch bei dem linken erwog. Ich war überrascht – mehr als überrascht –, daß der rechte und der linke Schnürsenkel nach annähernd zwei Jahren im Abstand von weniger als zwei Tagen reißen konnten. Anscheinend war die Routine, mit der ich mir die Schuhe zuband, so unwandelbar und roboterhaft, daß ich beide Schnürsenkel an den Hunderten von Morgen einem identischen Verschleiß ausgesetzt hatte. Diese Fast-Simultaneität war sehr aufregend – sie ließ die Variablen des Privatlebens plötzlich als faßbar und Gesetzen unterworfen erscheinen.

Ich befeuchtete die ausgefransten Fäden des abgerissenen Endes und zwirbelte sie vorsichtig zu einem feuchten, ekligen Minarett. Regelmäßig und sacht durch die Nase atmend, vermochte ich den speichelgespitzten Führfaden ohne große Mühe durch die Öse zu fädeln. Und dann wurde ich unsicher. Damit die Schnürsenkel sich bis zum Reißpunkt an fast demselben Tag abnutzen konnten, mußte ich sie fast gleich häufig gebunden haben. Doch als Dave, Sue und Steve an meiner Bürotür vorbeigingen, war ich gerade dabei, einen Schuh zuzubinden – *nur einen Schuh*. Und im Verlauf eines normalen Tages war es keineswegs ungewöhnlich, daß ein Schuh unabhängig vom anderen aufging. Morgens natürlich band man immer beide Schuhe zu, doch das mittägliche Aufgehen hätte, wie ich fand, einen wesentlichen Anteil am Gesamtabrieb beider gerissenen Schnürsenkel ausmachen müssen – vielleicht dreißig Prozent. Und wie konnte ich sicher sein, daß diese dreißig Prozent sich gleichmäßig verteilten – daß der rechte und der linke Schuh über die vergangenen zwei Jahre mit der gleichen Häufigkeit zufällig aufgegangen waren? Ich versuchte, mir einige Beispiele des Schuhzubindens in Erinnerung zu rufen, um zu bestimmen, ob ein Schuh mehr als der andere dazu neigte aufzugehen. Ich kam zu dem Ergebnis, daß ich bezüglich des Bindens eines Schuhs oder eines Paars Schuhe kein einziges spezifisches Engramm behalten hatte, das aus irgendeiner Zeit nach meinem vierten oder fünften Lebensjahr datierte – dem Alter, in dem ich diese Fertigkeit erlernt hatte. Über zwanzig Jahre empirische Daten waren für immer verloren, komplette Fehlanzeige. Doch, wie ich annehme, trifft dies oft auf Augenblicke im Leben zu, die man sich als wesentliche Entwicklungsschritte merkt: die Entdeckung ist das Entscheidende, nicht die wiederholte Anwendung danach. Zufälligerweise haben die ersten *drei* wesentlichen Entwicklungsschritte in meinem Leben – und ich führe sämtliche Entwicklungsschritte hier auf –

1. Schuhzubinden
2. über Kreuz anziehen
3. beim Binden Hand an Turnschuh abstützen
4. beim Zähneputzen Zunge mitputzen
5. Deodorant auftragen, wenn schon ganz angezogen
6. entdecken, daß Fegen Spaß macht
7. einen Stempel mit meiner Adresse bestellen, damit Rechnungenbezahlen effizienter wird
8. zur Überzeugung kommen, daß Gehirnzellen absterben sollten

– mit Schuhzubinden zu tun, wobei ich nicht glaube, daß dies sehr ungewöhnlich ist. Schuhe sind die ersten Erwachsenenmaschinen, die man uns zum Beherrschen gibt. Gezeigt zu bekommen, wie man Schuhe zubindet, war etwas anderes als zuzusehen, wie ein Erwachsener den Geschirrspüler einräumte und einen dann mit freundlicher Stimme bat, die Geschirrspülertür zuzudrücken und den Wählknopf (mit seinem unangenehm mahlenden Geräusch) auf Spülen zu drehen. Das war aufgesetzt, wohingegen man wußte: die Erwachsenen wollten, daß man lernte, wie man sich die Schuhe zuband; sie fanden es nicht lustig, niederzuknien. Ich unternahm mehrere Versuche, die Fertigkeit zu erlernen, doch erst als meine Mutter eine Lampe auf den Boden stellte, damit ich die dunklen Schnürsenkel an einem neuen Paar Halbschuhe deutlich sehen konnte, beherrschte ich sie richtig; sie erklärte mir noch einmal, wie man den einleitenden Basisknoten schnürte, der hoch in der Luft als empfindliche, herzförmige Schlaufe begann und schrumpfte, wenn man die Plastiksenkelspitzen bis auf einen kurzen verdrehten, einen Zentimeter langen Kern anzog, und sie zeigte mir, wie man von dieser Basis aus zu der wesentlichen kotyledonischen Senkelform kommt, die, wie sich herausstellte, gar kein echter Knoten, sondern eine Illusion war, ein Trick, den man mit dem Schnürsenkel machte, indem man ihn abschnittweise auf ihn selbst zurückschlang und weitere temporäre Schlingen darum zog: Es sah aus wie ein Knoten und funktionierte wie ein Knoten, in Wirklichkeit aber war das Ganze ein verblüffendes Pyramidenkonstrukt mit wechselseitigen Abhängigkeiten, das ich viel später mit einem Verspaar von Pope in Verbindung brachte:

> Der Mensch lebt unterstützt, er gleichet einer
> edlen Reben.
> Die Kraft, die ihn stützt, kommt aus der
> Umarmung, die sie geben.

Nur wenige Wochen später, nachdem ich die Grundfertigkeit gelernt hatte, verhalf mir mein Vater zu meinem zweiten wesentlichen Entwicklungsschritt und bewies zugleich Ausdauer, indem er mir zeigte, wie man die Streben der Schnürsenkel eine nach der anderen festzieht, unten bei den Zehen beginnend und sich nach oben vorarbeitend, den Zeigefinger unter jedes Kreuz hakend, so daß man, oben angelangt, mit überraschenden Senkellängen, die man dann zum Knotenbinden benutzen konnte, belohnt wurde, und dabei fühlte sich der Fuß festgewickelt und munter wie ein Indianerbaby an.

Den dritten Entwicklungsschritt machte ich selbst mitten auf einem Spielplatz, als ich außer Atem stehenblieb, um einen Turnschuh[1] zu binden, den

---

[1] Turnschuhknoten unterschieden sich sehr von Halbschuhknoten – zog man die beiden Schlingen am Ende fest an, wurde die Logik des Knotens, den man soeben geschaffen hatte, unergründlich; bei einem Halbschuhknoten dagegen konnte man den Weg des Knotens, als führe man Achterbahn, gedanklich nachvollziehen, auch wenn man ihn schon festgezogen hatte. Man könnte sich vorstellen, wie ein Turnschuhsenkelknoten und ein Halbschuhsenkelknoten nebeneinander stehen und den Fahneneid leisten: der Halbschuhsenkelknoten würde jedes Wort als eine grammatische Einheit aussprechen und darunter mehr als ein bloßes Geräusch verstehen; der

Mund auf meinem interessant riechenden Knie, einen Nahaufnahmeblick auf Ameisenhügel und Sohlenabdrücke anderer Turnschuhe (die besten, Keds, glaube ich, oder Red Ball Flyers, hatten einen Rand aus asymmetrischen Dreiecken sowie ein paar Höhlungen in der Mitte, die wunderbare Staubkuppeln druckten), und merkte, als ich den Schuh wieder zuband, daß ich es automatisch tat, ohne mich darauf konzentrieren zu müssen, wie ich es anfangs getan hatte, und, was wichtiger war, daß ich irgendwann während des vergangenen Jahres, seit ich die Grundzüge gelernt hatte, offensichtlich zwei kleine Subschritte entwickelt hatte, *die mir von niemandem gezeigt worden waren*. Beim einen hielt ich ein vorübergehend gespanntes Stück Schnürsenkel mit der Seite meines Daumens nieder; beim anderen stabilisierte ich die Hand mit dem Mittelfinger, der sich während einiger letzter Handgriffe auf der Seite des Turnschuhs abstützte. Dieser dritte Entwicklungsschritt bestand nun also in der Erkenntnis, daß ich mir selbständig technische Verfeinerungen auf einem bestimmten Gebiet erarbeitet hatte, ohne daß mich jemand darauf hingewiesen hätte, daß es da überhaupt Verfeinerungen gab: Ich hatte ein schon erwachsenes Vorgehen internalisiert.

Turnschuhsenkelknoten gäbe die Wörter wie ein einziges von sich. Der große Vorteil von Turnschuhen, einer der vielen Vorteile, war aber, wenn man sie sehr fest gebunden hatte und dabei keine Socken anhatte, und man trug sie den ganzen Tag und sie wurden naß und man zog sie vor dem Zubettgehen aus, dann hatten sich die Chrom-Ösen an der Seite der Füße in roten Reihen abgedrückt, wie die Bullaugen bei einem Jules-Verne-U-Boot.

DREI

Ein vergleichbarer Fortschritt kam erst wieder, als ich über zwanzig war. Den vierten der acht Entwicklungsschritte, die ich aufgeführt habe (um rasch voranzuschreiten, bevor wir uns wieder den gerissenen Schnürsenkeln zuwenden), kam, als ich am College erfuhr, daß L. sich mit den Zähnen auch die Zunge putzte. Ich hatte immer geglaubt, daß Zähneputzen eine Tätigkeit sei, die sich strikt auf die Zähne, eventuell noch auf das Zahnfleisch beschränkte – gleichwohl hatte ich gelegentliche Zweifel, ob die Reinigung lediglich jener Teile des Mundes tatsächlich auch den Ursprung des Mundgeruchs in Angriff nahm, als den ich die Zunge erachtete. Ich legte mir die Angewohnheit zu, so zu tun, als hustete ich, wobei ich die Hand vor den Mund hielt, um an meinem Atem zu riechen; beunruhigte mich das Resultat, aß ich Sellerie. Doch bald, nachdem die Beziehung mit L. begonnen hatte, sagte sie mir achselzuckend, als handelte es sich um eine allgemein bekannte Tatsache, daß sie täglich ihre Zunge putze, mit der Zahnbürste. Zunächst überlief mich ein Ekelschauer, doch war ich sehr beeindruckt. Drei Jahre vergingen, bis ich mir schließlich ebenfalls regelmäßig die Zunge putzte. Zu der Zeit, als mir der Schnürsenkel riß, putzte ich mir nicht nur regelmäßig die Zunge, sondern auch den Gaumen – und ich übertreibe nicht, wenn ich sage, daß das mein Leben wesentlich verändert hat.

Der fünfte wesentliche Entwicklungsschritt war die Entdeckung einer Methode, morgens das Deodorant aufzutragen, wenn ich schon ganz angezogen war, ein Ereignis, das ich an anderer Stelle detaillierter beschreiben werde, da es sich genau an dem Morgen zutrug, als ich erwachsen wurde. (In meinem Fall war das Erwachsenwerden als solches kein Entwicklungsschritt, aber immerhin eine nützliche Wegmarkierung.)

Meine zweite Wohnung nach dem College war der Schauplatz des sechsten Entwicklungsschritts. Das Schlafzimmer hatte einen Holzfußboden. Jemand bei der Arbeit (Sue) sagte mir, sie sei niedergeschlagen, werde aber nun nach Hause gehen und die Wohnung saubermachen, weil das sie immer aufheitere. Wie seltsam, dachte ich, wie manieriert, wie interessant, wie anders als meine eigenen Instinkte und Gewohnheiten – freiwillig die Wohnung sauberzumachen, um die Stimmung zu ändern! Einige Wochen später kam ich an einem Sonntagnachmittag nach Hause, nachdem ich bei L. übernachtet hatte. Ich war bester Laune, und nachdem ich ein paar Minuten gelesen hatte, erhob ich mich mit dem Entschluß, mein Zimmer sauberzumachen. (Ich bewohnte ein Haus zusammen mit vier anderen Leuten und hatte daher nur ein Zimmer, das wirklich meins war.) Ich hob Kleidungsstücke auf und warf ein paar Zeitungen weg; dann fragte ich mich, was Leute wie L. oder die niedergeschlagene Frau aus dem Büro als nächstes taten. Sie fegten. In der Abstellkammer fand ich einen praktisch neuen Besen (nicht so einen in einem zeitgenössischen Design mit synthetischen, gleichförmig abgeschrägten Borsten, sondern just so einen wie die, mit denen ich aufgewachsen war, mit hellen gesmokten Zweigen, die mit einem vollendet gewickelten Silberdraht an einem blauen Stiel befestigt waren), den einer meiner Mitbewohner gekauft hatte. Ich machte mich an die Arbeit, wobei mir wieder eine ganze Reihe nachgeordneter Kindheitsentdeckungen einfielen, wie etwa, einen der Hemdkartons meines Vaters als Müllschaufel zu benutzen und den Besen in die Armbeuge zu klemmen, damit ich den Staub einhändig auf den Hemdkarton fegen konnte; und ich merkte, daß mich der Akt des Umfegens der Stuhlbeine, der Rollen des Stereoturms und der Ecken des Bücherregals, die ich mit meinen kurvenden Besenstrichen umriß, als setzte ich jedes Stuhlbein, jede Rolle, jeden Torpfosten in Anführungsstriche, diese vertrauten Attribute meines Zimmers mit neuer Aufnahmebereitschaft betrachten ließ. Das Telefon klingelte, als ich gerade einen letzten Haufen Staub, Münzen und alte Ohrstöpsel zusammengefegt hatte – in dem Moment also, als das Zimmer am saubersten war, weil der Haufen, den ich soeben angesammelt hatte, noch als Beweis vorhanden war. Es war L. Ich sagte ihr, daß ich gerade mein Zimmer ausfegte und daß mich dieses Fegen, obwohl ich schon bester Laune sei, in überschwengliche Stimmung versetzte! Sie sagte, sie habe ihre Wohnung auch gerade gefegt. Sie sagte, für sie sei der größte Augenblick der, in dem sie den Staub auf die Müllschaufel fege und dabei diese wie mit dem Lineal gezogenen grauen Linien aus superfeinem Reststaub bekomme, deren Dickte sich, je mehr man mit der Schaufel zurücksetzt, zur Unsichtbarkeit hin verringert, die aber nie ganz verschwinden. Die Tatsache, daß wir an jenem Sonntagnachmittag unabhängig voneinander beschlossen hatten, unsere jeweilige Wohnung zu fegen, nachdem wir das Wochenende gemeinsam verbracht hatten, nahm ich als schlagenden Beweis dafür, daß wir zueinander paßten. Und von da an nickte ich immer und dachte an Besen, wenn ich las, was Samuel Johnson so über die Tödlichkeit der Muße und die erhebende Wirkung des Fleißes sagte.

Entwicklungsschritt Nummer sieben, der sich nicht lange nach dem sonntäglichen Fegen ereignete, nahm seinen Ausgang damit, daß ich in einem Bürobedarfsgeschäft einen Stempel mit meinem Namen und meiner Adresse bestellte, damit ich nicht ständig die Absenderangabe ausschreiben mußte, wenn ich Rechnungen bezahlte. An dem Tag hatte ich ein paar Sachen in der Reinigung abgegeben und am Tag davor ein paar Stühle, die L. von einer Tante geerbt hatte, zu einer Blindenwerkstatt in einem entlegenen Vorort zum Neuflechten gebracht; auch hatte ich meinen Großeltern geschrieben und das Protokoll einer MacNeil-Lehrer-Sendung angefordert, in dem ein Gesprächspartner Dinge gesagt hatte, die mit besonderer Klarheit eine Denkart repräsentierten, mit der ich nicht übereinstimmte, und ich hatte den Penguin-Verlag, so wie es am Ende eines jeden seiner

Taschenbücher empfohlen wird, um eine «complete list of books available» angeschrieben; zwei Tage davor hatte ich meine Schuhe wegen der Absätze zum Schuster gebracht – erstaunlich, daß sich Absätze schneller abtreten, als Schnürsenkel reißen – und mehrere Rechnungen (die mich auf die Idee mit dem Adressenstempel gebracht hatten) bezahlt. Als ich das Bürobedarfsgeschäft verließ, wurde mir die Macht all dieser einzelnen, gleichzeitig ablaufenden Transaktionen bewußt: in der ganzen Stadt und an ausgewählten Orten in anderen Staaten wurden meinetwegen Dinge in Bewegung gesetzt, Dienste vollzogen, nur weil ich darum gebeten und in einigen Fällen dafür bezahlt oder mich bereit erklärt hatte, später zu bezahlen. (Der Brief an meine Großeltern paßte da nicht recht dazu, trug jedoch gleichwohl zu diesem Gefühl bei.) Bald würde geschmolzenes Gummi über spiegelverkehrte Metallettern gegossen, die auf meinen Namen und meine Adresse lauteten; Blinde machten über den Löchern eines halbgeflochtenen Stuhls Fingerbewegungen, die denen eines Klarinettisten glichen, und wägten damit Abstände und Festigkeitsgrade; irgendwo im Mittelwesten wurde in Räumen voller Tandem-Computer und statistischer Codex-Multiplexer der elektromagnetische Eintrag eines bestimmten Debets auf meinen Namen durch einen neuen elektromagnetischen Eintrag ersetzt, der einer auf den Penny genau um jenen Betrag verringerten Summe entsprach, den ich hastig mit einem Filzstift auf meinen Schecks ausgeschrieben hatte (ich machte die traditionelle schwungvolle Wellenlinie nach «und 00/100» auf der Dollar-Zeile, wie es schon meine Eltern und deren

Eltern getan hatten); die chemische Reinigung würde bald schließen, und irgendwo in dem verdunkelten Geschäft, zu einem Bündel geschnürt, um sie von den anderen Bündeln getrennt zu halten, hinter den verblichenen Plakaten im Fenster, auf denen stand: «Damit es wieder wie vom Schneider ist», würden meine schmutzigen Sachen die Nacht verbringen; ich vertraute der Reinigung, daß sie sie vorübergehend in Besitz nahm, sie vertraute mir, daß ich wiederkam und dafür bezahlte, daß die Sachen wieder wie neu aussahen. Das alles und noch mehr tat, weil ich es wollte, die Welt für mich, und alles ging gleichzeitig vonstatten, und ich konnte hinausgehen, unbelastet von den Einzelheiten der jeweiligen Aufgaben, und mein Leben leben! Ich kam mir vor wie ein tüchtiger Imbißkoch, der acht oder neun verschiedene Eierbestellungen auf einmal erledigt, den Toast einschiebt, die Würstchen in Brötchen steckt, die Teller bereitstellt, den Schalter betätigt, der die Nummer einer Bedienung aufleuchten läßt. Und gerade der Stempel machte den Entwicklungsschritt erst perfekt, denn indem er meinen Namen trug, faßte er all diese Tätigkeiten aus einer gewissen Distanz zusammen und war doch selbst ein sekundäres, lebensordnendes Werkzeug, das mich jetzt zwar Zeit gekostet hatte, mir aber später Zeit ersparen würde, *mit jeder Rechnung, die ich bezahlte*.

Der achte und meines Wissens letzte vor dem Tag der gerissenen Schnürsenkel datierende Entwicklungsschritt umfaßte ein Bündel von vier Gründen, warum es gut war, daß Gehirnzellen absterben. Auf die eine oder andere Weise hatte ich mir Gedanken über den Tod von Gehirnzellen gemacht, seit ich ungefähr zehn war, in der Jahr um Jahr gleichbleibenden Überzeugung, daß ich immer dümmer würde; und als ich anfing, ein wenig zu trinken, und bekannt wurde (da war ich noch am College), daß dreißig Gramm destillierter Alkohol eintausend Neuronen abtöten (das war, glaube ich, das Verhältnis), verstärkte sich meine Besorgnis. An einem Wochenende gestand ich meiner Mutter am Telefon, ich hätte mir Gedanken darüber gemacht, daß, insbesondere während des vergangenen halben Jahres, meine zerebrale Wattleistung merklich abgenommen habe. Sie hatte sich schon immer für materialistische Analogien zu Erkenntnissen interessiert, und wie ich es erwartet hatte, versuchte sie, mich zu beruhigen. «Es stimmt zwar», sagte sie, «daß deine einzelnen Gehirnzellen absterben, aber diejenigen, die übrigbleiben, ziehen immer mehr Verbindungen, und diese Verbindungen verzweigen sich über die Jahre immer mehr; diese Entwicklung mußt du dabei bedenken. Nicht die bloße Anzahl von Zellen ist wichtig, sondern die Anzahl der Verbindungen.» Diese Beobachtung war mir äußerst hilfreich. In den ein, zwei Wochen nach ihrer Mitteilung, der zufolge sich inmitten eines Nervengemetzels ständig neue Verbindungen ergaben, stellte ich mehrere verwandte Theorien auf:

a) Wir beginnen etwa mit einem Gehirn, das total überladen ist mit reinen Verarbeitungskapazitäten, daher ist der Tod der Gehirnzellen Teil eines *geplanten und notwendigen* Scheidungsprozesses, der dem Aufwärtsstreben zu höheren Ebenen der Intelligenz vorangeht: Die Schwachen machen schlapp, und die Lükken, die sie bei der Resorption hinterlassen, stimulieren die Wachstumsknospen der Dendriten, die nun einen größeren Tummelplatz haben, und als Ergebnis entstehen komplexe korrelationale Strukturen. (Vielleicht erzwingt auch der erhöhte Raumbedarf der Dendriten selbst einen Balzkampf: Auf der Suche nach den informationell ergiebigen Verbindungen blockieren sie Geweihe mit schwächeren Auslegern und schlagen sich durch Zwischenterritorien, wodurch diese wie ein Stadtteil in der Nähe einer neuen Autobahn verelenden und kaputtgehen.) Bei einer geringeren Gesamtzahl von Zellen, dafür aber mehr Verbindungen zwischen jeder Zelle, macht die Qualität des Wissens eine Verwandlung durch: Man bekommt allmählich ein Gefühl für Situationen, Menschen werden zu Typen, alte Erinnerungen verknüpfen sich, und das Leben erscheint – was es nicht tat, als man jünger war – als etwas Unvermeidliches, etwas, das sich aus Millionen kleiner Fehlschläge und Erfolge zusammensetzt, die alle ineinander verwachsen sind, im Gegensatz zu einer leuchtenden perlenartigen Reihe unverbundener Augenblicke. Ein Mathematiker braucht diese überzähligen Neuronen, und seine Karriere kommt ins Stocken, wenn die Neuronen ins Stocken kommen; wir anderen aber sollten für ihr Verschwinden dankbar sein, denn es schafft Platz für Erfahrung. Je nachdem, an welcher Stelle der Skala man angefangen hat, bewegt man sich mit zunehmend alterndem Gehirn auf den ergiebigeren, vernetzteren Pol zu: Aus Mathematikern werden Philosophen, aus Philosophen Historiker, aus Historikern Biographen, aus Biographen Collegedekane, aus Collegedekanen politische Berater und aus politischen Beratern Präsidentschaftskandidaten.

b) In Maßen genossen, können Substanzen, die das Nervengewebe schädigen, wie etwa Alkohol, die Intelligenz fördern: Man strapaziert die chromhaltigen, kitzligen, kreuzworträtsellösenden Teile des Gehirns mit Schmerzreizen und Giftdosen, zwingt die Neuronen, für sich und die um sie herum Verantwortung zu übernehmen, indem sie sich gegen den beschleunigten Verschleiß dieser künstlichen Lösungsmittel abhärten. Nach so einer Giftnacht wacht das Gehirn morgens auf und sagt: «Nein, es ist mir scheißegal, wer die Süßkartoffel in Nordamerika eingeführt hat.» Der Schaden, den man verursacht hat, verheilt, und die bleibenden vernarbten Stellen haben genügend ungewöhnliche Oberflächen und Widerhaken, um zu den Knoten zu werden, um die die Weisheit ihre Fasern webt.

c) Die Neuronen nun, die verenden, sind diejenigen, die Nachahmungen ermöglichten. Ist man zu geschickten Nachahmungen fähig, dann ist die Qual der Wahl zu groß; wenn aber das Gehirn seine überschüssigen Kapazitäten und damit auch etwas von seiner Beweglichkeit einbüßt und damit eine gewisse Freude an der Improvisation und den Ehrgeiz, Dinge zu tun, die ihm nicht zukommen, dann muß man sich schließlich damit begnügen, die wenigen Dinge gut zu machen, die das Gehirn auch wirklich gut kann – alles andere scheint dann nicht mehr dringlich und ablenkend, weil es nun für immer unerreichbar ist. Das Gefühl, dümmer zu sein als vorher, erweckt in einem dann schließlich Interesse an den wirklich komplexen Themen des Lebens: am Wandel, an der Erfahrung, an der Art, wie andere sich mit Enttäuschungen und beschränkter Begabung abgefunden haben. Man erkennt, daß man kein Wunderknabe ist, die Schultern entspannen sich, man beginnt sich umzuschauen und sieht, daß die sprühenden Funken von Algebra und Logik das hausgemachte Wissen nicht in den Schatten stellen.

d) Einzelne Vorstellungen werden ebenso wie die Verbindungen, über die sie laufen, verletzt. Während sie zerlegt und erinnert, beschädigt, vergessen und später wieder aufpoliert werden, werden sie auch subtiler, hierarchischer, mit halbverschütteten Einzelheiten untermauert. Wenn sie zerfallen oder einen Schaden davontragen, regenerieren sie sich mehr als Teil des Ichs und weniger als Teil eines aufgepfropften Systems.

Das waren die acht Entwicklungsschritte, die mir als Einflüsse auf mein Leben an dem Tag zur Verfügung standen, als ich dahockte und den zweiten Schnürsenkel flickte, der mir innerhalb von zwei Tagen durchgescheuert war.

VIER

Nachdem ich mit dem Flickknoten, einem Knubbel mit zwei ausgefransten Enden direkt unter dem obersten Ösenpaar, fertig war, zog ich die Zunge des Schuhs hoch – wieder so ein kleines Vorspiel des Zubindens, das mir mein Vater gezeigt hatte – und machte mich behutsam an den Regulierknoten. Besondere Sorgfalt verwandte ich darauf, das Häschenohr, das ich aus dem nunmehr kürzeren Senkelende formen mußte, entsprechend kleiner anzusetzen, damit noch genügend Spielraum blieb, um es ohne ein Mißgeschick festzuziehen.[1] Mit Interesse beobachtete ich meine Hände, wie sie da gewandt und gedankenlos werkelten: Es waren die Hände eines reifen

---

[1] Ich mag es nicht, wenn man am Ende nur eins der beiden Häschenohren hat, aus denen die normale Schleife besteht; denn wenn aus irgendeinem Grund das Senkelende, das dieses eine Ohr bildet, durchrutscht, hat man keinen Spielraum mehr und bekommt einen Kreuz- oder Weberknoten, den man dann mit den Fingernägeln auffieseln muß, wobei einem das Blut in den Kopf schießt.

Menschen, mit Aderwerk und einer beträchtlichen Menge Haare auf dem Rücken, aber sie hatten diese Bewegungen so gut und vor so langer Zeit gelernt, daß sich Elemente eines viel früheren Ichs mit Schwanz und Kiemen darin gehalten zu haben schienen. Erstmals seit einiger Zeit nahm ich auch meine Schuhe wahr. Sie sahen nicht mehr neu aus: Für mich waren sie noch immer neu, da ich mit ihnen mehr oder weniger meine Arbeit angetreten hatte, doch nun sah ich, daß sie zwei tiefe Runzellinien über den Zehen aufwiesen, die einander überschnitten, wie in der Chiromantie die Herzlinie und die Kopflinie. Diese Kniffe hatten sich auf meinen Schuhen immer in genau der gleichen Form ausgebildet, ein verwirrender Umstand, über den ich viel nachgedacht hatte, als ich klein war – ich hatte versucht, die Ausbildung der paarigen Runzeln zu beschleunigen, indem ich einen neuen Schuh manuell beugte, und ich hatte mich nach dem Grund gefragt, warum der Schuh, wenn er gerade begonnen hatte, sich – wegen einer zufälligen Schwäche im Leder – an einer bestimmten atypischen Stelle zu biegen, die Runzellinie nie da bekam, wo er sich zuerst gebogen hatte, sondern irgendwann doch das klassische seitliche V-Muster aufwies.

Ich stand auf, rollte meinen Stuhl an den Tisch und tat einen Schritt Richtung Bürotür, wo mein Jackett den ganzen Tag über hing; ich benutzte es nur, wenn die Klimaanlage es zu toll trieb oder ich eine Präsentation hatte. Kaum war ich jedoch im Ausschreiten begriffen, fühlte ich, wie die Unzufriedenheit darüber, daß allein mein tägliches Schuhebinden die Schnürsenkel hätte abwetzen sollen, heftiger wurde. War da nicht noch eine Vielfalt minutiöser Dehnungen und Streckungen, die der Schuh selbst auf seine Schnürsenkel ausübte, während ich herumlief? Durch das Gehen wurden die Absätze abgelaufen, das Gehen hatte die Kniffe auf den Schuhkappen bewirkt – sollte ich da seine Bedeutung für das Durchscheuern der Schnürsenkel unberücksichtigt lassen? Ich erinnerte mich an Filmszenen, in denen ein Seil, das eine Brücke hielt, sich beim Schwingen der Brücke an einem scharfen Fels selbst durchtrennte. Selbst wenn das Material des Schnürsenkels bei jedem Schritt nur um Millimeter an der Öse rieb, dann könnte das sägende Vor und Zurück schließlich doch die äußeren Fasern durchtrennen, obwohl der Schnürsenkel erst dann auch wirklich reißen würde, wenn eine relativ große Kraft, etwa der erste Ruck beim Binden, auf ihn einwirkte.

Gut, gut! Viel besser! Dieses Geh-Beuge-Modell (wie ich es benannte, im Gegensatz zu dem früheren Zieh-Scheuer-Modell) erklärte das Zusammentreffen der Risse von gestern und heute, wie ich meinte, sehr schön. Fast nie hüpfte ich, verweilte, einen Fuß an den anderen Knöchel lehnend, in einem Geschäftseingang oder beugte sonstwie einen Fuß unter Ausschluß des anderen – alles Gebrauchsmuster, die einen Schnürsenkel unverhältnismäßig stark abgenutzt hätten. Allerdings war ich im Jahr zuvor auf einer vereisten Rollstuhlrampe an einer Gehsteigkante ausgerutscht und hatte am folgenden Tag eine Krücke benutzt und die Woche darauf das rechte Bein geschont, doch fünf Tage humpeln war vermutlich ohne Bedeutung, und überhaupt war ich mir keineswegs sicher, ob ich in der besagten Woche diese

Schuhe, meine neuesten und besten, getragen hatte, denn ich hätte bestimmt keine gebirgszugförmigen Salzflecken auf den Kappen haben wollen.

Doch, so meine Überlegung, wenn es stimmte, daß die Schnürsenkel durch die Gehbeugung durchscheuerten, warum scheuerten sie immer nur durch die Berührung mit dem obersten Ösenpaar jedes Schuhs durch? Ich hielt unter der Tür inne, blickte hinaus ins Großraumbüro, die Hand auf dem konkaven Metalltürknopf[1], und sträubte mich gegen diese weitere unwillkommene Komplikation. Ich

---

[1] Sieht eigentlich zu modern aus, als daß man das einen Tür*knopf* nennen könnte. Warum kann man in Bürogebäuden keine Türknöpfe verwenden, die auch wirklich eine Knopfform haben? Was soll dieser statische Modernismus, den uns zweitrangige Architekten aufgezwungen haben: Halb-U-Griffe aus Stahl oder geschäumte Dinger, die wie Riesenkuppeln aussehen, statt Messing-, Porzellan- oder Glasknöpfen? Die Türknöpfe im ersten Stock des Hauses, in dem ich aufwuchs, waren aus geschliffenem Glas. Streckte man die Hand aus, um eine Tür zu öffnen, wogte eine fleischfarbene Wolke aus der entgegengesetzten Richtung in das Glas. Die Knöpfe waren lose in ihren Riegelmechanismus eingepaßt und schwer, und die Verbindung aus Festigkeit und Lockerheit sorgte, wenn man den Knopf drehte, für ein vielschichtig inszeniertes Erlebnis: die Zuhaltungsmechanismen schnappten geschmeidig ein. Wenige amerikanische Produkte haben es bezüglich ihrer Schalter und Hebel in jüngster Zeit zu einer solch gelenkartigen, orthopädischen Feinheit (der Feinheit knickbarer Trinkhalme) gebracht; die Japaner hingegen machen das sehr gut: sie können einen Blinkerhebel in ein Auto einbauen oder einen Lautstärkeknopf in eine Stereoanlage, so daß sie Widerstand bieten und sich solide und *richtig eingepaßt* anfühlen – man denke nur an den ganz ausgezeichneten Blinkerhebel von Toyota, links an der Lenksäule, der

hatte noch nie gehört, daß ein Schnürsenkel über einer mittleren Öse entzwei ging. Möglicherweise wirkte die Belastung durch das Gehen am stärksten dort auf den Schnürsenkel, wo er um die obersten Ösen lief,

---

sich wie ein Hähnchenschlegel in seiner Fassung bewegt: Er fühlt sich an, als hätte man sich bei seinem Entwurf von gewachsenem Ellbogenknorpel anregen lassen. Die 1905er Türknöpfe in unserem Haus aber hatten diese Eigenschaft. Mein Vater mußte sie besonders gemocht haben, denn er drapierte seine Krawatten darüber. Oft mußte man die Türen vorsichtig öffnen, den Knopf am äußersten Rand anfassen, damit die diversen Krawatten, die daran hingen, keinen Schaden nahmen. Im ganzen Obergeschoß herrschte eine Atmosphäre wie in den Gemächern eines Nabob; schloß man eine Schlafzimmer-, Badezimmer- oder Schranktür, dann wallte eine schwere Wolke üppigbunter Seide heraus und schwang lautlos wieder zurück; gelegentlich perlte eine Krawatte zu Boden, nachdem sie ganz allmählich, durch viele Drehungen des Türknopfs, aus dem Gleichgewicht gekurbelt worden war. Wenn ich fragte, ob ich eine Krawatte ausleihen dürfte, als ich groß genug war, eine zu tragen, war mein Vater stets beglückt: Er ging die Türknöpfe ab, zog verheißungsvolle Krawatten sorgsam heraus und führte sie über seinem Unterarm vor, so, wie ein Weinkellner sein Armtuch hält. «Hier haben wir eine schöne Krawatte... Das ist nun etwas ganz Vornehmes... Wie wär's mit der?» Er lehrte mich die Hauptkategorien: Ripskrawatte, gedeckte Krawatte, Paisleykrawatte. Und auch die Krawatte, die ich zu dem Vorstellungsgespräch bei der Firma im Zwischengeschoß trug, hatte er von einem Türknopf gezogen: Sie war aus Seide, fast schon Crêpe, und das Muster bestand aus sehr kleinen ovalen Formen, die je ein faszinierendes Klecksmotiv enthielten, das den hungrigen, pulsierenden Amöben nachgebildet schien, die in der tollen Rolaids-Werbung mit dem tropfenden Hahn überschüssige Magensäure absorbierten, und wenn man genau hinschaute, sah man, daß der Rand eines jeden Ovals aus Rechtecken in

genauso wie die Belastung durch das Festziehen des Schnürsenkels beim Zubinden. Es war denkbar, wenngleich es einem bei dem Gedanken unheimlich wurde, daß das Geh-Beuge-Modell und das Zieh-Scheuer-Modell ihre Koeffizienten so fein vermengten, daß die Ursache nach menschlichem Vermögen niemals genau zugeordnet werden konnte.

---

verblüffend knalligen Farben, Vorstadtsiedlungshäusern gleich, bestand – ein Saum allerdings, dessen Teile so klein waren, daß diese bunten Einsprengsel der insgesamt düsteren Alte-Meister-Farbgebung des Designs nur eine geheimnisvolle Tiefe und Strahlkraft verliehen. Obwohl mein Vater am grünen Ende des Spektrums leicht farbenblind war, fand er doch immer wieder solche hervorstechenden Krawatten; an Tagen, wenn er einen Großkunden bearbeiten mußte, erschien er morgens in der Küche mit drei Krawatten, die er ausgesucht hatte, und bat uns – meine Mutter, meine Schwester und mich –, diejenige auszuwählen, die am besten zu seinem Hemd paßte: Das war eine Art Probelauf für sein bevorstehendes Treffen, wo er ebenfalls drei Dinge zur Auswahl stellen würde, Entwürfe von achtzehnseitigen Verkaufsförderungspapieren oder Themen für Diapräsentationen auf Handelsmessen. Als ich in meinem ersten Arbeitsjahr einmal mit ihm und anderen Verwandten zu Abend aß, trug ich die beste Krawatte, die ich mir bis dahin gekauft hatte; und während mein Onkel mit der Wirtin über den Tisch verhandelte, wandte sich mein Vater mir zu, erblickte meine Krawatte und sagte: «He, he – *schön*», und befingerte die Seide. «Ist das eine von mir, oder hast du sie gekauft?»

«Ich glaube, die habe ich wohl schon einige Zeit», sagte ich und tat so, als könne ich mich nur mit Mühe entsinnen, während mir in Wirklichkeit noch jede Einzelheit der Transaktion gegenwärtig war, auch, wie ich das ganz leichte, ganz teure Päckchen keine fünf Wochen zuvor nach Hause getragen hatte.

Ich ging zu Tinas Box, an deren Außenwand die Anwesenheitstafel hing, auf der ich den grünen Magnetpuck bei meinem Namen von ANWESEND auf ABWESEND schob und ihn damit auf eine Linie mit den Pucks von Dave, Sue und Steve brachte. Ich schrieb auf den für eine Erläuterung vorgesehenen Platz «Mittagspause», wofür ich einen grünen Magic Marker verwendete.

«Hast du das Plakat für Ray unterschrieben?» fragte Tina und rollte mit ihrem Stuhl heraus. Tina

---

«Eine ‹gedeckte› Krawatte – eine ‹gedeckte› Krawatte.» Er rückte die Brille vor und beugte sich herüber, um das Muster näher in Augenschein zu nehmen – Reihen paarweiser Rhomben, die einander wie Venn-Diagramme durchdrangen, die meisten rot. «Sehr edel.»

Ich sagte: «Die da habe ich aber auch noch nicht gesehen, oder?», während ich wiederum seine Krawatte befingerte. «Wirklich schön.»

«Die?» sagte er. Er schnippte daran herum, als müsse auch er sich an die Umstände erinnern, unter denen er sie gekauft hatte. «Die habe ich von Whillock Brothers.»

Als wir dann um den Tisch versammelt waren, betrachtete ich die Krawatten aller meiner männlichen Verwandten: die Krawatte meines Großvaters und die Krawatte meines Onkels und die Krawatte des Vaters meiner Tante – und es war mir völlig klar, daß mein Vater und ich an dem Abend fraglos die beiden bestaussehenden Krawatten am Tisch trugen. Jäh schwoll in mir eine Blase aus Stolz und Dankbarkeit. Auch später noch, wenn ich auf Besuch nach Hause kam, tauschte ich die eine oder andere Krawatte mit ihm aus, und wenn ich am nächsten Thanksgiving auf Besuch kam, dann sah ich meine ehemalige Krawatte inmitten all der anderen, die er sich selbst gekauft hatte, über dem Türknopf hängen, und sie paßte genau dazu, sie paßte genau dazu!

hatte jede Menge Haare, die eindrucksvoll um ihr kleines aufgewecktes Gesicht herumgemousst waren; im Augenblick war sie wohl in Hochform, denn sie hatte auch die Telefone von Deanne und Julie übernommen, den anderen Sekretärinnen in meiner Abteilung, bis sie nach eins aus der Mittagspause kamen. Im privateren Bereich ihrer Box, im Schatten des Bords unter dem ungenutzten Neonlicht, hatte sie Schnappschüsse von einem Ehemann in gestreiftem Hemd, von irgendwelchen Neffen und Nichten sowie von Barbra Streisand und eine mehrfach kopierte Sentenz in Frakturschrift an die Wand gepinnt, die lautete: «Wenn du nicht kneifen kannst, knie dich rein!» Ich hätte gute Lust, einmal den Weg der Sprüche in solchen Sekretariaten durch die Büros der Stadt zu verfolgen; Deanne hatte sich auch einen an die Wand ihrer Kabine gepinnt, dessen Großbuchstaben durch die Verzeichnung nach dem endlosen Kopieren von Kopien zu bröckelnden Ruinen zerfallen waren; da stand: «WOLLEN SIE MICH ETWA AUF DEN HETZJOB HETZEN, DEM ICH SCHON HINTERHERHETZE?»

«Was ist denn mit dem guten Ray?» sagte ich; Ray war der Mann, der für die Leerung des Abfalls in jedem Büro und jeder Box und für das Aufstocken der Waschraumartikel zuständig war, nicht aber für das Staubsaugen, das von einer Fremdfirma besorgt wurde. Er war ungefähr fünfundvierzig, stolzer Vater, trug Karohemden – ich assoziierte ihn immer mit dem Gefühl, Überstunden zu machen, denn ich hörte das allmähliche Nahen fernen papierenen Krachens und die schlüpfrigen Geräusche von Plastikfolie, wenn Ray sich auf seiner Runde zu meinem

Bürozimmer vorarbeitete, wobei er jeden Papierkorbbeutel in eine graue, dreieckige Plastik-Müllkarre leerte; damit erklärte er für das jeweilige Bürozimmer den Tag für wirklich beendet, auch wenn man dennoch weiterarbeitete, denn alles, was man von da an wegwarf, war der *Abfall von morgen*. Bevor er einen Papierkorb mit einem neuen Plastikbeutel versah, verbarg er einen zweiten, zusammengefalteten auf dem Boden, für den nächsten Tag, was ihm bei jedem Stopp ein paar Bewegungen ersparte; und er machte einen ganz festen Knoten in das Plastik, damit es nicht gleich in den Korb rutschte und ebenfalls zu Abfall wurde, sobald man etwas Großes, etwa eine Zeitung, hineinwarf.

«Er hat sich am Wochenende verhoben, als er versuchte, ein Schwimmbecken zu verrücken», sagte Tina. Ich verzog das Gesicht in Büromitgefühl. «Ich hoffe doch, es war kein eingelassenes.»

«Ein Planschbecken für seine Großnichte. Er wird wohl eine Zeitlang fehlen.»

«Das erklärt, warum ich während der letzten Tage meinen Kaffeebecher, wenn ich ihn wegwarf, durch dieses aufgeblähte Plastikkissen runterdrücken mußte. Der Mensch, der für Ray eingesprungen ist, weiß nicht, wie man die eingesperrte Luft wegkriegt. Aber ich fand den Effekt trotzdem irgendwie witzig – ein Kopfkisseneffekt.»

«Kann ich mir denken, daß du Kopfkisseneffekte witzig findest», flirtete sie mechanisch. Sie führte mich zu einem Plakat, das auf dem Schreibtisch eines Forschungsassistenten, der sich krankgemeldet hatte, ausgebreitet war.

«Wo unterschreibe ich?»

«Irgendwo. Hier hast du einen Kuli.»

Ich hatte schon halb meinen Hemdtaschenkuli herausgezogen, zögerte aber, da ich ihr Angebot nicht zurückweisen wollte; gleichzeitig sah sie, daß ich bereits einen Kuli hatte, und begann den ihren, den sie mir hinhielt, mit einem «Oh» zurückzuziehen; inzwischen hatte ich beschlossen, ihn anzunehmen und daher den in meiner Tasche losgelassen, jedoch erst, als es zu spät war, gemerkt, daß sie ihr Angebot zurückgenommen hatte; als sie wiederum sah, daß ich nach ihrem Kuli langte, stoppte sie die Rückwärtsbewegung, doch inzwischen hatte ich, ihre korrigierende Bewegung registrierend, wieder nach meinem Kuli gegriffen – so machten wir ein wenig Florettfechten, ähnlich dem wechselseitigen Tänzchen, das man mit einem entgegenkommenden Fußgänger aufführt, wenn beide schlingernd andeuten, daß sie den anderen links oder rechts passieren werden. Schließlich nahm ich ihren Kuli und betrachtete das Plakat; in Filzstiftfarben war eine Vase mit fünf großen Kringelblumen darauf skizziert. Auf der Vase stand in eins a Schreibschrift: «Ray, Du fehlst uns, hoffentlich kommst Du bald wieder zur Arbeit! Deine Kollegen.» Und auf den Blütenblättern der Filzstiftblumen waren die sauberen, fast identischen Unterschriften der vielen Sekretärinnen aus dem Zwischengeschoß; jede hatte in einem anderen Winkel unterschrieben. Dazwischen mischten sich ein paar abwechslungsreichere von den Abteilungsleitern und Forschungsassistenten. Ich tat einen Ausruf, wie schön es sei; es *war* schön.

«Julie hat die Vase gemalt, ich die Blumen», sagte Tina.

Ich fand ein unaufdringliches Blütenblatt an der vierten Blume: nicht zu hervorstechend, weil ich den Eindruck hatte, ich sei in letzter Zeit Ray gegenüber vielleicht ein wenig kühl gewesen – es ist ja unausweichlich, daß auch die Bürofreundlichkeit Zyklen unterworfen ist –, und ich wollte, daß er die Unterschriften der Leute, deren Gefühle er sich absolut sicher war, als erstes sah. Ich hätte fast schon unterschrieben, da bemerkte ich zum Glück noch, daß die große, horizontal komprimierte Konquistadorenunterschrift meines Chefs Abelardo mit tausend Kringeln und stolzen Schnörkeln ein Blütenblatt über meinem an eben der Blume saß, die ich mir ausgesucht hatte. Meinen Namen so dicht an den seinen zu setzen, wäre irgendwie falsch gewesen: Es konnte als Unterstellung einer besonderen Allianz (meine Unterschrift wäre dann näher dran gewesen als die von Dave, Sue oder Steve, die ebenfalls für Abelardo arbeiteten) ausgelegt werden, oder es konnte implizieren, daß ich mir den Namen meines Chefs aussuchte, weil ich in der Nähe des Namens einer anderen herausgehobenen Person und fern von den Unterschriften der Sekretärinnen sein wollte. Ich hatte inzwischen genug Abschieds-, Geburtstags- und Gute-Besserung-Karten unterschrieben, so daß ich eine ungesunde Sensibilität für die Feinheiten der Unterschriftsplazierung entwickelt hatte. Ich rückte weiter zum Blütenblatt einer antipodisch gelegenen Blume und unterschrieb in einem, wie ich hoffte, originellen Winkel. «Ray wird vor Freude springen, wenn er das Plakat sieht, Tina», sagte ich.

«Wie nett von dir», sagte Tina. «Mittagspause?»

«Schnürsenkel kaufen. Einer ist mir gestern gerissen, der andere eben jetzt. Kommt dir das nicht wie ein merkwürdiger Zufall vor? Ich weiß nicht, wie ich mir das erklären soll.»

Tina runzelte einen Moment die Stirn und zeigte dann auf mich. «Ach, das ist ja interessant, was du da sagst, weil, wir haben doch zwei Rauchmelder bei uns im Haus, ja? Wir haben sie jetzt seit etwa einem Jahr. Letzte Woche war die Batterie des einen leer, und das Ding fing an, ‹Piep!... Piep!... Piep!› zu machen. Russ ging also los und kaufte eine neue Batterie. Und dann, gleich am nächsten Tag, morgens, ich will gerade los, hab schon den Schlüssel in der Hand, höre ich plötzlich: ‹Piep!... Piep!... Piep!›, der andere. An zwei Tagen hintereinander.»

«Das ist wirklich sehr merkwürdig.»

«Allerdings. Besonders deswegen, weil der eine öfters losgeht; er ist nämlich näher an der Küche, und es paßt ihm nicht, wenn ich grille. Ein Huhn im Grill – Piep, Piep! – Alarm! Aber der andere ist, soweit ich mich erinnere, erst einmal losgegangen.»

«Du meinst also, daß es egal ist, ob sie losgehen oder nicht.» – «Genau, es ist egal. Augenblick mal.» Ihr Telefon hatte angefangen zu klingeln; sie entschuldigte sich, indem sie eine Hand hob. Dann sagte sie mit einer Stimme, die plötzlich reizend, effizient, platinhell und ein bißchen kurzatmig war:

> «Guten Morgen,[1] Donald Vanci wollen Sie sprechen? Tut mir leid, Don ist gerade nicht am Platz. Wollen Sie mir Ihre Nummer geben, damit er Sie zurückruft?»

---

[1] Obwohl es nach Tinas Schreibtischuhr inzwischen 12.04 war, rührte es mich immer an, wenn Sekretärinnen, weil

Geschmeidig löste sie ihren Kuli aus meinem Griff, zog sich ihren Während-Sie-weg-waren-Block heran und schrieb einen Namen auf. Dann notierte sie eine umfangreiche Nachricht, wobei sie Produktcodes und -mengen wiederholte. Eigentlich wollte ich gehen, aber das wäre ein wenig unhöflich gewesen. Durch Rays Plakat und das Brathuhn war unser Wortwechsel gerade so eben über die Bürohöflichkeit hinaus in das Reich menschlicher Konversation gelangt und mußte daher auch im Konversationston beendet werden; die Etikette gebot mir zu warten, bis sie ihre Telefonpflicht getan hatte, um noch einen letzten Satz mit ihr zu wechseln, es sei denn, die Länge der Nachricht, die sie aufnahm, überschritte deutlich die Drei-Minuten-Grenze, in welchem Fall Tina, die sich mit den Konventionen auskannte, mich – nachdem ich ihr mit einer «Ui, jetzt muß ich aber los»-Bewegung meinerseits (die Hose hochziehen, nach der Brieftasche greifen, ein witzelnder Gruß) das Stichwort gegeben hätte – mit einem lippengesprochenen «Tschüß!» entlassen würde.

Während ich wartete, ging ich das drehbare Nach-

---

sie es den ganzen Vormittag über wiederholt hatten, bis etwa eine Stunde in den Nachmittag hinein mit guten Morgen antworteten, ebenso wie manche Leute oft bis in den Februar hinein alles mit dem vergangenen Jahr datieren; manchmal bemerkten sie ihren Fehler dann und ergingen sich in Routineausflüchten wie «Heute mit dem falschen Fuß aufgestanden» oder «Wo habe ich nur meinen Kopf?»; doch in gewisser Hinsicht hatten sie recht, da sich die wahre Nachmittagsstimmung in Büros erst gegen zwei durchsetzt.

richtenkarussell nach Nachrichten durch, ungeachtet der Tatsache, daß ich den ganzen Vormittag dagewesen war und jedwedes Gespräch für mich persönlich entgegengenommen hatte; dann griff ich in Tinas Box und nahm ihren schweren, verchromten Datumsstempel in die Hand. Es war ein Modell mit eingebautem Stempelkissen; in Ruhestellung hielt das innenliegende Datumselement, das mit sechs Gummischlaufen versehen war, die aktuelle Zahlenfolge verkehrt herum gegen die feuchte schwarze Decke der Armatur gedrückt. Um ihn zu benutzen, setzte man den viereckigen Sockel auf das Papier, das man datieren wollte, und drückte auf den Holzknopf (ein richtiger Knopf!) – worauf das innenliegende Element, von S-Kurven geführt, die in den signalbrückenartigen Aufbau eingeschnitten waren, seine anmutige Abwärtsrotation antrat und sich, wie die Mondfähre, gerade rechtzeitig zur Landung aufstellte, das Papier einen Moment lang berührte, das Datum von heute hinterließ und sodann in seine Fledermausruhestellung zurückfederte.

Wenn ich frühmorgens zur Arbeit kam, beobachtete ich manchmal (durch die Glaswand meines Zimmers), wie Tina das Datum auf dem Datumsstempel weiterdrehte: Nachdem sie ihren einfachen Krapfen aufgegessen und die Krümel von ihren Fingerspitzen in das Einwickelplastik geschnippt hatte, in dem der Krapfen gewesen war, dann das Einwickelplastik um die Krümel herum geschlagen hatte, bis es die Form eines sauberen weißlichen Gewölles bildete, und das Gewölle weggeworfen hatte, schloß sie ihren Schreibtisch auf, holte ihre Heftmaschine, ihren Während-Sie-weg-waren-Block (derlei Dinge hatten die Eigenschaft zu verschwinden, wenn man sie nicht versteckte) und den Datumsstempel aus der peinlich sauber aufgeräumten mittleren Schublade und legte eventuelle Gratistütchen Süßstoff, die sie im Imbiß zu ihrem Kaffee mitbekommen hatte, in ein gesondertes Fach in der Schublade, das nichts als Süßstofftütchen enthielt. Und dann drehte sie eine Gummischlaufe des Datumsstempels um eine einzige Zahl weiter, eine Tätigkeit, mit der inzwischen wohl der Tag für sie begann, ihre erste Bürohandlung – ebenso wie für mich das Umblättern des Tageskalenders mit seinen beiden Metallringen, über die man die Löcher der postkartengroßen Seite führte, auf den nächsten Tag (was ich immer als letztes am Abend vorher machte, weil ich es ernüchternd fand, gleich morgens mit den Terminen und «Erledigen» vom Vortag konfrontiert zu werden) zur Ankerhemmung geworden war, über die mein Leben vorwärtsklickte.

Nun berührte ich die Datumsstempelschlaufen mit den Gummiziffern darauf, die mit kleinen metallenen Daumenrädchen eingestellt wurden; die Schlaufen für die Tage waren ganz schwarz, die Schlaufe mit dem Jahrzehnt aber war noch immer gummirotfarben und neu, mit Ausnahme der 8, die ganz tintenverklebt war. Ich öffnete die Hand und drückte das Datum hinein.

«Ich lese Ihnen die Zahlen noch einmal vor», sagte Tina gerade. Das Interessante daran, daß ich hier stehen und darauf warten mußte, bis sie zu Ende geredet hatte, war, daß es – obwohl wir mitten in einem Gespräch gewesen waren, dessen unterbrochener Schwung mich hier festhielt –, je länger ich dastand, desto weniger wahrscheinlich wurde, daß wir dort fortfahren würden, wo wir stehengeblieben waren, nicht weil wir den Faden verloren hätten, sondern weil wir über leichte, zu vernachlässigende Themen geredet hatten und keiner von uns den Eindruck machen wollte, er widme ihnen zuviel Aufmerksamkeit: Wir wollten ihren Status als zufällige Beobachtungen bewahren, die wir aufs Geratewohl unter hundert anderen, ebenso interessanten Dingen in unserem Leben, die wir einander genausogut hätten mitteilen können, ausgewählt hatten. Und tatsächlich, als Tina endlich auflegte, sagte sie, sofort ihre Telefonstimme abschaltend und mit einem Gespür dafür, daß ich gehen wollte: «Wie sieht's denn draußen aus?» Sie lehnte sich zurück, um auf das Quadrat blauen Himmels und die zwei straff gespannten, vibrierenden Flaschenzugseile der Gondel des Fensterputzers zu blicken, die durch das Fenster ihres Chefs zu sehen waren.[1] «Ooh, ist ja herrlich draußen», sagte sie. «Ich muß noch so viel erledigen – hoffentlich kommt Julie rechtzeitig zurück. Ich

[1] Eigentlich war es gar kein blauer Himmel, sondern ein grüner; die reflektierende Schicht auf der Scheibe verschob die wirklichen Farben, und diese Veränderung, in Verbindung mit dem Zischen aus den Klappen der Klimaanlage unter den Fenstern, ließ den Himmel sehr fern erscheinen und machte es schwer, die Außentemperatur zu erraten. Ich hatte mitbekommen, daß es nicht als besonders cool galt, Bemerkungen über den Fensterputzer zu machen, wenn er gerade nach oben schwebte, während man sich mit einem Kollegen unterhielt; es wurde allseits erwartet, daß man so an ihn gewöhnt war, daß er einem unmöglich einen Scherz oder eine Bemerkung entlocken konnte.

muß ein Geburtstagsgeschenk für meine Patentochter besorgen, eine Karte zum Muttertag...»

«Ach du Schreck, der ist ja auch bald.»

«Und ob, und dann brauche ich noch ein Flohhalsband für den Hund, und was noch? Da war noch was anderes.»

«Eine Batterie für den zweiten Rauchmelder.»

«Ja, richtig! Das heißt, nein, Russ hat welche besorgt. Hat Köpfchen, der Bursche.»

«Ja, Köpfchen», sagte ich und tippte mir dabei genauso an die Schläfe wie sie. «Aber sag mal – wo bekomme ich wohl Schnürsenkel?»

«Vielleicht bei CVS? Und gleich neben Delicato's gibt's einen Schuster – nein, der hat zu. CVS wird bestimmt welche haben.»

«Na, dann los!» Ich stellte den Datumsstempel an seine korrekte Position auf ihrem Schreibtisch. «Tschüß.»

«Hast du dich auf abwesend gestellt?»

Ich sagte ja.

Sie drohte mir mit dem Finger. «Dich kann man keine Sekunde aus den Augen lassen. Schönen Mittag!»[1]

---

[1] Es gibt zwei ideale Möglichkeiten, ein oberflächliches Gespräch mit einem Kollegen zu beenden; entweder mit einer kleinen scherzhaften Bemerkung oder mit einer nützlichen Information. Erstere ist die geläufigere, vorzuziehen aber ist die zweite. Der Schwatz mit Tina war das längste Gespräch, das ich an dem Tag bis dahin geführt hatte (und das sollte es auch bleiben, bis L. abends um neun anrief – seltsamerweise war das mehr als genug an Gespräch, um meine geselligen Instinkte zu befriedigen); und ich war zufrieden, daß es mit der Information geendet hatte, ich könne Schnürsenkel

Ich lenkte meine Schritte in Richtung Herrentoilette, und dann kam die Mittagspause.

---

bei CVS bekommen. Das vermittelte uns beiden das Gefühl, im Leben voranzukommen; ganz zufällig hatte sie bei irgendwelchen eigenen Besorgungen etwas erfahren, was andere offenbar nicht wußten, und dieses Wissen gab sie nun an mich weiter.

FÜNF

Es stimmt nicht, wenn man sagt: «Als ich klein war, mochte ich *x*», wenn man *x* immer noch mag. Ich gebe zu, daß ein Teil meines Vergnügens, Rolltreppe zu fahren, von den Verbindungen mit Kindheitserinnerungen herrührte, die das Erlebnis intensivierten. Andere erinnern sich, daß sie als Kind gern im Boot, Auto, Zug oder Flugzeug saßen – auch ich tat das gern, aber stationäre Transportsysteme interessierten mich mehr: Gepäckbeförderungssysteme am Flughafen (die einander überlappenden Sichelmonde aus Hartgummi, die es dem Förderband gestatteten, Kurven zu überwinden und dabei seine Fracht aus gepreßten Kleidungsstücken sauber mitzuziehen, und der Gummipony, der den Übergang zwischen der hellen Innenwelt der Gepäckausgabe und der Außenwelt der Flugzeugschlepper und Männer in blauen Uniformen markierte); Förderbänder an Supermarktkassen, die wie eine Nähmaschine mittels eines Fußpedals ein- und ausgeschaltet wurden und eine reißverschlußartige Naht hatten, die ständig wiedererschien; und Supermarkt-Berg-und-Talbahnen, die aus Reihen vertikaler, in einer U-Kurve angelegter Walzen bestanden, über die graue, numerierte Plastikbehälter, in denen sich die eingetüteten und bezahlten Lebensmittel befanden, durch ein mit Lappen versehenes Tor nach draußen glitten; Milchabfüllmaschinen, die wir auf Klassenfahrten sahen und die die hintereinander stehenden Flaschen auf gewundenen Bahnen mittels gummierter Seitenrollen im Eiltempo zu einer Maschine beförderten, wo die Milch in sie hineinschoß und ein Pappdeckel daraufgesteckt wurde; Murmelrutschen; olympische Rodel- und Bobbahnen; das Laufband mit den Kleidern in der chemischen Reinigung – ein gekrümmter Kreislauf aus raschelndem Plastik (KEIN SPIELZEUG! KEIN SPIELZEUG! KEIN SPIELZEUG!) und schwach erkennbaren Kleidungsstükken, der vom Ladentisch aus eine Schleife nach hinten in den rückwärtigen Teil des Geschäfts zu den Bügelautomaten zog, dann seitlich ausschwang und um an antiquierten Nähmaschinen sitzende alte Männer Slalom fuhr, die aus den kunterbunten Haufen Hosen, an die je ein kleiner Zettel geheftet war, schlau wurden; Wäscheleinen, an denen man Kleider über Abgründe kurbelte und, wenn die Wäsche trocken war, wieder zurück; der Hähnchengrill bei Woolworth, in dem man ganze, orangegoldene Hähnchen an sich drehenden Spießen rotieren sah; und die sich drehenden Timex-Uhren-Auslagen, in denen jede Uhrenbox offen wie eine Muschel dalag; die zylindrischen Bratrostrollen, auf denen sich Hot Dogs langsam im Gegensinn zu den Rollen drehten und Blasen schlugen; Getriebe, die (wie mir mein Vater erklärte) an ihren geölten Übertragungspunkten Kräfte umwandelten und weiterleiteten. Die Rolltreppe hatte mit diesen Systemen manches gemein, nur eines nicht: sie war das einzige, auf das ich treten und mit dem ich fahren konnte.

Mein Vergnügen, an dem Mittag Rolltreppe zu fahren, gründete also zum Teil auf verschwommenen Erinnerungen und Assoziationen – und nicht nur auf Erinnerungen an die Welt der Mechanik, die meinen Vater (und mich) begeisterte, sondern auch auf Erinnerungen daran, wie meine Mutter meine Schwester und mich in Warenhäuser mitnahm und uns dazu anhielt, uns der Rolltreppe mit Vorsicht zu nähern. Sie ermahnte mich, ja keine rosafarbenen, backenzahngekerbten Kaugummiklümpchen in den Spalt zwischen einer gerundeten Setzstufe und der gerillten Trittstufe darunter zu klemmen – das hatte ich vorgehabt, weil ich sehen wollte, wie der Kaugummi von der übermächtigen Kraft einer großen, soliden Maschine zerquetscht würde, so wie ein Müllfahrzeug Pappkartons ineinanderknautschte. Wenn wir auf eine Rolltreppe traten, hob sie meine Schwester hoch, wobei sie sich ihre schrill geschnittene Einkaufstasche unter den Ellbogen klemmte, und setzte sie auf einer höheren Stufe ab. Ich konnte mich nur mit Mühe an dem Gummihandlauf festhalten und durfte mich vernünftigerweise auch nicht an der hohen Stufe vor mir abstützen. Kurz bevor wir das nächste Geschoß erreichten, sah ich aus dem krenelierten Schlitz, wo die Rolltreppenstufen verschwanden, einen grünen Schimmer hervordringen; hatte ich dann den Schritt auf seltsam unbewegliches Linoleum getan, hinter dem sich eine Teppichbodentundra erstreckte, empfingen mich die gedämpften

Geräusche einer Abteilung, von der ich nichts wußte, etwa die der «Miss»-Abteilung: das Klicken von Kleiderbügeln mit Metallhaken und Plastikummantelung, Bügeln, die nicht schwer mit hallarmen wollenen Männeranzügen beladen waren, sondern in dichten Schulmädchenkreisen um ein «Ausverkauf»-Pappschild herum eine leichte, gestrickte Last trugen, und dazu das melodiöse Signal des «Miss»-Telefons, das in einem gemächlichen Viererrhythmus bimmelte, ein Bimm pro Sekunde.

Obwohl sich meine Gedanken über Rolltreppen heute zu an die siebzig oder achtzig Prozent aus derlei kindlichen Erinnerungen zusammensetzen, wurde mir in letzter Zeit zunehmend unwohl dabei, sie zu Beschreibungen von Dingen, die mir lieb sind, heranzuziehen – und erst vor wenigen Wochen, etliche Jahre also nach der Rolltreppenfahrt, die das Vehikel dieser Erinnerung ist, gelangte ich zu einer etwas klareren Haltung in dieser Frage. Ich fuhr gerade auf der mittleren Spur eines breiten Highways Richtung Süden – es war ungefähr 7.45 Uhr morgens, ein sehr blauer, klarer, schneefreier Wintertag – zu der Arbeit, die ich angetreten hatte, nachdem ich die Stelle in der Abteilung im Zwischengeschoß gekündigt hatte.[1] Ich hatte die

[1] Damals, als ich noch täglich die Rolltreppe ins Zwischengeschoß hochfuhr, besaß ich noch keinen Wagen, später aber, als ich einen hatte, merkte ich, daß das Rolltreppenglück nicht allzu weit von dem Standardvergnügen entfernt ist, das dem Pendler auf der Autobahn zuteil wird, wenn er in seiner warmen, ruhigen Kiste bei gleichbleibender Geschwindigkeit zwischen den regelmäßig pulsierenden weißen Fahrbahnmarkierungen dahinfährt.

Sonnenblende vor das Seitenfenster geschwenkt, um das direkte Sonnenlicht, das von links hereinbrannte, abzuhalten – ich hatte den Schattenbereich der Sonnenblende (dieses wunderschöne Querruder, das an einer Ecke für den Rückspiegel eingekerbt war) sogar noch mittels eines darübergehängten Schnellhefters vergrößert –, und so war der Himmel vor mir mit einem herrlichen, reinen Blau erfüllt, ohne daß mir die Sonne ins Gesicht schien und ich blinzeln mußte. Die PKWs und Laster um mich herum hielten alle schön Abstand: nah genug, um ein Gefühl von Gemeinschaft und gleichem Ziel entstehen zu lassen, aber wiederum nicht so nah, daß man glaubte, man könne nicht jederzeit, wenn man wollte, temperamentvoll die Spur wechseln. Ich hielt die Rückenwirbel des Lenkrads in der linken Hand und einen Styroporbecher Kaffee mit einem speziellen Deckel samt Schlucköffnung in der rechten.

Ich fuhr dicht auf einen grünen Laster auf, der ungefähr zehn Stundenkilometer langsamer war als ich. Genauer gesagt war es ein «Müllwagen», aber nicht die Art Stadtfahrzeug, das einem bei diesem Wort einfällt (und dessen absackendes Heckteil dem Haarnetz einer Kantinenfrau bei der Essensausgabe ähnelt). Es war vielmehr einer dieser größeren Laster, die den gepreßten Müll von einer zentralen Verarbeitungsanlage zu einer Müllhalde befördern: ein großer rechteckiger Container mit einer über die halbe Breite gehenden Fahrerkabine davor. Ich wußte, daß der Müll irgendwie gepreßt war, weil ich kleine Teilchen durch den schmalen Spalt unter der hinteren Verkleidung mit Macht herausdrängen sehen konnte – das war kein Abfall mit normaler, lockerer Ebenerst-abgeholt-Dichte. Dicke grüne und sehr schmutzige Segeltuchplanen waren über den Container gezogen und mit Seilen befestigt, die im Zickzack die Seiten entlang verliefen.

Das Zickzack der Planenseile und der Wechsel zwischen diesen geraden Linien und den gespannten Bögen, in die sie die Tuchplanen zogen, das gefiel mir als erstes. Dann besah ich mir die Oberfläche des Stahlcontainers zwischen den Planenseilen: Man hatte organische Roststellen grün überstrichen, und der nach wie vor aktive Rost hatte unter der neuen Schicht weitergearbeitet, und nun verband sich die Frische der kürzlich erfolgten Überstreichung mit der verborgenen Verwitterung des Rosts. Das Ganze wirkte wunderbar kroß, als ich zum Überholen die Spur wechselte. Und in dem Moment, als ich unvermittelt mehr blauen Himmel als grünen Laster vor mir hatte, fiel mir ein, wie es mich, als ich klein war, immer gefesselt hatte, daß alles, egal wie grob, rostig, schmutzig oder auf andere Weise heruntergekommen, gut aussah, wenn man es auf ein Stück weißes Tuch oder vor irgendeinen anderen sauberen Hintergrund plazierte. Der Gedanke kam mir mit eben dem Zusatz: «Als ich klein war», und in Verbindung mit dem Anblick eines bestimmten rostigen Schienennagels, den ich einmal gefunden und auf ein Stück sorgfältig glatt gefegten Betonboden in einer Werkstatt gelegt hatte. (Werkstattstaub füllt Unebenheiten im Beton auf, wenn man ihn auffegt, man bekommt dann eine ganz glatte Fläche.) Der Trick mit dem sauberen Hintergrund, auf den ich mit acht oder neun gekommen war, wirkte nicht nur bei Gegenständen, die ich besaß, etwa einer Gruppe fossiler

Brachiopoden, die ich vor einen weißen Hemdkarton stellte, sondern auch bei Objekten im Museum: Kustoden arrangierten Geoden, frühe amerikanische Augengläser und Schuhabkratzer vor einem schwarzen oder grauen Samthintergrund, denn sobald man ein Detail der Welt derart absetzte, konnte es als Gegenstand des Interesses zu wahrer Größe gelangen.

Aber mich hatte ja der Müllwagen, den ich *im Alter von dreißig Jahren* vor dem blauen Himmel ausgestellt sah, an meine alte Hintergrundtheorie erinnert. Der Trick war zwar einfach, aber er erschien mir *genau jetzt* als interessant und nützlich. Daher war die «Als ich klein war»-Nostalgie irreführend: Sie machte etwas, das ich als Erwachsener ernst nahm, zu etwas Schmalzigerem, Ungenauerem und Exotischerem, als es in Wirklichkeit war. Wozu müssen wir jede Freude, die wir bei aus der Kindheit mitgeschleiften Entdeckungen empfinden, immerzu mit dieser Nostalgie rechtfertigen, wenn sie jetzt doch eindeutig eine Erwachsenenfreude ist? Ich beschloß, von nun an nicht mehr diesen in die Ferne schweifenden Blick zu bekommen, wenn ich Dinge beschrieb, die mich in der Jetztzeit begeisterten, gleichgültig, ob sie ursprünglich einmal Kindheitsschwärmereien gewesen waren oder nicht.

Wie zur Belohnung für diesen Entschluß schaute ich im weiteren Verlauf dieses Tages in das Kühlregal eines Selbstbedienungsladens und erblickte ein in Plastik verpacktes Sandwich mit der Aufschrift «Frischkäse mit Oliven in Scheiben». Die Vorstellung eines quergeschnittenen, olivenumgebenen Paprikastückchens, das wie ein Kakaduauge auf der weißen Frischkäsefläche lag, kam mir doch sehr wie die Illustration genau des Prinzips vor, das ich am Morgen wiederentdeckt hatte: Oliven allein sind alt, eingelegt, salzig, angelaufen – setzt man sie aber gegen einen Frischkäsehintergrund ab, so sind sie Schmuckstücke.[1]

Ich will nun also zweierlei tun: zum einen die Rolltreppe ins Zwischengeschoß als etwas Schönes und für mich als Erwachsenen Bedenkenswertes vor

---

[1] Besonders interessant fand ich, daß die Lebensmittelabteilung in den Titel des Sandwichs «in Scheiben» mit aufgenommen hatte, möglicherweise nach dem Vorbild von «Eierscheibensandwich». «Thunfisch und Sellerie *in Scheiben*» oder auch nur «Thunfisch und Sellerie» muß man nicht sagen; wir heben das Vorhandensein von Oliven deshalb hervor, weil Frischkäse strukturell einheitlich ist und die daraufgelegten Oliven eine gleichwertige Nennung erfordern, Thunfisch dagegen ist braun und krümelig und daher ein Gemenge. In Wirklichkeit ist die Frage weniger feinsinnig als folgendes: Oliven auf einem Frischkäsebett haben einen kräftigeren Geschmack als Sellerie als Teil des streng riechenden Thunfischdurcheinanders: Sellerie wird oft nur als Streckmittel verwendet und soll festigen und ein Mehr an billigem Kaugenuß dazugeben, während Oliven Gramm für Gramm teurer sind als Frischkäse und daher ein höheres Streben, eine edlere Absicht bekunden. Was kann diese Fadheit auffrischen und beleben? fragte sich der Ernährungswissenschaftler, der mit der Aufgabe betraut war, ein schlichtes Frischkäsesandwich appetitlich zu machen. Pilze? Schnittlauch? Paprika? *Und dann* – schnitt er eine Olive, deren Wert im Großeinkauf vielleicht zwei Cent beträgt, in sechs Scheiben, verteilte diese gleichmäßig auf ihrem weißen Medium, und plötzlich war da die ganze augenzwinkernde, gackernde Cocktail-Frivolität eines schlanken Gourmet-Glases spanischer Oliven im Türfach des Kühlschranks, und sie steckte in dem billigsten, harmlosesten, kindgerechtesten Sandwich, das man machen kann.

einen sauberen mentalen Hintergrund stellen und, zum anderen, zum Ausdruck bringen, daß ich zwar durchaus hochprozentige Freude aus jener Kontinuität gewonnen habe, die meine Rolltreppenfahrt als Erwachsener mit den Rolltreppen der Kindheit verband, dabei aber versuchen will, nicht auf so einem nostalgisch wolkigen Ton zu schweben, als besäßen nur Kinder die Fähigkeit, diese großartige Einrichtung zu bestaunen.

SECHS

Während ich vorübergehend noch wie berauscht unter dem Eindruck meines Freimuts stehe, muß ich doch sagen: egal, wie sehr ich darauf achte, daß sich keine sentimentalen Verzerrungen einschleichen – sie tun es dennoch. Im Fall der Rolltreppe kann ich die Entstellungen wahrscheinlich in Grenzen halten, weil Rolltreppen mich unverändert (mit Ausnahme der aufregenden Periode, als Rolltreppen mit Glaswänden aufkamen) mein ganzes Leben lang begleitet haben – nichts ist verlorengegangen. Andere Dinge aber, Zapfsäulen etwa, Eisschalen, Linienbusse oder Milchtüten haben verwirrende Veränderungen durchlaufen, und die einzige Möglichkeit, das Ausmaß, die Tragweite und die Auswirkungen dieser Veränderungen zu begreifen, die die oft undokumentierte tägliche Struktur unseres Lebens ausmachen (eine grobe, kiesige Struktur, wie das Bankett einer Straße, das normalerweise zu schnell für eine mikroskopische Untersuchung vorbeirast), besteht darin, frühere Bilder dieser Dinge, in welcher Form auch immer sie in der kindlichen Erinnerung auftauchen, herauszugreifen – und hat man diese kindlichen Erinnerungen erst abgerufen, dann muß man damit leben, daß sie beständig dazu neigen, die fragmentarische Historiographie mit dem Geigenschmalz vergangener Rührung zu versauen. Ich trinke nur noch sehr selten Milch; eigentlich war der Viertelliter, den ich bei Papa Gino's zu meinem Keks kaufte, eines der allerletzten Male: Es war eine Art Test, ob ich sie noch immer mit dem alten Genuß trinken konnte. (Auf diese Weise muß man, wie ich finde, seine Neigungen und Abneigungen immer wieder stichprobenartig überprüfen, damit man weiß, ob man jetzt anders dazu steht.) Doch meine Bewunderung der Milchtüte ist ungebrochen, und ich bin überzeugt, daß der Wechsel von angelieferter Flaschenmilch zu Milch, die man im Supermarkt in Pappbehältern mit einem Spitzdach kauft, für Leute ungefähr meines Alters eine bedeutsame Umstellung bedeutete – wäre man jünger, dann hätte man sich mit der Neuheit als persönlichem Ausgangspunkt vollständig identifiziert und keinerlei Verlust empfunden;[1] wäre man älter, dann hätte man die Fähig-

---

[1] Beispielsweise empfinde ich es nicht als Verlust, daß der Arzt keine Hausbesuche mehr macht: Nur einmal kam ein Arzt zu mir nach Hause, als ich im Masernfieber halluziniert hatte, die reglose Flamme einer Kerze an meinem Bett habe sich zu mir herübergebeugt und mir den Gaumen wie ein sehr warmes Getränk umspült, und zu der Zeit war ich so jung (ich glaube, drei), daß die schwarze Tasche mit den beiden interessanten kreisförmigen Scharnieren für mich heute beinahe ein Mythos ist, jedenfalls nichts, was ich vermisse: für mich nimmt die Geschichte der Medizin ihren wahren Ausgang im Wartezimmer eines Arztes, wo ich einer Spritze harrte.

keit, einer Sache nachzutrauern, schon bei früheren, unbedeutenderen Umstellungen erschöpft gehabt und diesen Wechsel mit einem Achselzucken quittiert. Da ich mit der Entstehung dieser Tradition aufwuchs, habe ich immer noch Ehrfurcht vor der Milchtüte, in der die Milch in die Supermärkte zu all den anderen Nahrungsmitteln kam, nämlich in einem Karton aus wachsbeschichteter Pappe, auf dem «Sealtest» stand, ein hübsches Kunstwort. Das erste Mal sah ich die Erfindung bei meinem besten Freund Fred zu Hause im Kühlschrank (ich weiß nicht mehr, wie alt ich da war, vielleicht fünf oder sechs): Die glänzende Idee, daß man eines der dreieckigen Gesimse des Kartons aufriß, die Flügelklappen nach hinten drückte, indem man die Steifheit der geklebten Naht gegen sie selbst richtete, die Versiegelung, ohne sie überhaupt berühren zu müssen, zu einer rautenförmigen Öffnung ausstülpte, die gleichzeitig eine ideale Tülle war, eine *bessere* Tülle als die

---

Ebensowenig beklage ich den großen Wandel des Ausleihvorgangs in Bibliotheken, der in den sechziger Jahren vonstatten ging: Statt daß die Bibliotheksangestellte ein Rückgabedatum auf eine Karte stempelte, auf der schon frühere Rückgabedaten standen (wodurch man erfuhr, wie häufig ein bestimmtes Buch ausgeliehen wurde), legte sie 1. die getippte Titelkarte des Buches, 2. den eigenen Benutzerausweis und 3. eine Lochkarte, die ein vorgedrucktes Rückgabedatum trug, nebeneinander in einen großen grauen Fotokasten und drückte einen abgegriffenen Knopf; für mich beginnt die Geschichte der Bibliothek mit den Verschlußblitzen in diesem grauen Kasten. (Da ich seit langem keinen mehr gesehen habe, kann es sein, daß ich einige Details des grauen Mikrofichegeräts damit verquicke.)

kreisförmige Flaschenöffnung oder der Schnabel eines Krugs, weil man auf sehr einfache Weise einen sehr feinen Milchstrahl produzieren konnte, indem man ihn über die Führecke leitete, eine Sache, die ich zu schätzen wußte, da ich gerade meine Fähigkeit vervollkommnete, mir selber ein Glas Milch einzugießen oder eine Schale Cornflakes zu machen – diese glänzende Idee erfüllte mich mit Neid und Befriedigung. Ich erinnere mich nur an eine konkurrierende Pappmethode, bei der ein Papierstöpsel in eine Ecke der oben flachen Tüte eingebaut war; doch die triumphale Überlegenheit der Spitzdachidee, die das Verschlußmittel so elegant auch noch als Verabreichungsmittel nutzt (anders als, sagen wir mal, die kleinen Metalltüllen, die an der Seite von Domino-Zucker- oder Cascade-Geschirrspülmittelschachteln angebracht und zwar als solche interessant sind, aber in keinerlei Zusammenhang mit den geklebten Pappklappen oben und unten stehen), wischte jedwede Alternative vom Tisch.

Andererseits faszinierte mich aber auch ungeheuer das System der Anlieferung, das sich noch Jahre ins Zeitalter des Pappkartons hinein halten konnte. Es war mein erster Einblick in den Gesellschaftsvertrag. Ein Mann öffnete unsere Haustür, stellte, auf Kredit, Milchflaschen in den Windfang und nahm die leeren Flaschen mit – gegenseitiges Vertrauen! In der zweiten Klasse karrte man uns mit dem Bus in eine Molkerei, wo wir sahen, wie die Literflaschen beim Waschvorgang eine nach der anderen aus Kästen voller Sprühdampf zu einer Maschine aufstiegen, die dem Schaufelrad eines Mississippidampfers ähnelte. Trotz meiner immensen Bewunderung für die Tüte fühlte ich mich denen überlegen, die im Supermarkt ins Milchregal griffen und Sealtest-Produkte herausnahmen und damit vor aller Welt zugaben, daß sie keine eigene Anlieferung hatten und daher auch keine richtigen Mitglieder der Gesellschaft waren, sondern Einzelgänger und Irrende. Doch bald spürte ich, daß auch im Reich der Anlieferung nicht alles stimmte. Anfangs hatten wir die Onondaga-Molkerei, deren Literflaschen mit einer Papierkappe verschlossen waren, die mittels umgeklappter Falten am Glas hielt; das Markenzeichen war ein Indianerkind, und es trug eines dieser Stirnbänder mit Federn wie im Western, die von den Stämmen im Staat New York wohl kaum je getragen worden sein dürften. Dann ging es mit den Molkereifusionen los. Die Milch kam weiterhin ohne Unterbrechung, doch der Name auf dem Milchwagen mit dem Treppchen war ständig ein anderer, ebenso der Milchwagen selbst. Die Anlieferungen gingen von drei- auf zweimal die Woche zurück. Plötzlich tauchten seltsame, fremdartige Zweiliterflaschen auf – die von Keen Way ist die einzige, an die ich mich erinnere: eine Molkerei benutzte die aufgekauften Flaschen anderer, eingegangener Molkereien, was bedeutete, daß *der Name, der in das Glas eingeschmolzen war, nicht mehr mit dem Namen übereinstimmte, der auf die Kappe gedruckt war,* ein störender Mißklang. Dann gab man die Glasflaschen völlig auf und ersetzte sie zunächst durch weiße Plastikcontainer mit rotem Griff und später durch ebendie Sealtest-Tüten, die man im Supermarkt bekam. Aus Gewohnheit oder Ehrfurcht vor der Tradition ließen wir uns weiter beliefern, obwohl die angelieferte

Milch oft schneller schlecht wurde, nachdem sie einen Tag lang ungekühlt im Windfang gestanden hatte, während meine Eltern bei der Arbeit und meine Schwester und ich in der Schule waren. Obwohl ich mich anfangs noch dagegen wehrte, begann meine Mutter, zusätzliche Sealtest-Tüten bei A&P zu kaufen, oder sie schickte mich deswegen in einen Tante-Emma-Laden; doch um (wie wir dachten) die Anlieferungsmolkerei während dieser Übergangsjahre über Wasser zu halten, bissen wir auf die tristen Werbezettel an, die sie zwischen ihre Tüten steckte und denen zufolge sie auch Orangensaft, Kakao, Hüttenkäse und Buttermilch im Angebot hatte. Zu der Zeit stand auf dem Milchwagen schon überhaupt kein Name mehr; wir waren das letzte Haus in der Straße und vielleicht in der ganzen Gegend, bei dem noch angeliefert wurde, und zweifelsohne eher eine Plage als eine Stütze: Der Milchmann, jede Woche ein anderer, beschleunigte immer heftig, kaum daß er sich wieder hinters Steuer geschwungen und den Anlasser betätigt hatte – er mußte eine ganze Stadt voller isolierter Gefühlsmenschen beliefern. Schließlich hinterließ die letzte fusionierte Molkerei einen Zettel, der besagte, daß die Anlieferung eingestellt würde, und die Umstellung war perfekt. Ich würde sagen, das war 1971. Ob ich trauerte? Jedwede Trauer, so fand ich, wurde von dem peinlichen Gefühl überlagert, daß wir uns auf die Seite der Verlierer geschlagen hatten, deren Dienstleistungen man in einen Topf mit pferdegezogenen Eis- und Kohlenwagen, Fuller-Bürstenmännern und handvermittelten Telefongesprächen mit Voranmeldung werfen konnte, und das im Zeitalter von Brasilia, der Munddusche, von segmentierten Armen auf Rädern, die sich teleskopartig vom Flugsteig ausstrecken, um ihr rundungsangepaßtes Vinyl-Ende gegen den genieteten Türbereich entladender Passagierflugzeuge zu drücken, und der Rolltreppe.

Doch da sich dieser allmähliche Wandel vollzogen hatte, bevor ich erwachsen wurde, lasse ich mich jedesmal, wenn ich darüber nachdenke, von seiner Geschichte fort- und zu diversen unverläßlichen, gefühlsbeladenen Details hinlocken. Meine Mutter brauchte Jahre, bis sie nicht mehr geistesabwesend versuchte, das falsche Ende der Sealtest-Tüte aufzureißen, obwohl ich ihr immer Vorträge darüber gehalten hatte, daß ein Dreieck viel fester geklebt war als das andere und daß der Unterschied zwischen beiden durch die in die Silhouette eines Pfeils gesetzte Aufschrift «Hier öffnen» angedeutet war – dies zu mißachten hieß, die Erfindung nicht ernst zu nehmen. Mein Vater machte Eiskaffee, nachdem er einen Vormittag lang Rasen gemäht oder Sträucher versetzt hatte, und ließ hinterher dann oft die Tüte auf der Anrichte stehen, *mit offener Tülle*. Und an dieser Stelle drängt es mich, nunmehr bereitwillig, den großartigen Eiskaffee meines Vaters unter die Lupe zu nehmen: Mehrere Löffel Nescafé und Zukker wurden mit einem knappen Zentimeter heißen Leitungswassers – damit sich das Granulat völlig auflöste – zu einem giftigen Sirup verflüssigt, sodann vier oder gar fünf Eiswürfel hinzugegeben, das Glas zur Hälfte mit Wasser aufgefüllt und mit Milch aufgegossen: so viele Eiswürfel, daß er erst, nachdem sie unter Zischen und Knacken ein wenig geschmolzen waren, wobei die Milch in diffundierenden Wirbeln drumherum absank, einen Löffel bis auf den Boden des Glases führen konnte, um das Getränk umzurühren.[1] Er hatte den Plan, davon eine in Flaschen

---

[1] Die Eisschale verdient eine historische Anmerkung. Erst gab es Aluminiumkähne, in die ein Gitterrost eingelassen und an denen ein handbremsenartiger Griff befestigt war – eine schlechte Lösung; man mußte das Gitter unter warmes Wasser halten, damit die Eiswürfel sich vom Metall lösten. Ich erinnere mich, sie im Gebrauch gesehen zu haben, aber selber habe ich sie nie benutzt. Und dann gab es plötzlich «Schalen» aus Plastik oder Gummi, richtiggehende Formen mit unterschiedlichen Designs – einige machten ganz kleine Würfel, andere wiederum große rechtwinklige und solche, die unten wie eine Badewanne aussahen. Manche Feinheiten bemerkte man erst allmählich: beispielsweise die kleinen Kerben in den Innenwänden, die eine Zelle von der anderen trennten und durch die sich der Wasserspiegel selbsttätig ausglich: das bedeutete, daß man den Behälter füllen konnte, indem man alle Zellen schnell unter dem Wasserhahn hin und her führte, als spielte man Mundharmonika, oder man drehte den Hahn nur ganz leicht an, so daß ein gerader dünner, lautloser Wasserstrahl aus der Armatur kam, und hielt die Schale schräg, wodurch das Wasser in eine einzelne Zelle gelangen und von da aus reihum in die Nachbarzellen fließen konnte und so sukzessive die ganze Schale füllte. Die Kerben zwischen den Zellen waren auch von Nutzen, wenn die Schale gefroren war; man verdrehte sie in sich, um die Würfel zu lösen, und konnte dann gezielt jeweils einen Würfel herausziehen, indem man einen Fingernagel unter den gefrorenen Vorsprung hakte, der sich in einer Kerbe gebildet hatte. Bekam man den Rand eines Kerbenstumpfs nicht zu fassen, weil sich die Zelle nicht bis über die Kerbhöhe gefüllt hatte, dann deckte man alle Würfel bis auf den einen mit den Händen ab und kippte die Schale um, so daß der eine Würfel, den man brauchte, herausfiel. Oder man drehte alle Würfel los und hob die Schale ruckartig hoch, als wäre sie eine Bratpfanne und

abgefüllte Mokkaversion namens Café Olé auf den Markt zu bringen; eine solche Flasche, mit einem dramatischen, Zorro-artigen Logo darauf, das sich diagonal über das Etikett zog, stand eine Zeitlang auf unserem Kaminsims, nachdem er den Plan aufgegeben hatte. Ebenso muß ich den subventionierten Viertelliter Milch erwähnen, den wir für vier Cent in der Schule kauften und in einer einzigen, ununterbrochenen Saugbewegung durch den Trinkhalm bis zum Schädelplatzen um die Wette austranken – diese mystischen vier Cent verbanden sich mit dem Bild von dem großen Glas Milch auf dem Plakat der vier Nahrungsgruppen und auch mit dem Gebot, täglich vier Glas Milch zu trinken, ein Gebot, das ich treu befolgte, indem ich, wenn es sein mußte, vier auf einmal kurz vor dem Zubettgehen trank.

All diese nostalgiegetriebenen Erinnerungen ergießen sich aus der Sealtest-Tüte, bringen mich vom Weg ab, verzerren, was ich als schlichte Dankbarkeitsbekundung für ein großartiges Verpackungsdesign verstanden wissen möchte, das weite Verbreitung fand, als ich klein war. Ich freue mich auf die Zeit, da ich als Erwachsener genug über Milch- und Käseprodukte nachgedacht haben werde und sich der unpasteurisierte Makel der Sentimentalität von

---

man wollte einen Pfannkuchen herumwirbeln. Die Würfel hüpften dann allesamt ungefähr einen halben Zentimeter aus ihrem jeweiligen Gehäuse heraus, und die meisten fielen wieder an ihren Platz zurück; einige aber, die, die am lockersten saßen, kamen weiter heraus und landeten oft schief, wobei ein greifbares Ende hervorstand – diese nahm man dann für das Getränk.

diesem Thema lösen wird; bislang aber ist mir, abgesehen von der Frischkäse-mit-Oliven-in-Scheiben-Sache von neulich, nur eine zusätzliche Molkereigedankeneinheit untergekommen: Ich habe neuerdings etwas gegen Milch als Getränk. In meinem ersten Collegejahr war der Glaube weitverbreitet: «Milch schleimt»; sie solle daher bei Erkältung gemieden werden. Das war der Anfang meiner Ernüchterung. Bald darauf bemerkte ich, daß ich davon offenbar eine belegte Zunge und Mundgeruch bekam, was ich, wie schon erwähnt, unbedingt zu vermeiden suche, und ein paar Jahre später stellte sich heraus, daß L. gegen Milch allergisch war: sie bekam davon blutigen Durchfall, und wenn sie sah, wie jemand im Fernsehen ein volles Glas kalte Milch hinunterschüttete, stöhnte sie auf vor Abscheu. Bevor ihr klar wurde, daß sie dagegen körperlich allergisch war, schrieb sie ihre Abneigung dem Einfluß ihres Vaters zu: Er, so sagte sie mir, verband Milchprodukte mit einer bestimmten Art frohsinniger Grobheit – blonde Mezzosopran-Sommerlagerführer mit Wikingerhelm, die zwischen den Lupinen sitzen und Napf um Napf davon leeren, wobei man zusehen kann, wie ihre Knie und Wangenknochen wachsen. Sie erinnerte sich vage, wie er aus Tacitus' *Germania* zitierte, etwas mit «Barbaren, die sich die Haare butterten». (Oder war es nicht Tacitus, sondern Ammianus Marcellinus?) Und auch mir wurde unter dem Einfluß ihrer Abneigung zunehmend unwohl beim Anblick des halbdurchsichtigen Films, der sich bei einem halb getrunkenen Glas Milch an einer Seite absetzte und sich zu der Stelle am Rand verjüngte, wo die Lippen geschlürft hatten; mithin verband sich mein Bedauern über die vielen Durchfallattakken, die sie durchlitten hatte, bevor sie von ihrer Allergie wußte, mit meinem tiefen Verlangen, nicht für einen Haarbutterer gehalten zu werden. Wenn sie für ein Rezept Milch brauchte, schnupperte sie mißtrauisch an der offenen Tüte, unsicher, ob sie frisch war, unsicher aber auch, ob ihre Unsicherheit nicht in Wahrheit eine Aversion gegen den normalen Geruch war; schließlich sagte sie dann: «Was meinst du, ist die okay?», und reichte mir die Tüte mit einem pragmatischen, kräusellippigen, stirnrunzelnden Ausdruck, den ich sehr mochte – ein «Würdest du mir bitte diesen schlechten Geruch bestätigen?»-Ausdruck –, wobei sie mein Gesicht aufmerksam im Auge behielt, während ich die Nase in die Tüte steckte. Und das war ein weiterer großartiger Nebeneffekt der Milchtüte: die kleine karoförmige Tülle ist wie geschaffen für die Nase; in ihr konzentriert sich der feinste säuerliche Geruch: eine große runde Milchflaschenöffnung konnte für die Diagnose nicht auch nur annähernd so hilfreich sein.

Es steht also nur eine Einheit Erwachsenengedanken über Milch Dutzenden von Kindheitseinheiten gegenüber. Und ebenso trifft das auf viele weitere, wenn nicht gar die meisten Themen zu, die mir wichtig sind. Ob einmal die Zeit kommt, da ich nicht mehr so völlig abhängig davon sein werde, daß Gedanken, die ich mir erstmals als Kind machte, das Rohmaterial für meine Vergleiche und Analogien und für meinen Sinn für die parallelen Rhythmen der Mikrogeschichte abgeben? Werde ich einen Punkt erreichen, an dem die gute Chance besteht, und damit meine ich eine mehr als fünfzigprozentige

Chance, daß jeder Zufallseinfall, der in den Vordergrund meines Bewußtseins zurückschnappt, ein Einfall ist, den ich erstmals hatte, als ich schon erwachsen war, und nicht einer, den ich schon wiederholt als Kind hatte? Wird das Universum aller möglichen Dinge, an die ich erinnert werden könnte, je ein überwiegend erwachsenes Universum sein? Ich hoffe es – ja, wenn ich den genauen Moment in meiner Vergangenheit bestimmen könnte, in dem ich schlußendlich zum Erwachsenen wurde, dann könnten ein paar simple Berechnungen festlegen, in wie vielen Jahren ich diesen neuen Lebensabschnitt erreichen würde: das Ende der Herrschaft der Nostalgie, den Beginn meiner wahren Mündigkeit. Und glücklicherweise *kann* ich mich genau an den Tag erinnern, an dem mein Leben als Erwachsener begann.

SIEBEN

Es geschah, als ich dreiundzwanzig war und den vierten Monat im Zwischengeschoß arbeitete, zu einer Zeit, als ich nur fünf Hemden besaß. Jedes konnte ich im Höchstfall drei Tage tragen, mit Ausnahme des blauen, das noch bis weit in den vierten Tag hinein gut aussah, sofern es an einem der drei Tage davor nicht ungewöhnlich heiß gewesen war. Die Reinigung nahm nur ein Minimum von drei Hemden an, und es dauerte vier Tage, bis ich sie wieder hatte, so daß häufig nur noch ein einziges Hemd in meinem großen, hallenden Wandschrank hing, wenn ich von der Arbeit nach Hause kam.

Am Morgen meines Erwachsenwerdens lag auf meiner Kommode ein ungeöffnetes braunes Papierpaket mit drei sauberen Hemden darin. Ich streifte die Schnur ab (denn es brachte nichts, so früh am Morgen zu versuchen, die Schnur aufzureißen oder an dem schnellgeknüpften, aber hervorragenden Knoten der chemischen Reinigung herumzuknibbeln) und ließ Schnur und Papier auf den Boden fallen. Meine Mutter hatte zuweilen Papierpäckchen mit dünn geschnittenem Westfälischen Schinken mitgebracht, die ich dann öffnen durfte, und dieser erste Moment der Hemdenthüllung hatte etwas von der damaligen westfälischen Entschleierung, war jedoch vielleicht sogar noch befriedigender, weil ich hier nun meine alten Spezis wiederentdeckte, Kleidungsstücke, die ich schon viele Male getragen hatte und die nun nahezu bis zur Unkenntlichkeit auf Vordermann gebracht worden waren; sie wiesen keine Knitterfalten in den Ellbogenbeugen mehr auf oder um die Taille, wo ich sie wieder und wieder hineingestopft hatte, sondern erfreuliche, mehr oder minder absichtlich gelegte messerscharfe Bügelfalten und lotrechte Faltlinien – ein Ergebnis der mitunter willkürlichen Gewalt der Bügel- und Stärkautomaten (beispielsweise die Krähenfüße am Ärmel kurz vor der Manschette) oder auch ein Ergebnis des letzten sorgfältigen Zusammenlegens –, die den Eindruck des Gebügeltseins nur noch verstärkten. Und die Hemden waren nicht lediglich zusammengelegt: Hellblaue Papierstreifen fixierten sie jedes für sich in ihrer Lage, wobei die Arme in einem unmöglichen Winkel nach hinten geklappt waren, als ob sie ein Geschenk verbargen. Ich betrachtete die drei – zwei weiße und das lang tragbare blaue – und beschloß, das etwas ältere (vier Monate alte) weiße anzuziehen. Vier ganze Monate Geschäftsmann! Als ich genauer hinsah, glaubte ich mit Bestimmtheit, bei der Baumwolle leichte Alterserscheinungen ausmachen zu können – das Hemd schien die Stärke vollkommener aufzusaugen, als das neuere weiße es konnte. Ich zerriß den blauen Papierstreifen, zog sodann den Hemdkarton heraus[1] und warf ihn auf den Kartonstapel, den ich schon angehäuft hatte.[2] Ich hielt das ausgewählte Hemd mit dem kleinen Finger, den ich unter den Kragen gehakt hatte, hoch und schüttelte es einmal. Es machte das Geräusch einer Flagge am Konsulat eines kleinen, reichen Landes. War ich nun bereit, es anzuziehen?

Mein T-Shirt hatte ich natürlich schon in die Unterhose gestopft; schon nach wenigen Wochen bei der Arbeit hatte ich herausgefunden, daß dieser kleine Akt der Voraussicht den gesamten restlichen

---

[1] Ich wandte den lässigen Scheidenzuggriff an, den ich schon Jahre vorher bei geübten Polaroid-Besitzern bewundert hatte, die das dicke Vor-SX-70-Filmblatt mit beiläufiger Leichtigkeit durch Rollen zogen, wodurch Chemiegelee in einen nach unten liegenden Schnappschuß gepreßt wurde, und die dann kleine Runden drehten, in den Himmel schauten und lautlos vor sich hin zählten, bis sie schließlich einen Buckel machten und vorsichtig eine Ecke abpulten, um sodann kecker den Rest des nassen, glatten Schwarzweiß-Bildes abzuziehen, ein Sedimentbaklava Abfall zurücklassend, das in seinen barocken Rahmen aus vielschichtigem Papier eingelassene Negativ, auf dessen Rückseite man oft ein interessantes Flechtwerk aus grünem und braunem Entwickler durchsickern sah.

[2] Damals schon ein ansehnlicher Stapel: Ich bewahrte sie auf, weil ich immer gern auf den Kartons der Hemden meines Vaters gezeichnet hatte, obwohl seine Kartons auf einer Seite weiß und glänzend waren und Kanzleiformat hatten, während meine grau und kleiner waren; auch hatte ich entdeckt, daß ein Hemdkarton, wenn man ihn zu einem Trog biegt, ein prima Behältnis abgibt, das man sich beim Bartstutzen unters Kinn halten kann, was ich häufiger tat, seitdem ich die Stelle angetreten hatte. (Damals hatte ich seine Nützlichkeit als Kehrschaufel noch nicht wiederentdeckt.)

Arbeitstag viel annehmlicher machte. Und die Anzughose hatte ich an, aber noch nicht zugemacht; also *war* ich bereit. Das Hemd war immer kälter, als man erwartete. Ich begann mit dem Zuknöpfen beim zweiten Knopf von oben und trotzte dem geringfügigen Schmerz in der Daumenspitze, als ich den Knopf hindurchstieß und das winzige knarrende oder haspelnde Geräusch hörte, das die Kante machte, wenn sie den dicht vernähten Lochrand überwand. Von hier ging es dann zügig weiter die Knopfleiste hinab, ich schloß die Hose und machte mich an die Manschetten. Die beiden Manschettenknöpfe waren das schwierigste, weil man nur eine Hand benutzen konnte und weil die Stärke dort stets kräftiger war als überall sonst; doch hatte ich es so weit gebracht, daß ich sie fast ohne nachzudenken durchstecken konnte: man drückte den rechten Manschettenknopf mit dem Daumennagel hoch und brach darüber das von der Stärke zugebackene Knopfloch auf, worauf man die Finger wie beim Setzen einer Spritze schloß, um ihn hindurchzuschieben; dann wiederholte man die Prozedur bei der anderen Manschette. Im Zeitraffer hätten die zwei symmetrischen Manschettenknopfbewegungsabfolgen wie ein Schottentanz ausgesehen.

Der oberste Knopf rief mich zum Spiegel, wo ich sah, wie mein Kinn sich, einen Bulldoggenausdruck annehmend, nach oben reckte, um Platz für meine Fäuste am Hals zu schaffen. Dann die Krawatte; der Gürtel; die Schuhe – alles automatische Subroutine.

Ich hatte schon die Jacke an, als mir einfiel, daß ich vergessen hatte, ein Deodorant aufzutragen. Das war ein Rückschlag. Ich erwog, den Gürtel zu lösen, das

Hemd herauszuziehen, das T-Shirt aus der Unterhose zu ziehen: war es das wert? Ich war schon spät dran.

Und hier machte ich nun eine Entdeckung. Ein Bild fiel mir ein – Ingres' Porträt von Napoleon. Ich schob die Krawatte beiseite und löste einen Knopf auf mittlerer Höhe. Ja, es war möglich, zum Unterarm zu gelangen, indem man durch den Spalt, der durch das Lösen eines Knopfes entstanden war, ins Hemd fuhr und sich mit dem Deostift zwischen T-Shirt und Hemd am Brustkorb entlang vorarbeitete, bis man den kleinen Ärmel des T-Shirts mit einem Finger fassen und ihn an der Naht, wo der Hemdärmel anfing, vorbeiziehen konnte, wodurch man die Stelle, die man bestreichen wollte, entblößte. Ich kam mir vor wie Balboa oder Kopernikus. Am College hatte ich hin und wieder voll Verblüffung gesehen, wie Frauen den BH abnahmen, ohne das Sweatshirt auszuziehen, indem sie den hinteren BH-Verschluß durch den Stoff hindurch lösten, dann einen Ärmel so weit hochschoben, daß sie einen Träger abstreifen konnten, und nach einigem erregenden Schulterzukken das ganze zappelnde Dings nonchalant aus dem anderen Ärmel zogen. Meine Deodorantentdeckung hatte etwas von dem topologischen Enthüllungs-Feeling dieser BH-Entledigungen.[1]

---

[1] Der früheste Punkt auf dieser topologischen Zeitlinie lag jedoch irgendwo zwischen meinem dritten und vierten Lebensjahr. Ich sah zu, wie meine Mutter an einem hölzernen Klappgestell, das aus dünnen Stäben bestand, über die man Kleidungsstücke zum Trocknen ausbreitete, für meine Schwester ein T-Shirt aussuchte. Das T-Shirt war zufällig auf links gewaschen worden: Meine Mutter drehte es auf den

Hochzufrieden mit mir ging ich zur U-Bahn. Meine Schuhe (damals noch ganz neu; erst ein paar Monate Abrieb an den Schnürsenkeln) machten ein hübsches körniges Geräusch auf dem Gehweg. Die

---

Kopf, fuhr mit einer Hand in den Torso des Hemds, als fischte sie in einer tiefen Tasche nach etwas, und ergriff einen Ärmel; dann fuhr sie mit der anderen Hand hinein und ergriff den anderen Ärmel. Sie hob die Ellbogen, worauf das T-Shirt um die zwei festgehaltenen Ärmelstellen herabzufallen begann; ein letzter Ruck, und es hing, nicht mehr auf dem Kopf *und nicht mehr auf links*, an ihren Fingern. Ich spürte, wie mein Gehirn eine analoge Umkehrung nachspielte und versuchte, die scheinbare Unmöglichkeit und wunderbare Intelligenz dessen, was sie soeben getan hatte, zu begreifen. Es versetzte mir einen Stich, eine Gelegenheit verpaßt zu haben, weil ich den Kniff nicht selbst erfunden hatte – bis dahin hatte ich immer unsystematische Versuche angestellt, meine T-Shirts auf die richtige Seite zu wenden: Ich stieß einen Ärmel durch das Loch nach innen, was zu nichts führte; rollte versuchsweise den unteren Saum auf; stieß den Halsausschnitt ein Stück weit hinein und wartete auf das Wunder – erst nach mehreren Minuten hatte ich es dann geschafft, das Hemd auch wirklich umzudrehen, und zwar nie so, daß ich mich danach noch an den Vorgang erinnern konnte. Nachdem ich meiner Mutter zugesehen hatte, übte ich ihre Handgriffe, bis ich verstand, wie sie funktionierten, und sagte dabei auf: «Innen... außen... innen... außen», wie auf der Bühne. Ich sah einem Kindermädchen dabei zu und stellte fest, daß andere den Kniff ebenfalls beherrschten; und nach Aussage des Kindermädchens hatte nicht meine Mutter es ihr beigebracht – vielmehr wußte sie es, weil auf diese Weise einfach jeder alles von innen nach außen wendete, und das in ganz Rochester. Bald schuf ich mir eine besondere Reihenfolge in der Taxonomie menschlicher Geschicklichkeit, um diese Art von Kniff einzuordnen: er war besser als pfeifen, mit den Fingern schnippen, auf dem Kopf stehen, den überlappenden Eingriff

U-Bahn war nicht sehr voll, ich fand einen Stehplatz, der mir gefiel, und hatte genügend Bewegungsfreiheit, um mich zu bücken und die Aktentasche zwischen den Knöcheln abzustellen. Es war wieder so eine gute Fahrt, wo die Bewegung des Zugs beruhigend wirkt und es drinnen angenehm warm, aber nicht heiß ist. Ich stellte mir den U-Bahnwaggon als einen sich schnell vorwärtsbewegenden Brotlaib vor. Der Slogan «Man schmeckt es mit den Augen» fiel mir ein. Es war schade, so dachte ich, daß Weißbrot in der Gunst gesunken war, denn nur Weißbrot sieht als Toast richtig gut aus, und nur Weißbrot sieht gut aus, wenn es diagonal durchgeschnitten ist. Ich erinnerte mich an das eigenartig dampfende Gefühl von

---

der Unterhose benutzen, ohne dabei den Schniepel abzuklemmen, ein Ei mit einer Hand aufschlagen oder die Titelmelodie von *Batman* auf dem Klavier spielen können, weil die Geschicklichkeit auf einem Gedankensprung gründete, der die Erkenntnis einschloß, daß es einer Reihe scheinbar zusammenhangloser Vorbereitungen bedurfte, bevor eine einzige umwandelnde Bewegung, dem letzten Aufblühen des NBC-Pfaus gleich, deren Zweck erkennen ließ. Rückwirkend beförderte ich das Schuhebinden in diese Kategorie und fügte später noch hinzu: 1. ein Kissen mit dem Kinn über den offenen, sauberen Kissenbezug halten, anstatt zu versuchen, eine Ecke des Kissens in die zurückweichende Hülle eines liegenden Kissenbezugs hineinzustopfen; 2. den Mantel auf den Boden legen, beide Arme in beide Armlöcher stecken und den Mantel sodann über den Kopf wirbeln; 3. einen einfachen Knoten (den Grundknoten beim Schuhebinden) in eine Schnur machen, indem man die Arme wie Meister Propper kreuzt, die Enden der Schnur faßt und die Arme wieder löst; 4. die Socke vorbauschen, bevor man sie anzieht, obwohl ich, wie schon gesagt, diese Angewohnheit später wieder aufgab.

weißem Toast in dem Moment, wenn man ihn aus dem Toaster nahm – egal wie verkrümelt oder unansehnlich der Toaster war, der Toast kam immer glatt und sauber heraus –, und an die vielen Arten, wie man ihn buttern konnte. Man konnte sanft kratzen, wobei man auf der Oberfläche blieb, oder sah sich – wenn die Butter kälter war – womöglich gezwungen, in die weichere Schicht unter der Kruste durchzubrechen, wenn man die Butter zum Schmieren zerdrückte, oder man tupfte kleine Butterflöckchen auf den Toast und verschmierte sie gar nicht, legte dann die beiden Toastscheiben aufeinander und halbierte sie diagonal, so daß über das Halbieren des Brots hinaus auch noch der Druck des Messers das Schmelzen der Butter begünstigte. Warum nun war das diagonale Halbieren besser als der rechtwinklige Schnitt? Weil die Ecke einer dreieckig geschnittenen Seite den idealen ersten Biß ermöglichte. Beim rechtwinklig geschnittenen Toast mußte man die Form in den Mund bugsieren, wie man eine große Anrichte durch eine Flurtür bugsiert: Man mußte mit einer Ecke des Toasts eine Ecke des Mundes erfassen und dann den Toast vorsichtig *drehen* und gleichzeitig die Mundöffnung erweitern, damit die andere Ecke hineinpaßte; erst dann biß man zu. Zudem lag bei einer diagonalen Scheibe der spitz zulaufende Bissen gleich im vorderen Mundbereich, da, wo man ihn haben wollte, wenn man anfing zu kauen; bei der rechtwinklig geschnittenen Scheibe geriet ein lästiger Teil unkontrolliert auf die Zungenkuppe. Eine U-Bahnstation vor meiner kam ich zu dem Ergebnis, daß hinter dem Fortschritt vom Parallel- hin zum Diagonalschnitt eine Logik stand und daß diese

Konvention nicht, wie es zunächst den Anschein haben mochte, lediglich der Affektiertheit von Imbißköchen zuzuschreiben war.

Dann fragte ich mich langsam, wie sehr zu spät ich wohl zur Arbeit kommen würde. Meine Uhr war mir die Woche zuvor unter Androhung von Gewalt geraubt worden, doch ich spähte hoffnungsfroh die sich verjüngende Perspektive von Unterarmen und Händen entlang, die sich an den Metallgriffen des U-Bahnwaggons festhielten. Ich erblickte zahlreiche Uhren, Damen- wie Herren-, doch gerade an dem Morgen waren sie alle unablesbar. Bei einer wies die Schnalle, nicht aber das Zifferblatt in meine Richtung; andere waren zu weit entfernt; die der Damen waren zu klein; mehrere wiesen überhaupt keine kreisausschnittsbezogenen Markierungspunkte auf, weswegen sie für alle mit Ausnahme des Trägers Oblaten blieben; manche waren so ausgerichtet, daß das Aufblitzen ihres Kristallglases die Zeiger oder Dioden darunter überdeckte. Eine Armbanduhr, die weniger als dreißig Zentimeter von meinem Kopf entfernt war und von einem zu sorgfältig rasierten Mann getragen wurde, der eine mehrfach zusammengefaltete Zeitung las, war genau zur Hälfte sichtbar; die Hälfte, die ich brauchte, war von seiner Manschette bedeckt, so daß ich zwar leicht die Endsilbe «get» des hochgeletterten Markennamens erkennen konnte, der einzige Schluß hinsichtlich der Zeit, den ich ziehen konnte, war der, daß es noch nicht nach neun Uhr war. Die Manschette war möglicherweise gekonnter gestärkt als meine.

Und genau in dem Moment wurde mir plötzlich klar, daß ich von dieser Minute an (unmöglich zu sagen, um welche Minute es sich genau handelte) jedwedes größere Wachstum, das ich als Mensch durchlief, abgeschlossen hatte und daß ich nun für immer in einem mittleren Stadium der Persönlichkeitsentwicklung festsaß. Ich rührte mich nicht, zuckte nicht zusammen, zeigte keinerlei äußere Regung. Als sich der erste Schock der Verblüffung gelegt hatte, war das Gefühl sogar irgendwie ganz angenehm. Ich war festgelegt: Ich war einer jener Menschen, die zu oft «irgendwie» sagten. Ich war einer jener Menschen, die in einem U-Bahnwaggon standen und sich Gedanken darüber machten, wie die Butter auf den Toast kam – sogar auf Rosinentoast: wenn das hohe, resche Kratzen des Buttermessers durch den gelegentlichen Kontakt mit der weichen, hitzegeblähten Form der Rosinen gedämpft wird, und wenn man direkt über eine Rosine schneidet, die dann, wenn man die Scheibe anhebt, manchmal ganz herausfällt, noch immer heil, aber gekerbt. Ich war einer jener Menschen, deren größte Entdeckungen wahrscheinlich Kniffe waren, wie man Toilettenartikel aufträgt, wenn man schon angezogen ist. Ich war ein Mann, aber ich war nicht annähernd der großartige Mann, der zu werden ich mir erhofft hatte.

Während ich die Rolltreppe zur Straße hochfuhr, versuchte ich, mir die Initialschmerzen der Entdekkung wieder zu vergegenwärtigen: Ich hatte eine Menge über Leute gehört, die derlei Anfälle plötzlicher Einsicht gehabt hatten, und selbst noch nicht viele erlebt. Als ich dann draußen war, hatte ich beschlossen, daß mir soeben etwas so Ernstes widerfahren war, daß ich, ob spät dran oder nicht, das Recht hatte, mir die Zeit zu nehmen, mir in dem echt guten Café einen Kaffee und einen Muffin zum Mitnehmen zu holen. Als ich dann aber dort war und sah, wie flink die Frau eine Tüte für meinen Styroporbecher und den serviettengeschützten Muffin öffnete, und zwar mit demselben lockeren Schwung aus dem Handgelenk, mit dem meine Mutter ein Fieberthermometer herabschüttelte (was die schnellste Art ist, eine Tüte zu öffnen), und den Kauf dann handvollweise mit Plastikrührstäbchen, Zuckerpäckchen, Servietten und Butterportionen besprenkelte, drängte es mich, endlich ins Büro zu kommen: Ich freute mich auf die morgendliche Plaudershow mit Dave, Sue, Tina, Abe, Steve und wie sie alle hießen, wo ich dann, an Türrahmen und Trennwandelemente gelehnt, erzählen würde, wie meine Persönlichkeitsentwicklung – ausgerechnet in der U-Bahn – zu einem verblüffenden Stillstand gekommen und ein frischgebackener Erwachsener entstanden war. Ich zog die Manschetten vor und drückte mich durch die Drehtür zur Arbeit.

ACHT

Ich war erleichtert und enttäuscht zugleich, als ich später feststellte, daß ich entwicklungsmäßig gar nicht so festgelegt war, wie es an jenem Morgen den Anschein gehabt hatte; gleichwohl war ich weiterhin der Meinung, daß dieser Tag einen denkwürdigen, einmaligen Phasenwechsel in meinem Leben markierte. Behalten wir dieses festgelegte Alter von dreiundzwanzig Jahren einmal als das definitive Ende meiner Kindheit im Auge und nehmen wir an, daß ich an jedem Tag meines Lebens eine konstante Anzahl neuer Gedanken dachte. (Die Gedanken brauchten nur für mich neu zu sein, nur von mir zuvor ungedacht, gleichgültig, ob sie für jeden anderen abgestandene Gemeinplätze waren; und ihre tatsächliche Anzahl war unwichtig – einer, drei, fünfunddreißig oder dreihundert am Tag; es hing von der Feinheit der Filtrierung ab, die benutzt wurde, um die Wiederholer von den Neuerern zu scheiden, ebenso wie von meiner spezifischen Menge neuer Gedanken – solange sie nur konstant blieb.) Nehmen wir einmal an, daß diese neuen Gedanken, waren sie mir erst gekommen, sich nicht über einen bestimmten Punkt hinaus zersetzten, sondern soweit intakt blieben, daß sie zu jedem späteren Zeitpunkt wieder in die aktuelle Erinnerung zurückgeholt werden konnten – auch wenn der jeweilige Vorfall, oder später der neue Gedanke, der mich an einen beliebigen früheren Gedanken erinnerte, selbst nie auftauchen würde. Und sagen wir, daß mein Gedächtnis im Alter von sechs Jahren plötzlich beständig zu arbeiten begann. Unter diesen drei vereinfachenden Voraussetzungen hätte ich dann zu dem Zeitpunkt, als ich auf der besagten U-Bahn-Fahrt zur Arbeit schließlich zum Erwachsenen wurde, siebzehn Jahre (23 – 6 = 17) kindische Gedanken abgespeichert gehabt. Daher, so schloß ich unlängst,[1] brauchte ich

[1] Ich kam zu diesem Schluß, während ich über die Autobahn, auf der nur wenige Tage zuvor der Müllwagen gefahren war, der mich an den Schienennagel und den Kniff mit dem weißen Hintergrund erinnert hatte, im Dunkeln schnell nach Hause fuhr. Ich hatte darüber sinniert, daß mir erst, nachdem ich Pendler geworden war, aufgefallen war, wie von unsichtbaren Pendlern vor mir durch schmale Fensterschlitze geschnipste Zigarettenkippen im hohen Bogen auf der kalten, unsichtbaren Straße landeten und ein kleines Feuerwerk aus Tabakfünkchen entfachten, und daß dieser Anblick die gleiche Wirkung auf mich hatte wie die letzte Einstellung einer Szene in *Lockere Geschäfte*: ein nächtlicher U-Bahnzug in Chicago versprüht einen Funkenregen in der Dunkelheit und beendet die monotonen elektronischen Rhythmen des Soundtracks mit einem krossen «Ksch!» des High-Hat – nur daß diese Zigarettenfunken die Abschiedsexplosionen so intimer Dinge waren, noch warm von den Lippen und Lungen des Menschen, wenn sie ganz kurz vor den Scheinwerfern erschienen und dann von ihnen ausgelöscht wurden, während

einfach nur weiter neue Gedanken in derselben täglichen Menge zu denken, bis ich vierzig wurde (23 + 17 = 40), dann hätte ich genügend vermischte neue reife Gedanken angesammelt, die schließlich die ganzen kindischen überwögen und überstimmten – dann wäre ich endlich mündig. Es war ein Augenblick, von dem ich nicht gewußt hatte, daß es ihn gab, doch rasch nahm er das Format eines großen, strahlenden Ziels an. Das wird der Augenblick sein,

---

man mit hundert Sachen die noch immer wild kullernde und schleudernde Kippe überholte, die sechzig km / h drauf hatte. Das hatte mich daran erinnert, daß ich, als ich klein war, bei Autofahrten immer das Fenster herunterdrehte, ein Apfel- oder Birnenkernhaus in das Kissen aus Luft und Lärm fallen ließ und zusah, wie es auf der Fluchtlinie der Straße hinter dem Auto herhüpfend und sich schnell drehend immer kleiner wurde – und plötzlich von etwas, das ich in der Hand hielt, zu etwas geworden war, das nicht mir gehörte und auf einem Straßenabschnitt, der sich durch nichts besonders auszeichnete, ein Ort zwischen bewohnten Orten, als Abfall ausrollte; und ich fragte mich, ob die Leute, die ihre Zigarettenkippen in die Nacht hinauswarfen, dies einfach nur taten, weil sie es dem Ausdrücken der Zigarette im Aschenbecher vorzogen und weil sie die kalte frische Luft mochten, die durch das geöffnete Fenster eindrang, wenn sie sie hinausschnipsten, oder ob sie wußten, welch erhabene Momente sie die Nichtraucher hinter ihnen erleben ließen, und es mithin für uns taten – hatten sie dieselben Feuerwerke hinter anderen Raucherautos beobachtet? Assoziierten sie – mit der Sentimentalität und der Selbstachtung des Süchtigen – diese Hochgeschwindigkeitsverbrennung, dieses Zerstreuen der Asche mit dem längeren Bogen ihres eigenen Lebens: «Ins Dunkel geschleudert in einer Lohe des Ruhms» usw.? Diesen Gedanken, von denen einige neu und andere Wiederholer waren, hing ich nach, als ich die Eingebung hatte.

da ich die Dinge wirklich verstehe; da ich die Vergangenheit konsequent weise und maßvoll zu nutzen weiß; da jedem Gegenstand, den ich zur geistigen Betrachtung aufrufe, ein ganzes Bündel von Addenda innewohnt, die, aus meinen späten Zwanzigern und meinen Dreißigern stammend, die primärfarbenen, notwendigerweise so in den Vordergrund gerückten Piepser des «als ich acht war» oder «als ich klein war» oder «als ich in der vierten Klasse war» niederhalten. Die besten Jahre. *Die besten Jahre!*

Als ich ein paar Schritte vor der Rolltreppe einen Moment verharrte, mein Penguin-Taschenbuch mit Mark Aurels *Selbstbetrachtungen* und meine CVS-Tüte in der Hand – die Mittagspause des Tages, an dem mein Schnürsenkel riß, ging eben zu Ende –, war ich zwei Jahre auf dieses große Ziel zugeschritten, auch wenn ich das damals nicht so recht begriff; das heißt, zwei Siebzehntel oder ungefähr zwölf Prozent der verfügbaren Ideen in meinem Gehirn waren zu diesem Zeitpunkt Erwachsenenideen, der Rest kindische, und ich mußte sie als solche akzeptieren.

Zufällig war gerade niemand auf den Rolltreppen, weder auf der nach oben noch auf der nach unten, obwohl das Ende der Mittagspause Stoßzeit war. Das Fehlen von Leuten, die darauf fuhren, dazu das leise hämmernde Geräusch, das die Rolltreppe machte, erleichterte mir die Würdigung dieser erhebenden metallenen Apparatur. Gerillte Flächen glitten unter dem Boden der Eingangshalle hervor und segmentierten sich mit geradezu botanischer Langsamkeit zu getrennten Stufen. Jede Stufe schien, während sie sich hob, individuell und von den anderen leicht zu unterscheiden, aber schon nach einem

Meter Anstieg ließ sie sich nur noch schwer ausmachen, weil das Auge sich in kleinen Sprüngen bewegt, wenn es einem sich langsam bewegenden Muster folgt, und manchmal landet der Blick bei einem solchen Sprung auf einer Stufe ober- oder unterhalb derjenigen, die man fixiert hatte; man merkt, wie man zum Ausgangsstadium des Anstiegs zurückhüpft, wo alles noch klar ist. Es ist, als versuchte man, der Kreisbewegung eines langsam rotierenden Spiralbohrers zu folgen, oder als versuchte man, mit dem Auge den Anfang einer Schallplattenrille herauszuvergrößern und die Spirale visuell auf der sich drehenden Platte nachzuverfolgen, wobei man sich fast sofort in den grauen Windungen verliert.

Da niemand auf den Rolltreppen war, hätte ich ein abergläubisches Spiel machen können, das ich oft beim Rolltreppefahren spielte. Es ging darum, ganz bis nach oben zu fahren, bevor jemand hinter oder über mir die Rolltreppe betrat. Während ich äußerlich den Schein von Langeweile wahrte, wie ich so die lange Hypotenuse gemächlich nach oben glitt, befand ich mich innerlich in einem Zustand der Erregung, der an Hysterie grenzte und den Empfindungen glich, die man verspürte, wenn man beim Fangen dazu bestimmt wurde, von den anderen gejagt zu werden; die Prämisse, an die ich um so fester glaubte, je näher ich dem Ende der Fahrt kam, war dabei, daß, wenn jemand auf eine der beiden Rolltreppen trat, bevor ich mit meiner Fahrt zu Ende war, er oder sie einen Kurzschluß verursachen und mich durch einen Stromstoß töten würde.

Ich hatte das Spiel schon oft verloren, und da es, wenn ich mich einmal darauf eingelassen hatte, immer eine etwas nervenkitzelnde Angelegenheit wurde, war ich zunächst erleichtert, als ich den Kopf eines Menschen namens Bob Leary ganz oben an der nach unten fahrenden Rolltreppe auftauchen sah, denn dadurch war das Spiel vorerst unmöglich geworden. Zwischen Bob und mir hatte es nie einen dieser Kürzer-als-eine-Minute-Plausche gegeben, die genügen, um in großen Gruppen eine Bekanntschaft zu definieren, aber wir wußten, wer der andere war, allein schon deshalb, weil wir den jeweiligen Namen auf den Verteilern von Memos und auf unseren Bürotüren gesehen hatten; ein Unbehagen, fast eine Schuld, verband sich mit der Tatsache, daß wir es nie geschafft hatten, die soziale Mindestanforderung zu erfüllen, uns einander vorzustellen, ein Unbehagen, das sich mit jedem Mal, wenn wir uns über den Weg liefen, steigerte. In einem Büro gibt es immer einen letzten Rest von Leuten, die in die Kategorie des Einander-noch-nicht-vorgestellt, des Mit-ihm-noch-nicht-übers-Wetter-gescherzt gehören: der Rest wird immer kleiner, und Bob war einer der allerletzten. Sein Gesicht war mir so vertraut, daß sein anhaltender Status als Fremder wirklich peinlich war – und nun das: die Gewißheit, daß Bob und ich einander immer näher gebracht wurden, er auf der Rolltreppe nach unten und ich auf der nach oben, dazu bestimmt, uns ungefähr auf der Mitte zu begegnen, sechs Meter hoch in der Luft und inmitten einer riesigen, gruftartigen Eingangshalle aus rotem Marmor, wo wir Blickkontakt aufnehmen, nicken und etwas murmeln oder versteinert ins Leere starren oder so tun müßten, als prüften wir, was auch immer auf einer Fahrt mit der Rolltreppe denn plausiblerweise der Prüfung bedurfte, um uns so durch diese Sekunde erzwungener Nähe zu mogeln, als gäbe es den anderen gar nicht, womit wir dann durch die schlichte Tatsache, daß wir noch keine Nettigkeiten ausgetauscht hatten, auf eine noch höhere Ebene der Betretenheit geraten würden – diese Gewißheit erfüllte mich mit verzweifeltem Widerwillen. Ich löste das Problem, indem ich mitten im Schritt innehielt, kaum daß ich Bob erblickt hatte (kurz bevor ich ganz auf die Rolltreppe getreten war), den Zeigefinger in die Luft streckte, als wäre mir ganz plötzlich etwas Wichtiges eingefallen, das ich vergessen hatte, und mich eilig in eine andere Richtung entfernte.[1]

Rasch ging ich an den Aufzügen vorbei, die den Verkehr in den vierzehnten bis vierundzwanzigsten

---

[1] Man kann nie sicher sein, ob der andere dieses Ausweichmanöver bemerkt hat. Ein paar Wochen nach unserer Fast-Begegnung lief ich Bob beim Kopiergerät über den Weg – der Kopierer seiner Abteilung wurde gerade gewartet –, und vielleicht lag es an meiner Feigheit in der Eingangshalle, jedenfalls war ich bester Laune und herzlich und freundlich zu ihm, stellte mich vor und entfesselte eine ungefähr einminütige Debatte über die zurückgehenden Gewinnspannen in dem nunmehr gesättigten Kopiermaschinengeschäft und die Verwendung der Luftansaugung als Element des Papierzufuhrmechanismus, was niemand hatte kommen sehen. Mehr brauchte es nicht: Von da an gingen wir absolut zwanglos miteinander um, lächelten und nickten einander zu, wenn wir uns zufällig im Flur oder auf der Herrentoilette begegneten – wir erarbeiteten sogar einmal die dreißigseitige, abteilungsübergreifende Anforderung einer Lastzugflotte. Die Schmach, daß ich an jenem Tag von der Rolltreppe abgedreht war, um ein Zusammentreffen mit ihm zu vermeiden, trübte unsere Jahre der Heiterkeit in keiner Weise.

Stock bewältigten, wieder hinüber auf die andere Seite der Eingangshalle, vorbei an dem langen, niedrigen Wegweiser des Gebäudes, auf dem weiße Namen und Stockwerksnummern aus einem schwarzen Hintergrund hervorglommen (allerdings waren hier und da kleine unpassende Lichtschlitze auf dem schwarzen Film zu sehen, wo eine weniger kunstfertige Hand das Verzeichnis der Mietparteien auf den neuesten Stand gebracht hatte), und vorbei an einer Pflanzengruppe, die mir noch nie zuvor aufgefallen war, wo eine Frau in einem blauen Geschäftsanzug stand und eine steife neue Aktenmappe durchblätterte, die sie aus ihrem ebenfalls neuen Aktenkoffer gezogen hatte.[1] Auf meinem Rundweg zurück in die vordere Eingangshalle kam ich an einigen Burschen vom Postzimmer vorbei, die sich, Sonnenbrille auf der Nase, auf einer dekorativen Sofagruppe breitgemacht hatten (Sofas, die eigentlich für Leute wie die Frau mit dem Lebenslauf gedacht waren und nicht

[1] Ich konnte genau erraten, was sie da tat, und das Wissen darum freute mich. Sie ging die Kopien durch, die sie von ihrem Lebenslauf gemacht hatte, um sicherzustellen, daß diejenigen, die sie auf jemandes Aufforderung hin beiläufig überreichen würde, nicht die schlechten mit dem «New Hapmshire»-Tippfehler waren, wobei sie die «Hapmshire»-Lebensläufe allerdings *nicht* wegwarf, sondern für das Vorstellungsgespräch aufbewahrte, das nach dem in diesem Haus anstand, nur für den Fall, daß sie keine Zeit hatte, davor noch in einen Copyshop zu gehen, da sie den zweiten Job wahrscheinlich ohnehin nicht wollte. Ich nickte ihr auf eine Art zu, die man als gönnerhaft hätte interpretieren können, die aber Komplizenschaft vermitteln sollte, da auch ich einmal mit einem neuen Anzug und Lebensläufen mit Tippfehlern in Eingangshallen gewartet hatte.

dafür, daß sich das Hilfspersonal aus dem Haus während der Mittagspause darauf herumflegelte, dachte ich mißbilligend). Ich kannte sie noch von damals, als ich wegen irgendeiner philantropischen Sache, in der sich die Firma engagiert hatte, in letzter Minute ein paar Pakete mit der DHL nach Padua schicken mußte, und so winkte ich ihnen zu. Das Geräusch der Pitney-Bowes-Frankiermaschine im Postzimmer, die nicht nur einen rötlichen Poststempel, der die Uhrzeit, die Schwingen eines Adlers und die Aufforderung enthielt, für United Way zu spenden, auf die Umschläge druckte, sondern diese auch noch befeuchtete und verschloß, war laut und rhythmisch, und selbst mit Ohrstöpseln hätte ich das nie den ganzen Tag lang ausgehalten wie diese Postzimmertypen. Einer von ihnen winkte zurück, doch bevor ich mich abwandte, bemerkte ich noch, da war ich mir ziemlich sicher, wie ein zweiter (auffallend deswegen, weil dieser Mensch an heißen Tagen unglaublicherweise eine Fertigkrawatte unten an dem V beim *zweiten* Knopf seines offenen Hemds trug, so daß die grauen Plastikglieder des Anklemm-Mechanismus deutlich sichtbar waren) sich zu den anderen hinüberbeugte, wobei er zu mir herblickte, um eine kleine Bosheit über mich abzulassen, etwa: «Vor ein paar Wochen gehe ich am Zimmer von dem Typ da vorbei. Ich schau rein: da zupft der sich doch gerade ein Haar aus der Nase. Es macht *doink!*, er zieht ein Gesicht, *nnng*, die Augen tränen, und dann durchläuft ihn so ein *Zittern*. Wahrscheinlich hat er sich vergriffen und drei auf einmal rausgezupft.» Ich wußte, daß es irgend so eine Geschichte war, weil ich genau im richtigen Moment, nachdem ich ihnen zugewunken hatte, mehrere «Nein!» und Gelächter hörte und weil ich ebenso versucht gewesen wäre, eine kleine Bosheit über einen wie mich abzulassen, wenn ich auf dem Sofa gesessen hätte.

Endlich näherte ich mich wieder den Rolltreppen, hatte sie nun im Profil. Bob Leary war weg; mehrere Sekretärinnen fuhren nach oben. Am Sockel der Apparatur bot sich nun allerdings ein interessantes kleines Schauspiel. Ein Mann vom Hausservice, dessen Namen ich nicht kannte, hatte in meiner Abwesenheit einen Wagen mit Spritzflaschen mit verschiedenen Reinigern darin, Extrarollen Toilettenpapier, Besen, einem Fensterwischer und tausend anderen Sachen herangerollt; und als ich näher trat, zerstäubte er eine blaßgrüne Flüssigkeit auf einen weißen, gebauschten Lappen und machte sich damit am Gummihandlauf der Rolltreppe zu schaffen. Er machte keine Wischbewegungen: Er lehnte sich einfach mit beiden Händen auf den Lappen und schaute einer der Sekretärinnen hinterher, während der Handlauf sich durch seine Eigenbewegung selbst zu schwärzerem Glanz verhalf. Man stelle sich vor, in einem Gebäude zu arbeiten, in dem es zu den wöchentlichen Standardjobs der Serviceleute gehörte, den Handlauf der Rolltreppe zu polieren! Der Umfang, die allumfassende Definition dessen, was ein sauberes Bürogebäude wirklich ausmachte, das war doch spannend! Bestimmt war dies einer der Teile der Arbeit des Mannes, die er am liebsten mochte, und nicht nur, weil es Spaß machte, den Sekretärinnen hinterherzuschauen, sondern weil es etwas war, was Serviceleute Hunderte von Jahren lang nicht getan hatten: Sie hatten gefegt, Schäden repariert, aufgewischt, gebohnert, den richtigen Schlüssel an dem großen Ring gefunden, der an die Gürtelschnalle gehakt war, aber erst in jüngster Zeit damit begonnen, den Handlauf einer Rolltreppe blank zu putzen, indem sie sich bewegungslos auf einen weißen Baumwollappen stützten und sich die Technik *zunutze* machten, dies jedoch so lässig taten, daß sie uns allen vorkamen, als lehnten sie am Strand an ihrem Camaro.

Dieser Mensch kannte vermutlich jede Kerbe auf dem Handlauf, der sich da im Kreis drehte – die abgeschlagene Stelle, die aussah, als hätte sich jemand mit einem Messer daran versucht, und den Abschnitt, wo er sich nach außen bog, und die kleine Verbindungsnarbe, wo die beiden Enden zusammengeklebt worden waren, um die Schlaufe zu schließen. Eine dieser Kerben benutzte er zweifellos dazu, sicherzustellen, daß er den Lappen lange genug auf den Handlauf preßte, damit auch alles poliert war. Ich sagte zu ihm: «Wie geht's?» und dann, vom Anblick einer Schachtel Müllbeutel in dem unteren Fach seiner Karre daran erinnert: «Wie ich höre, fehlt Ray.»

«Letzte Woche ist er mal gekommen», sagte der Rolltreppenmann, «und ich hab ihm gesagt: ‹Du bist vielleicht blöd, bleib doch zu Haus, wo du dich hier immer so bücken mußt.› Man sah, daß er sich quälte. Er hielt sich überall fest.»

«Schrecklich.»

Dann aber zuckte der Mann überraschenderweise die Schultern. «Der wird schon wieder. Das ist ihm schon mal passiert. Wenn Sie mich fragen, es ist nichts Ernstes.»

«Kennen Sie Tina, die Sekretärin Tina?» sagte ich und zeigte zum Zwischengeschoß hoch.

«Klar kenn ich Tina.»

«Tina hat ein großes Gute-Besserungs-Poster für ihn gemacht, bißchen kitschig vielleicht, mit Blumen, aber richtig hübsch, ein großes Poster – es ist oben, wenn Sie es unterschreiben wollen.»

«Vielleicht komm ich am Nachmittag noch hoch.» Er hob den Lappen, den er auf den Handlauf gepreßt hatte, und betrachtete dessen Unterseite. Die Ränder der willkürlichen Falten waren schon geschwärzt, wo sie das Gummi berührt hatten. Er knüllte den Lappen wieder zusammen, sprühte nochmals Politur darauf und drückte ihn erneut auf. «Ich unterschreib's bestimmt. Wir müssen Ray wieder gesund kriegen, damit ich nicht auch noch seine Arbeit mitmachen muß.»

«Ray war schnell», sagte ich.

«Er ist schnell. Das muß man ihm lassen. Die haben einen Jungen zur Aushilfe, aber der taugt nichts.»

Wir wünschten einander, es gut zu machen. Dann faßte ich an den Handlauf, den er nicht poliert hatte (es wäre komisch gewesen, hätte ich den Handlauf genommen, den er poliert *hatte* – als liefe man über einen frisch gewischten Boden: es hätte das stets präsente Gefühl der Vergeblichkeit bei der Gebäudereinigung noch verstärkt – ich wartete besser, bis der Mann mit dem ganzen Handlauf fertig war, bevor ich zu dem unvermeidlichen Trübungsprozeß beitrug, der ihn nötigen würde, eine Woche später alles wieder neu zu wienern), und trat auf die Rolltreppe. Ohne hinabschauen zu müssen, vermochte ich den

Augenblick, in dem ich den Schritt tat, der mich in Kontakt mit den sich bewegenden Rillen der Rolltreppe brachte, so zu timen, daß mein Fuß nicht auf einer Spalte zwischen zwei Stufen landete, sondern mitten auf einer; und wenngleich wohl jeder in meinem Alter diese Fähigkeit beherrscht, war ich doch stolz auf mich, ebenso wie ich stolz auf mich war, daß ich mir die Schuhe zubinden konnte, ohne hinzuschauen. Auch wußte ich aus Gewohnheit, wie hoch die erst halbausgebildete, noch wachsende Rolltreppenstufe sein würde, wenn mein anderer Fuß darauf landete, wobei ich die Geschwindigkeit der Rolltreppe teilweise danach abschätzte, wie sich der Handlauf in meiner Hand anfühlte. Eines der Dinge, die mir meine Mutter beigebracht hatte, als ich sehr klein war (daß sie soviel Wert auf Sicherheit legte, hatte seinen Grund möglicherweise darin, daß Rolltreppen und führerlose Aufzüge damals noch etwas relativ Neues waren und man sie daher, wie später auch die Braunsche Röhre und den Mikrowellenherd, als Herde zahlreicher neuer Gefahren ansah), war, daß ich jedesmal, bevor ich ein vertikales Beförderungssystem benutzte, unbedingt meine Turnschuhe neu schnüren sollte. Der lose Schnürsenkel konnte sich in dem Spalt zwischen zwei Stufen verfangen, und ich stellte mir die Folgen vor: Die Stufen verflachen sich allmählich wieder für ihren tropholytischen Wiederabstieg und ziehen Struwwelpeter mit sich, quetschen ihn, Schuh, Bein, Rumpf und schließlich Kopf, durch die metallenen Zinken am oberen Ende ihrer Kreisbahn, um ihn dann auf der schwer vorstellbaren flachen Reise über die Unterseite der Treppe auch noch plattzuwalzen.

(Das war lange bevor ich zur Reparatur zerlegte Rolltreppen gesehen hatte, was man heute in der U-Bahn oft kann, wo sie viel häufiger ausfallen als in Firmengebäuden – liegt das an der Hitze oder an schlechten Wartungsplänen oder an der Menge Wasser, Schmutz und Kaugummi, mit der sie fertig werden müssen? –, und mir der dreieckigen Form der Treppe endlich bewußt wurde: davor war mir das schlußendliche Abflachen dessen, was ich mir als rechteckigen Block vorstellte, zu einer zweidimensionalen Fläche, ähnlich dem Zusammenklappen eines Reiseweckers, als unglaublich kompliziert erschienen.) Auf der Highschool fuhr ich Rolltreppe immer mit absichtlich ungeschnürten Schuhen, um mir zu beweisen, wie sicher eine Rolltreppe war, wie lässig man damit umgehen konnte[1] – das war während

[1] Und Rolltreppen sind wirklich sicher: Ihre Sicherheit ist das Resultat (wie ich heute glaube) der brillanten Entscheidung, die Oberfläche der Stufe zu rillen, so daß sie perfekt in die Zähne der kammartigen Metallplatten am oberen und unteren Ende greift, was es irgendwelchen Gegenständen wie Münzen oder Schnürsenkelspitzen unmöglich macht, sich in dem Spalt zwischen der rollenden Stufe und dem festen Boden zu verfangen. An dem Nachmittag dachte ich nicht unmittelbar an die Rillen der Rolltreppe, ja, damals hatte ich nur vage Vorstellungen bezüglich ihres Sinns – ich dachte, sie dienten dem festeren Halt oder seien möglicherweise nur Dekoration; gerillt, um uns daran zu erinnern, wie schön gerillte Flächen an sich sind: die Rillen an der Unterseite des Blauwals, die ihm bestimmt einen hydrodynamischen oder thermischen Vorteil verschaffen; die Rillen, die ein Rechen in lokkerer Erde oder eine Egge in einem Feld hinterläßt; die einzelne Rille, die eine Schlittschuhkufe ins Eis kratzt; die Rillen in Socken, die diese dehnbar machen, und die im Kord, die

einer Phase, in der ich es einfach zuließ, daß meine Schuhe aufgingen, und mir nicht die Mühe machte, sie wieder zuzubinden, oder morgens sogar unge-

---

man mit dem Kugelschreiber entlangfahren kann; die Rillen auf Schallplatten. Während der Zeit, als ich mit gelösten Schnürsenkeln Rolltreppe fuhr, verbrachte ich den Winter mit Eisschnellaufen (eine Rolltreppenstufe sieht übrigens aus wie eine Reihe umgedrehter Schlittschuhkufen), immer im Kreis um eine Freilufteisbahn hinter alten italienischen Schlittschuhläufern mit Rosinengesichtern und Kapuzensweatshirts, die ihren Kufenschutz hinter dem Rücken hielten und mit langen, langsamen und gleichmäßigen Schritten dahinzogen; und den Sommer verbrachte ich mit Plattenhören: etwa zweimal die Woche fuhr ich die sehr kurze Rolltreppe auf die zweite Ebene der Midtown Plaza Mall, und wenn die Stufen der Rolltreppe dann oben das Kinn einzogen, bot sich mir ein erster Blick direkt auf Augenhöhe auf die Fußbodenbahn, die an den kastenförmigen Diebstahlsicherungen vorbei in den mit Teppichboden ausgelegten Bereich von Midtown Records führte. Dort blätterte ich mit Laß-die-Finger-gehen-Bewegungen die Platten durch; gab es ein Album mehrfach, bekam ich eine primitive Kintoppanimation des Künstlers zu sehen, der unter dem prunkvollen Deutsche Grammophon-Titelbalken reglos am Klavier sitzt und ein feierliches Gesicht macht; oft zog ein kleines Vakuum zwischen einer eingeschweißten Platte und der nächsten die folgende um ein paar Grad mit, bis sie wieder zurückfiel.

Zu der Zeit glaubte ich fest an Symmetrie und versuchte daher, Vergleiche zwischen den Rillen anzustellen, welche die beiden jahreszeitabhängigen Tätigkeiten, Eisschnellaufen und Plattenhören, miteinander verbanden. Würden wir zu Forschungszwecken in eine stark vergrößerte, von der Kufe eines Schlittschuhs verursachte Rille hinabgelassen, beispielsweise in eine meiner Rillen im Eis des Cobb's Hill Pond, die inzwischen unwiderruflich geschmolzen ist, und ständen wir in dem ungeheuren, steilwandigen Tal, die Bärte weiß kon-

schnürt in sie hineinschlüpfte, als wären es Slipper. Ein paar Jahre liefen die Studenten damals massenweise herum, ohne auf die Schnürsenkel zu achten – das war so um 1977, glaube ich, zeitgleich mit

---

densiert, erschöpft von den vergangenen zwei Stunden des langsamen Abstiegs, die Rucksäcke schwer von Brocken, die wir für spätere Laboruntersuchungen gesammelt hätten und die, kleinen Moränensteinen gleich, welche noch die charakteristischen parallelen Kratzer zeigen, die entstanden, als das Gewicht eines Gletschers andere Steine langsam über sie hinwegdrückte, möglicherweise Kerbungen aufwiesen, die nur die Kufe meines Schlittschuhs hätte hinterlassen können, dann sähen wir inmitten der großen zermalmten, seitlich verschobenen Formen, die im Millenium jenes einzelnen Kufenstrichs entstanden wären, hier und da einen dunklen Schimmer und dicht daneben zerbrechliche Wucherungen, die demonstrieren würden, was die Professoren immer behauptet hatten – daß Eis glatt war, weil es für einen Augenblick unter dem Druck der Kufenkante schmolz und wieder gefror, wenn die Kufe weg war, und sich zu einem spröden kristallinen Gebüsch auswuchs, das noch beim Zusehen zu einem weißlichen Nebel verdunstete. Die dunklen Schimmer würden sich dann, wenn wir näher träten und uns zwecks genauerer Betrachtung darüberbeugten, als kleine abgeschliffene Metallpartikel erweisen – der Abrieb der Schlittschuhkufe.

Formte man sich ein Negativ jenes Bildes von dem Schrund meiner Schlittschuhkufe, erhielte man die vergrößerte Schallplattenrille – ein verschwiegenes schwarzes Flußtal aus asphaltartigen kleinen Wellen, die weich genug sind, daß sich die Tritte der Vibram-Sohlen darin eindrücken, ein Bild, das von einer Originalgußform geprägt wurde und entstand, indem man eine Nadel durch Wachs pflügen ließ, wobei sie komplexe mechanische Kompromisse zwischen den ganz unterschiedlichen, konzeptionell voneinander unabhängigen Oszillationen ausführte, die die Stereophonie ihr abverlangte: kleine Wellen, die so in- und durcheinander laufen

den Dr. Scholl-Sandalen. Auch ich tat das, fand es cool, doch meine Mutter, die damals zufällig ein paar Seminare an der University of Rochester besuchte, fand es affektiert und ärgerlich und meinte, ich solle

---

und so verworren sind, daß man erst nach einem mit Vermessungsgeräten, dem Abschreiten von Entfernungen und Anstellen von Berechnungen verbrachten Tag (die Füße lösen mit jedem Schritt Elektrostatik aus) in der Lage ist, mit einiger Gewißheit auf einen intermittierenden Vinylkanal in Orange «Baßklarinette» zu sprühen, so wie Arbeiter in Scotchgard-Westen die Straße mit Farbe besprühen, um Versorgungsleitungen darunter zu markieren. Pflastersteingroße Staubpartikel aus der Luft, unglückliche Sporen mit einer Schale wie eine Kokosnuß und große obsidianische Zigarettenrauchbrocken lagern hier und da auf der seltsam echolosen Oberfläche, und gelegentlich leuchtet ein kostbarer Diamantblock, den diese weichere Oberfläche irgendwie von der Nadel abrasiert hat, aus dem Hang hervor, wo er durch weiteres Abspielen tief in das Material hineingewuchtet wurde und vom Hörer verflucht wird, als sei auch er gewöhnlicher Staub. Das war der Nadelabrieb.

Wie in dem späteren Fall des durchgescheuerten Schnürsenkels ging es mir auch hier um Tribologie: die detaillierte Kenntnis der Wechselwirkung zwischen den Oberflächen, die den Abrieb verursachten, und den Oberflächen, die ihn erlitten. Was das Schlittschuhlaufen betraf: Gab es bestimmte Arten von Schlittschuhschritten, die in besonderem Maße für die Abstumpfung der Schlittschuhkufen verantwortlich waren? Das Sprinten beim Start, das seitliche Stoppen? Machte sehr kaltes Eis oder Eis mit einer Oberfläche, die schon mit den Gravuren vieler anderer Kufen schraffiert war, meine Kufen schneller stumpf? Gab es eine Möglichkeit, aus dem Abrieb, der an der Kante einer Kufe auftrat, auf die gelaufenen Gesamtkilometer zu schließen? Und was Schallplatten betraf: Waren es die Unreinheiten im Vinyl, die die Nadel abnutzten, oder waren es die kleinen Wellen der Vinylmusik

damit aufhören; und inzwischen kann auch ich gut verstehen, wie man also beim Anblick von Horden Neunzehnjähriger, die mit Arbeitsstiefeln von Walabees und Sears von Seminar zu Seminar schlappen,

---

selbst, und wenn es die Musik war, konnte man herausfinden, welche Arten von Timbres und Frequenzen sich günstig auf die Lebensdauer der Nadel auswirkten?

Oder erwuchs der Nadel in der Praxis die meiste Abnutzung, bevor sie überhaupt die Platte berührte, durch den menschlichen Daumen? Das war eine Möglichkeit. Wenn meine Schwester eine der ältesten Platten der Familie gespielt hatte, etwa *My Fair Lady*, die auf dem Teppich liegen durften (und tatsächlich sichtlich verhaart waren), wenn sie nicht in Gebrauch waren, hatte sich immer ein blaugrauer Staubfez an der Nadel abgelagert, der offenbar aus demselben Material bestand, das den Filterschirm des Wäschetrockners und die Innenfläche des Nests der Wüstenspringmaus beschichtet, und diese leblose Ernte mußte ich dann wegfegen. Autoritäten von den Hirsch-Houck-Laboratorien rieten dringend, verstärkt noch durch das Benutzermanual, das dem Shure-Tonabnehmer beilag, dieses Wegfegen nie bei eingeschalteter Stereoanlage auszuführen, da dies zu «Überspannungen» führen könne, die den kräftigen und dienstbeflissenen Magneten in den Boxen überlasten könnten; aber zumindest was mich betraf, mußte das Risiko eingegangen werden, weil der Akt des Entfernens erst durch das raumfüllende Grummeln des eigenen Daumenabdrucks – jede Rille einzeln klangverstärkt – bestätigt wurde, wenn man damit ganz sachte unten an der Nadel entlangstrich (man spielte so dessen einzigartig konturgepflügte Furchen, wie man bald die spiralengewordene Aufnahme einer einzigartigen Studiositzung im Leben eines Pianisten spielen würde), worauf *My Fair Lady*s Fusselkugel abfiel und den winzigen Kontaktpunkt selbst freigab, eigenartig stumpf und geformt wie der Gummihammer, der immer den motorischen Reflex im Knie auslöst, wie er da insektenfresserhaft im Raum hing, bereit für eine neue Deut-

wobei die Plastikspitzen der ungebundenen Senkel auf den Flurfliesen klickern und die besockten Fersen immer wieder aus ihrem Schuhwerk herauskommen – wie man beim Anblick der hirnlosen Affigkei-

---

sche Grammophon. Das Album war noch versiegelt; und nun lernte man eine weitere Rillenart kennen, bevor man die Platte überhaupt spielte: die geräuschfreie und absolut widerstandslose Teilung der Plastikverschweißung des Albums, wenn man sie mit dem Daumennagel aufschlitzte und von der temporären Rille (zwischen dem, was man, obwohl es vorher nicht sichtbar war, als zwei getrennte Pappdeckelseiten kannte) abzog, wobei man einen Moment innehielt, um über die ungewöhnlichen Eigenschaften dieses Einschweißmaterials nachzudenken, das so fest und dehnbar war, bis man es an einer Stelle verletzte, woraufhin es den Reißvorgang willig und fast wie von selbst weiterführte, ein Charakteristikum, das die Konstrukteure von Zigarettenschachteln clever ausnutzen, indem sie in das Zellophan eine kleine farbige Lasche einbauen, die den Riß einleitet, sowie ein Führband aus dickerem Plastik, das den mühelosen Öffnungsvorgang um das obere Ende der Schachtel herum ermöglicht. Man entnahm die Platte, ohne mit den Abspielflächen in Berührung zu kommen, wobei man einen Dreiergriff anwandte: den Daumen an den Rand, zwei Finger auf die Mitte des Etiketts. Obwohl die Platte nagelneu war, hatte sie auf ihrem Weg durch die Luft auf den Plattenteller aus ihrem Umfeld Staub angezogen; man verwendete daher ein Plattenreinigungssystem, wie wir eines hatten: eine getrennte tonarmähnliche Vorrichtung, die vor einer roten zylindrischen Bürste, die größere Schmutzpartikel abfing, einen Fächer aus superfeinen Borsten über die Platte gleiten ließ. Dieser Reinigungsarm fuhr geringfügig schneller über die Platte als der tatsächliche Tonarm; möglicherweise wurde er von seinen mehrfachen inneren Borstenkontaktpunkten (ein Rätsel, das ich nie so ganz gelöst habe) vorausgezogen, wodurch er das Ende der Seite ungefähr fünf Minuten vor der Musik erreichte. Das Platten-

ten der Jugend einen Moment lang die Augen schließt. Was ich ebenfalls noch bis in mein Erwachsensein hinein tat, war, mir die Schuhe auf der Rolltreppe neu zu binden – und das, indem ich eine kleine

---

reinigungssystem erinnerte stark an die gelben Straßenkehrmaschinen, die in meiner Kindheit eingeführt wurden und vorn Sprühdüsen hatten, welche den herannahenden Schmutz befeuchteten, damit die rotierenden Bürsten ihn von der Bordsteinkante weg nach innen zu einem Ort unsichtbaren Tumults drängen konnten, wo ihn eine riesige, entgegen der Fahrtrichtung laufende Borstenwalze am Heck in ein Behältnis im Innern der Maschine hochschleuderte. Hätten die Plattenreinigungssysteme, die wir verwendeten, nur ebenso gut funktioniert wie diese Straßenkehrmaschinen, die eine saubere nasse Spur zurückließen, welche am Rand des Kehrbereichs mit geringelten Schrubbspuren und in der Mitte mit geraden Kehrstrichen geschmückt war, auch wenn sie von der Bordsteinkante ausscherten, um geparkten Autos auszuweichen, und dann zurückschwenkten, um sich mit offensichtlicher Befriedigung wieder dem festgebackenen Schlamm, den Blättern und dem gebleichten Abfall an der Bordsteinkante zuzuwenden. Doch kein Plattenreinigungssystem funktionierte wirklich gut; und anscheinend ließ die antistatische Reinigungslösung, die man auf die zylindrische Staubbürste träufelte, einen öligen Rückstand in den Rillen zurück, der infinitesimale Freuden aus der Tonreproduktion wegglättete. Und dennoch benutzten wir sie; wir befeuchteten die Bürste mit der Lösung und setzten sie korrekt auf der sich drehenden Platte auf. Und dann stützte man, ohne den lästigen hydraulischen Liftmechanismus am Plattenteller zu beachten, mit dem man den fahrigen Tonarm hoch über der Stelle in Position bringen sollte, auf der er landen sollte, die Hand auf dem Sockel des Plattentellers ab (in ähnlicher Weise, wie ich früher die Hand am oberen Ende des Turnschuhs abstützte, während ich ihn zuband) und benutzte den Daumen, um den Möwenflügelfingerhaken des Tonabneh-

Herausforderung daraus machte: Wieviel Zeit konnte ich mir lassen, bevor ich oben ankam, um erfolgreich beide Schuhe zu binden, ohne den Anschein von Gehetztheit zu erwecken?

---

mers in eine feine, zitternde Aufwärtsbewegung zu versetzen. Ausgleichsgewichte – Mattchromscheiben auf einem geeichten Gewinde, die man präzise auf das gewünschte Grammgewicht einstellen konnte (und welchen Streit es darüber gab, was nun das richtige Gewicht war! Einige behaupteten, 2 Gramm würden die Platten langsam, aber sicher ruinieren, strenge Kolumnisten im *Stereo Review* beteuerten dagegen, eine ungenügende Auflage ließe die Nadel möglicherweise über laute Passagen flugbootartig hinweggleiten oder gleich einem Skifahrer, der über Unregelmäßigkeiten der Pistenführung saust, abheben und schädlich hart auf die folgenden Stellen aufschlagen) – Ausgleichsgewichte also bewirkten, daß der Tonarm beim geringsten Daumenschubser aufwärts schwebte, als herrschte unter dem Staubschutz des Geräts eine besondere Mondanziehungskraft. Man hielt den Tonabnehmer über den glatten äußeren Rand der sich drehenden Platte; verwindungsbedingt hob und senkte sich die Fläche, oft im Herzrhythmus – *fwumm-humm, fwumm-humm* –, und endlich ließ man die Nadel einen sanften Kontakt mit dieser bewegten, nachgiebigen Fläche herstellen, so daß auch sie nun auf den Wogen der Verwindung dahinhüpfte, nachdem sie beim Auftreffen zunächst eine Erschütterung wie beim Abstellen einer schweren Kiste auf dem Teppich ausgelöst hatte, der ein sich ausbreitender Seufzer folgte und zumindest ein lautes Ploppen, das einen in dem Gefühl bestärkte, man sei nun dem mikroskopischen Bann jener Technik verfallen, die Klänge in physisch so kleiner Form speicherte, daß selbst ein unsichtbares Partikel in einer fadendünnen Rille wie das Knallen einer Zirkuspeitsche tönen konnte, und während dieses Seufzers ließ man sich aus der hockenden Position wieder auf dem Teppich nieder. Und dann begann die Musik. Nach drei Minuten intensiven Zuhörens – der Gefühlsschwang über die Mi-

Angesichts dieser mächtigen, bereits in meinem vergangenen Leben existierenden Verbindungen zwischen Rolltreppen und Schnürsenkeln sollte man wohl erwarten, daß ich in dem Moment, als ich an jenem Nachmittag auf die Rolltreppe trat, nachdrücklich an das Problem des Abriebs von Schnürsenkeln erinnert wurde, das mich noch eine Stunde zuvor beschäftigt hatte. Doch der Determinismus

---

kroskopie war abgeklungen und das Klavier zu Passagen vorgedrungen, die nicht so gut oder nicht so bekannt wie der Anfang waren – begann ich, die Plattenhülle zu lesen, und etwas später ging ich in die Küche, um mir ein Sandwich zu machen, den *Stereo Review* zu lesen und zwanzig Minuten später, die A-Seite näherte sich dem Ende, zurückzukommen und dem technologischen Finale zuzuhören: Man fuhr über die letzten Rillen wie in einer Rikscha durch die wimmelnde östliche Hauptstadt der Musik, und dann, mit einemmal, bei Sonnenuntergang, ließ man die Tore der Stadt hinter sich und stieg in ein wartendes Boot, das einen rasch hinaus auf das schwarze und purpurne Wasser der Lagune brachte, hin zu einer flachen Insel mittendrin; schnell und geräuschlos überquerte man die friedvolle Weite, näherte sich der kreisförmigen Insel (mit ihrem niedrigen Druidentotem in der Mitte, möglicherweise ein kalendarisches), stieg dort aber nicht aus; nun brachte einen die Unterströmung mit seltsam flüssiger Geschwindigkeit wieder zurück an das wuselnde Gestade der Stadt – Farben, Transpiration, Schlaflosigkeit – und dann wieder zurück über die Lagune; der Kiel stieß erst an ein Ufer, dann an das andere, und obwohl das Fahrzeug sich sehr schnell bewegte, schien es nur einen dünnen leuchtenden Saum in der schwarzen Oberfläche dahinter zurückzulassen, da, wo der Kiel sie durchschnitten hatte. Schließlich hob mein Daumen einen hoch, und man flog hoch über den Kontinent hinweg und verschwand über dem Rand der flachen Welt.

des Erinnerns geht oft dunkle Wege; und in diesem Fall war mir das Thema schon in den wenigen Minuten, die ich vor der Mittagspause auf der Herrentoilette verbracht hatte, eingefallen und wieder abgelegt worden: Nach diesem Wiederauftauchen fiel es mir erst wieder kürzlich ein, als ich damit anfing, die Ereignisse jener Mittagszeit für das vorliegende Opusculum zu rekonstituieren. Selbst nach der Mittagspause, als ich wieder in meinem Bürozimmer saß, das zugeheftete obere Ende der CVS-Tüte aufriß, das Blasentütchen mit den neuen Senkeln herauszog und sie, wie Schuhverkäufer es mir gezeigt hatten, im Zickzack durch jede zweite Öse in meine Schuhe fädelte, in einem Augenblick also, in dem ich mich doch daran hätte erinnern können, war ich statt dessen mit dem Gedanken beschäftigt, ob ich vierhundert Dollar an Chase Visa schicken sollte oder ob das nicht ein zu großer Batzen war, der mich vor meiner nächsten zweiwöchigen Gehaltsüberweisung in Schwierigkeiten bringen würde, und ob ich nicht eher nur zweihundert schicken sollte. Die Zeit unmittelbar nach der Mittagspause war anscheinend immer die Zeit, in der man über praktische Dinge wie Rechnungen nachdachte – und ich komme nicht umhin, an dieser Stelle das selten gewordene Vergnügen zu erwähnen, das mir die Art bereitete, wie ich damals meine Finanzen regelte: insbesondere das Vergnügen, dicke Umschläge mit Kostenaufstellungen zusammen mit den Quittungen in der Post zu finden, die dokumentarische Geschichte des Monats also, Essengehen und den einen oder anderen Kauf, den man, gäbe es nicht diese Zettel, die in einem den Augenblick des Bezahlens ganz hübsch wiederauferstehen lassen, vollkommen vergessen hätte: Man sitzt im Restaurant, ist vollgefressen, ein ganzes Steak im Bauch, daneben der geliebte Schatz, man lächelt und ist glücklich, das Gesäß steht inzwischen wegen der Absorptionsunfähigkeit des Vinylsitzes in Flammen, und man erwägt, ob man sie bitten soll, einem bei der Berechnung des Trinkgelds zu helfen – manchmal ist es doch besser, ganz Mann zu sein und eine großzügige runde Summe draufzulegen, dann wiederum ist es aber oft auch nett, sich mit ihr über die Nuancen zwischen fünfzehn und zweiundzwanzig Prozent zu beraten, die der Kellner oder die Kellnerin an dem Abend verdient hat –, und man erlebt das Vergnügen, den Betrag des Trinkgelds durch mehrere Schichten Kohlepapier hindurch einzusetzen, wobei man fest auf das kleine schwarze Tablett drücken muß, welches das Restaurant bereitgestellt hat, damit der Betrag nicht auf das Tischtuch gerät, und dann, wenn alles zusammengezählt und noch einmal überprüft worden ist, unterschreibt man, schneller, als man einen Geschäftsbrief unterschreiben würde, weil es hier gleichgültig ist, welche Charakterzüge die Leute in die Unterschrift hineinlesen, und weil man nach Weingenuß flüssiger unterschreibt: Man fetzt den Großteil des Nachnamens in einem schneller werdenden Kringel hin, der einem Staubsaugerkabel ähnelt, das sich aufrollend an seinen Lagerungsplatz zurückschnellt[1] – dieser Augen-

[1] Manchmal ist es besser, den vom Restaurant bereitgehaltenen Kuli zu benutzen, für gewöhnlich ein billiger Stielkuli, sogar in ganz schicken Restaurants; manchmal verschafft es einem auch größere Befriedigung, mit der Hand am eigenen

blick des Ausklangs eines Abends kehrt in seiner Gesamtheit zurück, zurecht auf ungefähr die Größe des Doppelbelegs reduziert, dessen Kohleabdruck weniger deutlich ist, der Name des Restaurants zuweilen kaum noch lesbar, was mit seinem Schwinden im Gedächtnis zusammenhängt.

Nein, den Faden der Schnürsenkeltheorie nahm ich kurz vor der Mittagspause, nur wenige Minuten, nachdem ich mich von Tina verabschiedet hatte, wieder auf.

Kuli in der Hemdtasche bis zum Ende der Geschichte zu warten, die man gerade erzählt bekommt, um ihn sodann nickend und lachend aus der Tasche zu ziehen, das Klicken des Bügels zu hören, wenn er vom Stoff der Hemdtasche herabgleitet und gegen das Gehäuse prallt, und danach ein zweites Klicken, wenn man die Kugel entblößt – diese beiden Geräusche ähneln den aufeinanderfolgenden, immer entfernteren Klickgeräuschen, die ein Ferngespräch einleiten – und die man dann mit der Stimme der Person assoziiert, die den Anruf entgegennimmt –, hörbar auch noch in lauten Restaurants, da das Stimmengewirr eine viel niedrigere Frequenz hat. Und ebenso wie der Wein die Unterschrift in die Unleserlichkeit entläßt, stellt man sich auch vor, daß selbst die Tinte im Schreiber sich bereitwilliger in den kleinen Poren auf der Kugeloberfläche festsetzt, weil sie durch den Körper und den Gesprächsfluß erwärmt wurde. Selten, daß ein Kuli im Restaurant eintrocknet.

NEUN

Eine kleine, vielleicht nicht besonders interessante Frage beschäftigt mich hin und wieder: Definiert sich der Beginn der Mittagspause mit dem Betreten der Herrentoilette auf dem Weg zum Lunch oder mit dem Moment, in dem man sie verläßt? Am Ende eines früheren Kapitels sagte ich instinktiv: «Ich lenkte meine Schritte Richtung Herrentoilette, und dann kam die Mittagspause.» Ob richtig oder falsch, ich sah den Übergang folgendermaßen: Der Aufenthalt in der Herrentoilette war untrennbar mit der Vormittagsarbeit verbunden, eine Pflicht wie andere Arbeitspflichten, für die ich verantwortlich zeichnete, und daher war es, auch wenn es der Firma offensichtlich nicht dabei half, mehr Geld zu verdienen, auf eine Weise Teil meines Jobs, wie es die volle Stunde mit Sonnenschein und Gehwegen und freier Willensentscheidung nicht war. Das aber bedeutete, daß meine Firma mich grundsätzlich dafür bezahlte, sechsmal am Tag[1] die Herrentoilette aufzusuchen – dreimal

[1] Bei Neueingestellten kann es bis zu acht- oder neunmal am Tag sein, da die Firmentoilette der einzige Ort im ganzen

vormittags und dreimal nachmittags: Meine Arbeit wurde befördert und segmentiert durch die Aufenthalte in dieser gekachelten Dekompressionskammer, in der ich die Krawatte geraderückte, sicherstellte, daß das Hemd in der Hose steckte, mich räusperte, mir die Druckerschwärze der Zeitung von den Händen wusch und auf ein Stück Erdbeerdeodorant uri-

---

Haus ist, wo man richtig versteht, was von einem erwartet wird. Andere Aspekte der Arbeit sind unklar: Man bekommt einen Stapel kopierte Schriftstücke und Akten zu lesen; man hat einen vorsichtigen Blick in den Materialschrank geworfen und entdeckt, daß sie nicht die Kulimarke haben, die man gern benutzt; relative Machtpositionen sind nicht auf den ersten Blick erkennbar; das Bürozimmer ist kahl und abweisend; man hat noch kein Namensschild an der Tür und noch keine Visitenkarte; und man weiß, daß diejenigen, die in den ersten Wochen am freundlichsten zu einem sind, fast nie diejenigen sind, die man dann später mag und schätzt, doch kommt man nicht umhin, sie für die zentralen Gestalten im Büro zu halten, einfach deshalb, weil sie sich bei einem eingeschmeichelt haben, selbst wenn andere ihnen aus Gründen aus dem Weg gehen, die man noch nicht begreift. Auf der Herrentoilette aber wird man zum Profi; man läßt die Hand lässig und mit ebenso unbekümmerter Vertrautheit auf den Spülgriff fallen wie die Männer, die schon jahrelang bei der Firma sind. Einmal lud ich einen Neueingestellten zum Lunch ein, und wenngleich er nicht ganz ins Schwarze treffende Fragen stellte, während wir unsere Sandwichs aßen, und auf meine Antworten hin verständnis- und wortlos nickte, machte er plötzlich, als wir an den Flur zur Herrentoilette kamen, ein wissendes Von-Mann-zu-Mann-Gesicht und sagte: «Muß noch einen in die Ecke stellen. Bis nachher. Und noch mal vielen Dank.» Ich sagte: «Klar, machen Sie's gut», und obwohl auch ich mußte, ging ich weiter, und zwar aus Gründen, die bald deutlicher werden.

nierte, das in einer der vier an der Wand befestigten Pissoirschüsseln lag.

Gibt es irgendeinen anderen Ort im modernen Büro, an dem mechanischer Erfindungsreichtum auf vergleichbarem Niveau und in einer solchen Konzentration offen zutage liegt? Telefonanlagen, Schreibmaschinen und Computer sind elektronisch hochentwickelt und daher im wesentlichen uninteressant. Die Pitney-Bowes-Befeucht-und-Frankiermaschine und der automatische Papiereinzugmechanismus des Hochgeschwindigkeitskopierers sind schon etwas interessanter, weil es sich dabei um Kombinationen elektronischer und mechanischer Erfindungen handelt – aber abgesehen von Datumsstempeln und den Kugellagern in Kulis und Schreibtischschubladen, die eine isolierte Existenz führen, wo, wenn nicht auf der Firmentoilette, erleben wir die hohe Kunst der Mechanik in so reiner Form? Ventile, die eine bemessene Menge Wasser und keinen Tropfen mehr in eine Toilette rauschen lassen, Porzellanformen, die so konstruiert sind, daß die Turbulenzen darin nahezu unveränderliche und dekorative (und dabei höchst funktionelle) Borten und Schlingen erzeugen, die Hopkins gefallen hätten;[1] eine kleine eingebaute Maschine, die rosafar-

[1] Beispielsweise: «Bevor ich ging, warf ich einen letzten Blick auf die Brecher, wollte begreifen, wie der Kamm so fein zu Faser und Rispe gemahlen wird, wie ich es jüngst gesehen habe. Ich sah große weiche Wellen, kieselgleich, mit eingekerbten und -geschnittenen flachen Rillen, die stark anschwollen, wenn der Wind auffrischte, an den Felsspornen des Kliffs an der kleinen Bucht barsten und zu Gischtsträuchern aufbrachen. In einem Felsengehege tobte und trieb das

bene Flüssigseife mit einem besonderen Zusatz, der ihr einen silbrigen Glanz verleiht (er wird, wie ich festgestellt habe, jetzt auch in Shampoorezepturen verwendet), in die hohle Hand spritzt; und die Seifenmengenanzeige, ein Plastikfischauge unmittelbar am Seifentank, das dem Wartungsmann (entweder Ray oder dem, der gerade den Handlauf der Rolltreppe polierte) mitteilt, ob er heute das Mattchromblech abnehmen und den Behälter nachfüllen muß; die schönen verchromten Urinalinstallationen, eine Reihe aus vier identischen Formen strenger Knotigkeit, die einem den Eindruck vermitteln, man beträte eine petrochemische Fabrik, und auf deren sechsekkigen, halb dekorativen schraubenartigen Kappen Namen wie Sloan Valve oder Delany Flushboy eingraviert sind – Namen, die einem im Lauf des Arbeitslebens völlig vertraut werden, obwohl sie einem, würde man danach gefragt, nicht einfielen. Hier, inmitten des papierenen, trockenen, mit Teppichboden ausgelegten Arrangements der darum herum liegenden Büroräume voller Eingangskörbe, gerahmter Kunstgalerieposter und horizontaler Aktenschränke begegnet einem auch eine sehr industriemäßige Abwasseranlage direkt im Boden. Und man denke an das architektonische Mini-Labyrinth hinter der Tür, durch das man muß, um in den eigentlichen Waschraum zu gelangen – eine enorme

---

Wasser umher, und eine helle Krone aus büscheligem Schaum, die sich hoch darüber erhob, drehte sich langsam stetig im Kreis: Streifen sprangen davon ab und tollten gewichtslos durch die Luft.» (Gerard Manley Hopkins, *Journal*, 16. August 1873.)

Verbesserung gegenüber dem älteren Doppeltürensystem –, und das den Vorbeigehenden daran hindern soll, hineinzuschauen. Und es funktioniert, egal, wie dicht man an der Flurwand entlanggeht: Ich weiß das, weil ich ab und zu versucht habe, im Vorbeigehen kurz in die Damentoilette zu schauen, wenn zufällig gerade die Tür aufging; noch mit fünfundzwanzig wollte ich einen Blick auf die Waschbeckenreihe erhaschen und auf die Frauen, die sich darüber zum Spiegel beugten, um ihre Schulterpolster zurechtzurücken oder Lippenstift aufzutragen, wollte sehen, wie eine Frau die Unterlippe à la William F. Buckley, Jr. über die unteren Zähne spannte und dann, den ausgedrehten Glanzstift bewegungslos hochhaltend, mit der Lippe von einer Seite auf die andere darüberfuhr, schließlich den Mund zusammenpreßte und eine Schnute zog, denn dieser Anblick in einem Firmenambiente gab der Erinnerung daran, wie mein geliebter Schatz sich für eine Party fertig machte, einen exotischen Firnis: der erregende Hautgeruch kurz nach der Dusche, das Wissen, daß sie Make-up auftrug, um für andere attraktiv zu sein, der Anblick des heiligen Gesichtsausdrucks, den Frauen nur für sich selber vor dem Spiegel tragen: leicht gehobene Brauen, entblößter Hals, ganz leicht geblähte Nasenflügel.

Wenn man es sich recht überlegt, verleiht dieser Anflug von Häuslichkeit den Erfindungen, die man auf der Firmentoilette antrifft, eine charakteristische Färbung: Diese Erfindungen sind großartigere, heroischere Varianten von Gerätschaften, die für unser Leben abseits der Arbeit von zentraler Bedeutung sind – das Waschbecken, die Seifenschale, der Spiegel und die Toilette des häuslichen Badezimmers. Im häuslichen Badezimmer ist die Toilettenbrille ein geschlossenes Oval, die Brille im Firmenwaschraum dagegen ist hufeisenförmig; vermutlich verringert die Lücke das Problem der auf die Brille fallenden Niederdruck-Urintropfen, wenn es ein Übeltäter gedankenlos im Stehen macht, ohne sie zuvor hochzuklappen. Es mag noch einige andere Gründe für die Hufeisenform geben, etwa den der Zugänglichkeit, das weiß ich nicht genau. Aber ich freue mich, daß sich jemand über dieses Thema Gedanken gemacht hat, indem er das, was seine Firma herstellte, den Realitäten tatsächlicher Verhaltensformen anpaßte. (Bis ich lernte, die Brille mit dem Schuh hochzuklappen, urinierte ich selbst zuweilen bei aufliegender Brille in die Toilette, und da ich groß bin, zielte ich fast immer ungenau.) Anders als bei den Rollen zu Hause war das Toilettenpapier hier in einem verschlossenen Gehäuse untergebracht, das die Papierblätter mit einem gewissen Widerstand abgab, so daß man langsam und vorsichtig ziehen mußte, damit das Papier nicht an einer der Perforationen riß,[1] wodurch der Ver-

[1] Perforation! Aber hallo! Die beabsichtigte Schwächung von Papier und Pappe durch Punktierung, damit es entlang einer gewollten Linie reißt, wobei eine Reihe feinhaariger weißer Fussel oder Büschelchen an jedem neuen Rand zurückbleibt! Eine verblüffende Konzeption, die ein zeitumwälzendes Gefühl für die einzigartigen Eigenschaften von zu Brei verarbeiteten Holzfasern zeigt. Doch gibt es einen nationalen Feiertag zu Ehren dieser Entwicklung? Werden etwa Festschriften zum Ruhme der toten Größen auf diesem Gebiet veröffentlicht? Abend für Abend sehen sich die Leute wie Roboter die Nachrichten an, im Glauben, sie lernten

schwendung entgegengewirkt wird, und wenn eine Rolle verbraucht war, fiel die nächste an die Stelle. Bis zu einem gewissen Punkt war ich damit einverstanden, daß meiner Verschwendung entgegengewirkt wurde – vor dieser Erfindung hatte ich zuweilen Skrupel bekommen, wenn es mir gelang, die Rolle im Schwung um die Spindel zu wirbeln und dabei ein unnötig langes Stück Papier abnudeln zu lassen; wenn man allerdings erkältet ist und sich zum

---

etwas über ihr Leben, ohne jemals den viel naheliegenderen Entwicklungen Aufmerksamkeit zu schenken, die nicht als Nachricht ins Haus kommen, sondern auf dem perforierten Aufreißdeckel der Speiseeisschachtel, in Rückantwortcoupons in Zeitschriften und auf den «Bitte schicken Sie diesen Abschnitt zurück»-Enden von Rechnungsabschnitten, auf Briefmarkenbögen und Prospekten von Versandbuchhandlungen, auf Papiertüchern, auf Plastiktütenrollen für Waren im Supermarkt, auf den Etikettstreifen für Hängemappen. Die Linien, die ein Jahr vom anderen, vergangenen trennen, sind perforiert, und das geistige Gefühl beim Abtrennen eines Lebensabschnitts zwecks genauerer Untersuchung ähnelt dem widerstrebenden, kontrollierten Reißen einer perforierten Naht. Der einzige erzieherische Aspekt der Ginn-Serie in den Grundschullesebüchern waren die perforierten Seiten zum Herausnehmen in den Arbeitsbüchern: Hatte man die Seite herausgerissen (nachdem man sie zunächst über der Linie hin und her gefaltet hatte, damit sie sich besser löste), blieb eine in das Arbeitsbuch gebundene kleine Klappe übrig, die dem Lehrer in einer winzigen Kursivschrift sagte, was die Seite dem Schüler beibringen sollte; auf der Seite, an die ich mich aus der ersten Klasse erinnere, war ein Bild von Jack, der mit einem roten Wagen in der linken oberen Ecke steht, während Spot in der unteren rechten auf ihn wartet und eine gepunktete Linie die beiden in der Form eines großen Z verbindet. Als Anleitung stand da: «Jack soll den Wagen zu Spot

Schneuzen eine ganze Masse Saugfähiges ans Gesicht halten will, kann die Sorgfalt, mit der man an dem beinahe reißenden Papier ziehen muß, lästig sein.

Unsere Herrentoilette im Zwischengeschoß ging von einem kurzen Flur ab, der eine zurückgesetzte Reihe Automaten und ein Schwarzes Brett beherbergte, auf dem hinter Glas säuberlich interne Stellenausschreibungen angepinnt waren. In diesem Flur konnte man die gespenstischen Aktivitäten unzugänglicher Fahrstuhlkörbe hören, die an unserem

---

bringen» oder dergleichen – und es war klar, daß man nicht den direkten diagonalen Weg nehmen, sondern dieses sinnlose Z mit dem Buntstift nachfahren sollte. Die Erklärung längs der Erwachsenenseite der Perforation behauptete, das Z lehre das Kind die ideale Bewegung des lesenden Augapfels – eine Zeile Schrift, ein Zack Wagenrückführung, wieder eine Zeile Schrift. Ich verachtete die Übung nur ein wenig, weil die gepunktete Linie der über den Perforationen an Antwortcoupons glich und als solche schön war, trotz des Jungen und des Hundes an den Ecken. Später wurde ich damit noch über die Indianer im Staat New York belehrt, über den Bau des Erie Kanals, über Harriet Tubman, George Washington Carver und Susan B. Anthony – warum habe ich nach jahrelangem Schulbesuch noch immer keine klare Vorstellung davon, wie die Perforation auf dem Antwortcoupon oder der Rolle Toilettenpapier zustande kommt? Meine Vermutungen sind erbärmlich vage! Kreisförmige Pizzaschneider mit diamantbesetzten Rändern? Tödlich scharfe Zirkoniumschablonen, die das Papier mit ihrer gezackten Braillerie stanzen? Warum ist der Pionier der Perforation nicht in die Fassaden von Bibliotheken gemeißelt wie Locke, Franklin und die Standardauswahl französischer Enzyklopädisten? *Die* hätten ihn gemocht! Die hätten der Kunst eine ganze Seite mit wunderschön gravierten Illustrationen, mit «Abb. 1», «Abb. 2» usw. gewidmet.

Stockwerk vorbei hinauf- oder hinunterfuhren – unzugänglich deshalb, weil der Zugang zum Zwischengeschoß mit Ausnahme eines Lastenaufzugs und der Nottreppe nur über die Rolltreppen möglich war. (Neben den Büros der drei Abteilungen unserer Firma lagen im Zwischengeschoß noch ein Restaurant und die Büroräume einer kleinen, einstmals berühmten Investmentgesellschaft.) Man hörte das Jammern der vertikalen Passatwinde in den Aufzugschächten und das Klacken offenbar sehr schwerer Kettensätze, das der Treibscheibe, möglicherweise auch das von Sicherheitsketten, die auf einem Betonsockel im Untergeschoß Haufen bildeten, wenn die Körbe dem Befehl der Rufknöpfe Folge leisteten. Es war schön, sich vorzustellen, wie diese Körbe mit Menschen darin irgendwo ganz in meiner Nähe hinter einer der Flurwände, aufgehängt an gebündelten Stahlseilen, ohne daß ich architekturmäßig wußte, wo genau, beträchtlichen Beschleunigungskräften ausgesetzt waren. Einige Fahrkörbe waren voller Passagiere; in anderen wiederum, so stellte ich mir vor, stand eine Einzelperson in einem einzigartigen Augenblick echter Privatheit – echter noch als die Privatheit, die man in der Kabine einer Firmentoilette hat, weil man laut reden und singen kann, ohne daß es jemand hört. L. sagte mir einmal, daß sie sich manchmal, wenn sie allein in einem Aufzug war, das Kleid über den Kopf zog. Ich weiß, daß ich bei Alleinfahrten im Aufzug schon ein aufgezogenes Spielzeug gemimt habe, das gegen die Wand läuft; ich habe so getan, als risse ich mir unter Schmerzensschreien eine Latexmaske vom Gesicht; ich habe auf eine imaginäre Person gezeigt und zu ihr gesagt:

«He, Sie, ich haue Ihnen gleich den Kropf weg, *passen Sie bloß auf*, ich sag's Ihnen!» Die Leuchtanzeige und das Verlangsamen sind eine rechtzeitige Warnung, die Brille zurechtzurücken und wieder ein hieroglyphisches Gesicht aufzusetzen, bevor andere zusteigen. Derlei Augenblicke von Privatheit waren auf einer Rolltreppe unmöglich; dennoch zog ich die recht ungewöhnliche Auszeichnung, mein Büro über eine Rolltreppe zu erreichen, dem Zwang vor, mich Tag für Tag all den kleinen Zeremonien des Aufzugbenimms zu unterwerfen – zusammen mit allen anderen im Korb den Blick zu heben, um den Wechsel der Stockwerksnummern zu verfolgen; sich die Verantwortung aufzuladen, den «Tür auf»-Knopf oder den Gummiwulst der Tür über der Lichtschranke mit einem frommen Gesichtsausdruck gedrückt zu halten, während Leute zustiegen; zu hören, wie der Schluß von Gesprächen plötzlich konspirativ und spitzbübisch wird, weil man im Gedränge des Korbs jedes Wort mithören kann, obwohl sie draußen im Lärm der Eingangshalle noch völlig alltäglich waren; den Lichtstrahl zwischen den geöffneten Türen, einen hindurchgehenden Passagier simulierend, mit der Hand zu unterbrechen, wenn auf einem Stock niemand aus- oder zusteigt, um dadurch die Wartezeit zu verkürzen; Kleingeld-Klimpern; Fremde mit einem geräuschlosen Lippenplopp zu grüßen, indem man den Mund öffnet und wieder schließt. Allerdings faßte ich gern die Blindenschrift-Zahlen neben den Knöpfen an und las ebenso gern den vielfach kopierten Wartungsvordruck, und ich mochte es, wenn die Türen aufgingen, kurz bevor der Fahrstuhl hielt, so daß man die Präzision bewundern konnte, mit der der Korb automatisch die Höhe des gewünschten Stockwerks erreichte; schließlich stellte ich mir gern die massiven, flinken Gegengewichte vor, die kakerlakengleich auf kleinen Drei-Zoll-Rädern die Rückwand des Aufzugschachts in die entgegengesetzte Richtung des Korbs auf und ab sausten.

Wie auch immer, auf diesem Zwischengeschoß-Flur nahm die beeindruckende Reihe von Automaten den Platz der Aufzugtüren ein. Im Vorbeigehen schenkte ich ihnen keine Beachtung, obwohl sie Beachtung verdienten, und tatsächlich machte ich mir oft, wenn ich hier stehenblieb, zumeist am Spätnachmittag (normalerweise auf dem Rückweg von meinem fünften von der Firma bezahlten Gang zur Herrentoilette), um mir einen Imbiß zu holen, ergebnislose, immergleiche, kurzlebige Gedanken über den einen oder anderen. In gewisser Weise schienen sie selbst Miniaturbürogebäude zu sein, nur daß die herabsausenden Nahrungsmittel, anders als der lebensgroße Fahrstuhlkorb, nie auf dazwischenliegenden Stockwerken anhielten, sondern auf Abruf direkt in den unterschiedlich konstruierten Eingangshallen und Foyers landeten. Die aufzugähnlichste war die Maschine, die ich am häufigsten benutzte: Sie hatte ein Deckblech mit drei kleinen Türen. Wenn man gewählt hatte, schob sich eine mattierte Reihe Metallsprossen hinter einer der kleinen Türen um eine Sprosse nach oben (ich glaube, es war nach oben, nicht nach unten) und blieb stehen, wobei das Ende eines sauber in Papier gewickelten Eiskremriegels zum Vorschein kam. Daneben stand ein Pepsi-Automat, an dem oft Zettel mit Bemerkungen hingen wie: «Dieser Automat hat drei Quarters von mir gefressen! – S. Hollister x7892.» Und neben dem Pepsi-Automaten stand ein kleinerer Zigarettenautomat, ein Überbleibsel aus der ersten großen Epoche von Verkaufsautomaten, hergestellt von National Vendors, St. Louis. Er funktionierte nicht elektrisch, wechselte kein Geld und arbeitete ausschließlich mit Hilfe von Schwerkraft und Federn.[1] Er hatte zwei Reihen mit elf durchsichtigen Plastikknöpfen (warum *elf*?); an diesen zog man, wobei es eines befriedigenden Kraftniveaus bedurfte, eines höheren, als wenn man etwa eine Flipperkugel abschoß oder kickerte, und es gab einen breiten Metallmund, in den die gewählte Marke dann halb sichtbar rutschte. Rechts von diesem Automaten stand ein Modell, das dem klassischen, auswärts und aufwärts gewinkelten Fast-Food/Zapfsäulen-Stil der fünfziger Jahre ähnelte, obwohl es vermutlich um 1970 hergestellt worden war (ähnlich wie Hefter stehen Automaten in punkto stilistische Veränderungen nicht in

---

[1] Genau wie damals, als ich für meine Mutter schachtelweise Kent aus einem Automaten im Untergeschoß des Bürogebäudes meines Vaters holen mußte, damals, als noch heroische Waldhörner dem Marlboro-Mann halfen, über aus der Luft gefilmtes Western-Land zu reiten, und als ein anderer Mann das vergrößerte minimalistische Innere eines Zigarettenstummels (ich glaube, es war *True*, jedenfalls einer dieser einsilbigen Markennamen) mit einem Zeigestock durchwanderte und dem Fernsehzuschauer die Vorzüge seines patentierten Systems aus Dr.-Caligari-mäßigen, gewiß von einer Gynäkologin konstruierten Filterwänden demonstrierte, die den Rauch zwangen, einige seiner haftenderen Harze auf den unregelmäßigen Ebenen dieses Filters abzulagern.

vorderster Front): Es war ein Heißer-Kaffee-, Tee- und Hühnersuppen-Automat, den ein innenbeleuchteter weißer Plastikeinsatz zierte, auf dem in linkischer, fröhlicher Kinderserien-Schrift «Heiße Getränke» stand und auf dem Kaffeebohnen zu sehen waren, die aus einem Bohnen-Spender rieselten, dazu eine anachronistische Porzellantasse mit Untertasse unmittelbar dahinter (wie man sie nie am Arbeitsplatz finden würde, höchstens noch auf Vorstandsebene oder in einer Rechts- oder Nobelverkaufsabteilung), von der ein Dampfkringel aufstieg.[1]

---

[1] Ich glaube, daß bei späteren Versionen dieses Modells, die ich anderswo sah, die überzierliche Kaffeetasse auf dem von hinten beleuchteten Einsatz einem gemütlicher wirkenden braunen Keramikbecher wich, da Tassen und Untertassen in unserem Leben zu fremdartigen Gegenständen wurden, die nur noch am Ende pflichtbewußter Dinnerpartys auf einem Tablett in ein unangenehmes klirrendes Schweigen hinein aufgetragen wurden (nach einem Töpfescheppern hinter der Schwingtür zur Küche, erzeugt bei der Suche nach dem Tablett). Der Becher mit seinem Abwechslungsreichtum hat sich nach und nach durchgesetzt, weil, wie ich vermute, Becher einfach ein Mehr an Stimulans bereithalten und der größere Henkel eine Vielzahl von Griffen erlaubt – beispielsweise zwei, manchmal auch drei Finger um den Henkel (Tassen lassen nur einen Finger zu); oder das sehr verbreitete Einhaken eines Fingers in den Henkel, wobei Daumen und restliche Finger sich stativartig am Rumpf des Bechers abstützen; oder der beidhandflächige Griff, der den Henkel völlig ignoriert und den Schauspielerinnen anwenden, wenn sie Leute spielen, die lebensnahe Gespräche am Küchentisch führen. Die Tasse erzwang eine Geziertheit und einen Manierismus der Hand und verursachte wegen der übertriebenen Entfernung zwischen dem Tassenhenkel und dem Hauptgewicht der Flüssigkeit, das er stützte, sogar gewisse Schmerzen

Der letzte Automat vor den Türen zu den Waschräumen war erst kürzlich aufgestellt worden. Dieser abenteuerliche Snackpalast – in der Ära des Centre Pompidou konstruiert und mit vielerlei Atrien und

---

am Gelenk des Mittelfingers, auf dem ansonsten nur ein Füller oder Bleistift lag. Auch wurden Becher, ähnlich wie Heckfenster und T-Shirts, Flächen, auf denen die Leute von Treueverhältnissen, Namen, Hobbys, Helden und graphischen Geschmäckern künden. Da man in der Regel von einer bestimmten Neuschöpfung nur einen Becher hat, im Gegensatz zu einem ganzen Spalier von identischen Bechern, die an Haken in einem weißen Rubbermaid-Bordordner hängen, entwikkelt man eine Vorliebe für jeden Becher als Individuum, und man versucht, auch noch den Bechern, die man am wenigsten mag, einmal die Chance zu geben, den Kaffee aufzunehmen – einen häßlichen Becher, den man geschenkt bekommen hat, betrachtet man ähnlich wie eine schlechte Umschlaggestaltung bei einem Taschenbuch, dessen Inneres man wirklich gern mag – mit der Zeit lernt man den feinen Grieß aus Häßlichkeit und Falschheit schätzen. Jetzt im Moment, eine halbe Stunde, bevor ich zur Arbeit muß, steht der Becher von vorgestern noch auf dem Fensterbrett: ein richtig hübscher weißer, gerader Ersatzbecher von Trend Pacific aus Los Angeles, um 1982, verziert mit einem Muster aus dreißig identischen Fifties-Küchenmixern, deren Elektrokabel einen runden Stekker haben: Da frage ich die talentierten Visionäre von Trend Pacific doch, warum sie warten mußten, bis Gerätestecker von Rund zu Eckig wechselten, und Mixer, *ebenso wie ihr Avantgarde-Becher*, zu nüchternen weißen Kreationen von Braun und Krups wurden, bevor sie den cartoonhaften Mixer aus der guten alten Zeit als Illustration verwenden konnten? Warum müssen diese Bilder altern, bevor wir sie mögen können? Dennoch mag ich diesen Becher auf eine Art, wie ich nie eine Teetasse mögen könnte, die Teil eines Service ist: Er sieht stilvoll aus, und ich greife oft danach, wenn ich mir überlege, welchen Becher ich am nächsten Morgen nehmen soll, trotz

Einkaufszentren ausgestattet, in denen die zugegebenermaßen schönen Hartplastikröhren, riesige gerippte Versionen von Staubsauger- oder Wäschetrocknerabluftröhren, architektonisch als Ornament behandelt wurden – stellte seinen inneren Mechanismus zur Schau, offenbarte seinen Bestand hinter Glas- oder Metallspiralen, die sich drehten, wenn man die entsprechende, aus zwei Zeichen bestehende Buchstaben-Zahlen-Kombination auf einer klei-

---

meiner theoretischen Mißbilligung des Camp, auf den ich an dieser Stelle nur deshalb anspielen kann, weil Camp, obwohl er die Klassenpyramide noch immer Schicht um Schicht hinuntersickert, längst schon wieder überholt ist und im Abseits seiner Volksnähe rasch abgetan werden kann. Wenngleich der «Serviervorschlag»-Einsatz auf dem Heiße-Getränke-Automaten eine Porzellantasse oder einen Becher zeigte, gab die Maschine in Wirklichkeit für die fünfunddreißig Cent natürlich keins von beiden ab. Der Kaffee spritzte in ein eher kleines Pappbehältnis ohne jeglichen Henkel, nicht einmal mit einem der genialen ausklappbaren Auslegerhenkel, die, von Feinkostläden abgesehen, überhaupt in dem Maße auf dem Rückzug zu sein scheinen, wie Styropor in den Vordergrund tritt. Und nun könnte man fragen, warum ein Pappbecher und nicht der billigere, modernere Styroporbecher aus dem Automaten gefallen ist? Die Antwort, die mir einfiel, wenn mir diese Frage an den Nachmittagen in den Sinn kam, während ich darauf wartete, daß das Lichtzeichen «Zubereitung» ausging, war, daß Styroporbecher zu leicht und zu wenig gleitfähig wären, um über die inneren Führungsschienen an den Platz direkt unter den Hahn hinabzurutschen – und Styropor haftet stark: es würde dem Automaten schwerfallen, einen Becher vom Stapel abzulösen. Die Pappe dieser Becher wurde fast unerträglich heiß, und man mußte sehr vorsichtig gehen, den Becher am kühleren oberen Rand halten und jegliches Ruckeln vermeiden.

nen Tastatur eingab. Boten einem alte Süßigkeitenautomaten (ähnlich wie Zigarettenautomaten – mit Knöpfen) vielleicht acht Wahlmöglichkeiten, dazu eine Beilage aus Kaugummis, so offerierte der neue Automat *fünfunddreißig* Wahlmöglichkeiten, darunter auch schwer automatengängige Tüten mit Chips oder Brezeln. Die gekaufte Ware wurde von der Förderspirale ins Leere hinausgedrückt und fiel dann aus ziemlicher Höhe in einen flachen Trog – deshalb plazierte man die kissenartigen Chips-Tüten auch in die höchsten Spiralen, da sie weniger Schaden nehmen würden als etwa eine Packung Lorna Doones-Kekse oder Käse-Erdnußbutter-Cracker, die aus einer solchen Höhe fielen; allerdings habe ich komischerweise Granola-Riegel in der obersten linken Spirale gesehen (und gekauft)! Nach meiner Erfahrung war der Automat in zweierlei Hinsicht problematisch. 1. Die schwarze dreieckige Schutzvorrichtung, hinter die man greifen mußte, um den Snack aus dem Trog zu holen, ging übermäßig schwer und umständlich und wurde von einer kräftigen Feder gehalten, möglicherweise deshalb, um Diebstählen mit einem zurechtgebogenen Drahtkleiderbügel vorzubeugen; fast war es erforderlich, beide Hände zu Hilfe zu nehmen – die eine, um die Schutzvorrichtung aufzuhalten, die andere, um das Lorna Doones zu entnehmen –, wobei man sehr oft nur eine Hand zur Verfügung hatte, wenn man sich nämlich für eine Pakkung Lorna Doones entschied, nachdem man sich schon bei dem Heiße-Getränke-Automaten nebenan einen Kaffee zu fünfunddreißig Cent gebraut hatte; und das Ergebnis war, daß man einen gefährlich vollen und heißen Behälter Kaffee am Rand in den Fingern hielt, keine Fläche zum Abstellen weit und breit, und so gezwungen war, die Kante der schwarzen Schutzvorrichtung mit den ungepolsterten Knochen und Sehnen des Handrückens offenzuhalten, die Lorna Doones zu packen und sodann die Hand zurückzuziehen, wobei man sich inmitten dieser mißlichen Lage wunderte, daß die Adern, die diagonal über diesen Knochen und Sehnen verliefen, nicht abgeschürft oder ihre dünne Adventitia zerquetscht wurde, wenn die schwere, abgerundete Plastikkante darüber hinweg streifte. Und 2. war die Erfindung der Spirale zwar elegant, aber nicht unfehlbar: Oft kaufte man mit den letzten fünfunddreißig Cent eine Tüte Brezeln, die dann an einer hitzegeknitterten Ecke über dem Abgrund hing, und es gab keine Möglichkeit, einen so massigen Automaten zu kippen oder zu schütteln. Der nächste würde eine Gratispackung bekommen, wenn die Spirale diese zusammen mit der seinen auswarf.

Ich dachte nicht an die Automaten, als ich an ihnen vorüberging, allerdings nahm ich ihre Anwesenheit in einem dankbaren Teil meines Bewußtseins zur Kenntnis, einem Teil, dessen Funktion der des Menschen im Abspann eines Films entspricht, der mit der «Regieassistenz» betraut ist und darauf achtet, daß, wenn ein Schauspieler an einem Drehtag einen Verband trägt und vor drei Pfannkuchen sitzt, die Pfannkuchen und der Verband am nächsten Tag genau gleich aussehen. Ich verließ mich darauf, daß die Automaten da waren, so wie Sie sich auf eine bestimmte knubbelig geschnittene Gartenhecke oder ein bestimmtes verblichenes Plakat im Fenster der chemischen Reinigung verlassen, gleichsam als Sehnahrung auf dem Nachhauseweg. Und als ich zwei Jahre später durch den Flur ging und entdeckte, daß man den Zigarettenautomaten – den Primärstamm ursprünglicher Innovation, aus dem der ganze Rest der Verkaufsautomation gesprossen war und der eng mit dem klickenden Newtonianismus des Kaugummikugelautomaten und der Parkuhr verwandt war – durch eine weitere riesige heterodoxe Kiste ersetzt hatte, die Joghurt, roten Preiselbeersaft in Kartons, Thunfischsandwiches und ganze Äpfel verkaufte, welche allesamt auf einem vielstöckigen Zentralkarussell rotierten, zu dem über individuelle Plastiktürchen Zugang bestand (entsprechend etwa jenem vieldiskutierten Dreiphasenplan, nach dem meine Firma zu einer «raucherfreien Zone» werden sollte) – als ich das entdeckte, trauerte ich eine Woche lang unregelmäßig einmal am Tag über den Verlust.

ZEHN

Von der Herrentoilette kam das Rauschen eines gespülten Urinals, dem unmittelbar darauf «I'm a Yankee Doodle Dandy» folgte, gepfiffen mit anstekkender Fröhlichkeit und einer Menge Rokoko-Schnörkel – auffällig vor allem die schwierige Jodeltriller-Technik, die hier auf dem «iii» von «Dandy» Anwendung fand, wobei der Pfeifende die Lippen dazu bringt, den Ton binär zwischen dem Grundton und einer höheren Tonlage, die, glaube ich, irgendwo zwischen einer großen Terz und einer reinen Quart darüber liegt, trillern zu lassen (warum das kein echter Oberton ist, sondern ziemlich deutlich daneben liegt, verwirrt mich immer wieder – hat das etwas mit der Physik gespitzter Lippen zu tun?): eine Entfaltung von Virtuosität, die nur auf der Herrentoilette verzeihlich ist und nicht, wie einige aus der Verkaufsabteilung anscheinend glauben, in der relativen Stille von Arbeitsbereichen, wo die Leute erstarrten und Haß aus in der Luft verharrenden Razor-Point-Stiften sickerte, während der Pfeifende vorbeiging. Manchmal hielt sich eine Melodie auf der Herrentoilette den ganzen Tag, indem sie von nachfolgenden Benutzern übernommen oder von einem vorherigen Benutzer erinnert wurde, kaum daß er den gekachelten, hallfähigen Raum wieder betrat. Als ich einmal durch etliche Tassen Kaffee aufgeputscht war, pfiff ich laut den übermütigen Anfang der Melodie, die mit «All I want is a room somewhere» beginnt, um dann peinlich berührt innezuhalten, weil ich gemerkt hatte, daß ich mit meinem drögen, überdrehten Gezwitscher unwissentlich jemanden unterbrochen hatte, der leiser und gekonnter einen Soft-Rock-Klassiker pfiff; im weiteren Verlauf des Tages hörte ich allerdings eine stilvoll ausgeschmückte Version meiner Melodie, die einer, der in einer der Kabinen gesessen haben mußte, als ich den Soft-Rocker so rüde unterbrochen hatte, am Kopierer pfiff.

Ich öffnete die Tür zur Herrentoilette ziemlich brüsk, wobei ich den Doodle-Dandy-Mann erschreckte, der gerade auf dem Weg nach draußen war und sich als Alan Pilna vom internationalen Service-Marketing entpuppte. Sein Gesicht war, als die geöffnete Tür den Blick darauf gestattete, nicht zur derben Pfeiferschnute verzogen, sondern zeigte ein flüchtiges Überraschungszucken.

Er sagte: «Hoppla!»

Ich sagte auch «Hoppla!», und dann, als er beiseite trat und mir die Tür aufhielt: «Danke, Alan.»[1]

---

[1] Bei Durchschnittsmännern ist «Hoppla» das Gebräuchliche; «Huch» dagegen findet man meiner Erfahrung nach am häufigsten bei Frauen, schwulen Männern oder Männern, die gerade mit Frauen reden, obwohl es da so viele Ausnahmen gibt, daß es unverantwortlich von mir ist, das Thema aufzubringen.

Ich überwand die schnellen Rechts- und Linkskurven, die mich in die Helligkeit und Wärme des Waschraums brachten. Die Kacheln waren in zwei Tönungen gehalten, hybride Farben, deren Bezeichnungen ich nicht kannte, während der Waschbekkenbereich und die Trennwände zwischen den Urinalen sowie zwischen den Kabinen aus dem roten Marmor der Eingangshalle waren. Ich schaute im Spiegel nach, ob ich, während ich mit Tina plauderte, nicht ein demütigendes Nasenproblem oder einen Druckerschwärzefleck im Gesicht gehabt hatte – auf den Fleck hätte sie mich vermutlich aufmerksam gemacht, aber nicht auf die Nase. Ein paar Waschbekken weiter putzte sich ein Vizepräsident namens Les Guster die Zähne. Er schaute starr in den Spiegel und sah dort aller Wahrscheinlichkeit nach denselben Gesichtsausdruck, dieselben raschen Ausbeulungen der Wangen, die er gesehen hatte, seit er sich ab dem Alter von acht Jahren selber die Zähne putzte. Er zwinkerte häufig, wobei jedes Zwinkern ein klein wenig bewußter war als ein Zwinkern beim Lesen oder Telefonieren, möglicherweise deshalb, weil die großen motorischen Bewegungen des Zähneputzens den automatischen Zwinkerrhythmus störten. Sein Hahn lief. Kaum hatte ich meinen Platz am Waschbecken eingenommen, als Les sich nahe an sein Waschbecken vorbeugte und dabei mit der flachen Hand die Krawatte gegen den Bauch hielt, um seine subjektive Privatsphäre gegen meine Anwesenheit im Spiegel abzuschirmen, obwohl er eindeutig noch nicht so weit war, auszuspülen oder zu spucken. Wir waren nicht verpflichtet, einander zu grüßen: Das Geräusch des Wassers aus seinem Hahn und Alan

Pilnas auslaufende Urinalspülung definierten uns als in getrennten Lebensräumen befindlich. Mich beeindruckten Leute wie Les, die den Mut hatten, sich die Zähne (noch *vor* dem Mittagessen!) bei der Arbeit zu putzen, da die Handlung so ungeheuer ungeschäftsmäßig war; um ihm zu bedeuten, daß ich sein Zähneputzen in keiner Weise auffällig oder komisch fand und daß mir seine Gegenwart nicht einmal auffiel, lehnte ich mich dicht vor den Spiegel und tat, als untersuchte ich einen Makel auf meinem Gesicht; dann räusperte ich mich so unangenehm, daß kein Zweifel mehr darüber bestehen konnte, daß ich ihn gar nicht wahrnahm. Ich drehte mich um und stellte mich am Urinal auf.

Ich war gerade soweit, mich zum Urinieren zu entspannen, als zweierlei geschah. Don Vanci ging eilig zwei Urinale weiter in Stellung, und gleich darauf drehte Les Guster seinen Hahn ab. In der plötzlichen Stille konnte man eine breite Vielfalt von Geräuschen aus den Kabinen hören: lange, niedergeschlagene, erschöpfte Seufzer, Gefummel mit Toilettenpapier, das Falten und Zurechtschlagen von Zeitungen und natürlich das äußerst unbekümmerte Geräusch der Haupttätigkeit: ein irres, abgepreßtes Platschen, dem plötzliche, drängende Fürze folgten, die sich anhörten, wie wenn man über die Öffnung einer Bierflasche bläst.[1] Das Problem für mich, ein

[1] Der Mangel an Verstohlenheit oder Scham, den Männer, Kollegen von mir, angesichts ihrer Mißgeschicke auf der Toilette an den Tag legten, war eine unerwartete Überraschung im Geschäftsleben gewesen. Ich bewunderte ihre Hemmungslosigkeit, und vielleicht würde ich in fünfzehn oder

vertrautes Problem, war, daß Don Vanci in dieser relativen Stille hören würde, wann genau ich zu urinieren begann. Viel bedeutsamer: die Tatsache, daß ich *noch nicht begonnen hatte* zu urinieren, war ihm ebenfalls bekannt. Ich hatte schon am Urinal gestanden, als er in den Waschraum kam – mittlerweile sollte es eigentlich voll am Laufen sein. Was war mein Problem? War ich so schüchtern, daß ich unfähig war, zwei Urinale von einem anderen entfernt

---

zwanzig Jahren ebenfalls zwanzigminütige Spannen in ähnlichen Firmenkabinen verbringen und Geräusche erzeugen, von denen ich einmal geglaubt hatte, sie würden nur von Menschen mit extremstem Durchfall oder von Pennern, denen alles egal war, in den Waschräumen von Stadtbüchereien erzeugt. Noch jedenfalls benutzte ich die Kabine so wenig wie möglich. Ich besaß nie die Ruhe, den Sportteil zu lesen, den ein Vorgänger hatte liegen lassen, und war auch über den vorgewärmten Sitz nicht glücklich. Als ich aber einmal in einer solchen Kabine eingeschlossen saß, unterbrach ich ohne Absicht das Gespräch zwischen einem Angehörigen des gehobenen Managements und einem wichtigen Besucher mit einem lauten knappen Furz gleich einem Schlag auf eine Bongotrommel. Die beiden verstummten einen Moment; dann nahmen sie das Gespräch wieder auf, ohne eine Masche fallen zu lassen – «Oh, sie ist eine sehr, sehr fähige Frau, dessen bin ich mir völlig bewußt.» «Sie ist ein Schwamm, ein Schwamm, sie saugt Informationen auf, wo sie nur kann.» «Allerdings. Und sie ist knallhart, das ist es nämlich. Sie trägt einen Panzer.» «Sie ist ein Aktivposten für uns.» Usw. Bedauerlicherweise fand ich die Störung durch meinen Furz komisch, und so saß ich auf der Toilette und verkniff mir das Lachen ganz hinten im Gaumen – dieser Abwehrdruck erzwang einen weiteren, kleineren Furz. Stumm hämmerte ich mir auf die Knie, blinzelnd und kastanienbraun angelaufen von meinem unterdrückten Lachkrampf.

ganz einfach loszupinkeln? Unnahbar standen wir da in der eingetretenen Stille. Obwohl wir einander gut kannten, sagten wir nichts. Und dann, ich wußte schon, daß das kommen würde, hörte ich, wie Don Vanci kräftig zu urinieren begann.

Mein Problem verstärkte sich. Ich wurde rot. Andere schienen keine Schwierigkeiten zu haben, ihre Harnröhren im Firmenwaschraum zu entspannen. Manche blieben dabei offensichtlich so gelassen, daß sie Seite an Seite ihr Gespräch fortsetzen konnten. Doch bis ich einmal die Technik entwickelt gehabt hatte, mir vorzustellen, ich urinierte dem anderen auf den Kopf, waren die kargen Sekunden, während denen ich auf das Wort «Eljer» starrte und auf etwas wartete, von dem ich wußte, daß es nicht geschehen würde, wahrlich furchtbar gewesen: Selbst wenn ich dringend mußte, wenn jemand anderes da war, blieb die Fracht meiner Blase hinter furchtsamen und sturen kleinen Muskeln eingesperrt. Dann gab ich vor, fertig zu sein, räusperte mich, zog den Reißverschluß hoch, ging hinaus und verfluchte mich in der sicheren Annahme, daß der andere, während es in seinem Porzellan von sich ergießenden Toxinen widerhallte, dachte: «Moment mal, ich glaube nicht, daß ich den da wirklich habe pinkeln hören! Ich glaube, der stand eine Minute da, *tat so*, als pinkelte er, wurde rot und machte sich davon! Seltsam, seltsam! *Der Junge hat ein Problem.*» Später schlich ich mich dann wieder hinein und verzog mich gebückt in eine Kabine (damit man meinen Kopf nicht sah), um ohne Risiko zu urinieren. Das passierte so ungefähr fünfundvierzigmal – bis ich eines Abends in dem drangvollen Waschraum eines Kinos nach Ende des Films auf den

Dreh kam. Wenn sich jemand neben einen stellt und man hört, wie er durch die Nase schnauft, und man seine erwiesene Fähigkeit spürt, beliebig oft in der Öffentlichkeit zu urinieren, und wenn man dann gleichzeitig merkt, daß die eigenen Muskeln wie Einsiedlerkrebse zusammenschnurren, die sich in ihre Schale zurückziehen, muß man sich vorstellen, daß man sich zur Seite dreht und ihm gelassen an den Kopf uriniert. Man stellt sich vor, wie ihm der üppige Strahl die Haare furcht, so wie sich das Gras oder der Rasen furcht, wenn man versucht, ihn mit einer zu druckvollen Düseneinstellung zu sprengen. Man stellt sich vor, wie man ihm ein X übers Gesicht zieht; schaut zu, wie er den Strahl mit dem Arm abwehrt, wie er prustet und spuckt, damit es ihm nicht in den Mund geht; man hört sein Protestgeschrei: «Na hören Sie mal! Was soll das denn? He! Pff, pff, pff.» Das funktionierte immer. Befand ich mich in sehr schwierigen Umständen – zu beiden Seiten Kollegen, die Hallo zu mir sagten und dann selbstsicher anfingen –, mußte ich das Bild eventuell etwas verschärfen und mir vorstellen, ich urinierte einem mitten auf den schockgeweiteten Augapfel.

Und als sich nun die Stille hinzog, griff ich bei Don Vanci auf diese Technik zurück. Nach einer kleinen mechanischen Verzögerung schnellte ein dickes, weltstürmendes Ammoniakseil auf das weiße Gefälle des Porzellans. Ich versetzte dem Strahl einen zweiten Stoß mit dem Zwerchfell, und es schoß nur so heraus. Don Vanci und ich waren etwa zur gleichen Zeit fertig; wir wandten uns von den Urinalen ab, und kurz bevor wir fast unisono spülten, grüßten wir uns.

«Don.»

«Howie.»

Les Guster ging gerade hinaus, die Zahnbürste hatte er in einem gerippten Plastikreisebehälter verstaut. Er nickte uns zu. «Meine Herren.»

Don Vanci folgte Les Guster, ohne sich die Hände zu waschen.

ELF

Bis einer aus den Kabinen erschien, hatte ich alle vier Waschbecken für mich; ich entschied mich für das, das nicht von Wasserlachen umgeben war. Ich legte mein Taschenbuch hin und meine Brille darauf, dann wusch ich mir kurz die Hände, wodurch der Stempel, den ich mir auf den Ballen gemacht hatte, verblich, aber nicht verschwand. Ohne das Wasser abzustellen, trocknete ich mir die Hände mit einem Papiertuch ab. Wir hatten, glaube ich, das feinste Falttuchspendermodell, das es gab. Man sah die Art häufig in Firmenwaschräumen: ein knapp zwei Meter hohes architektonisches Element, eine Mattstahlleiste, die fast mit der Wand abschloß, mit einer rautenförmigen Öffnung darin, die einem das nächste Papiertuch anbot, sowie unmittelbar darunter ein Abfallbereich, in den man dann das Tuch werfen konnte. Der Mann vom Service entriegelte die vordere Leiste dieses Geräts – wobei er vielleicht genau denselben Schlüssel benutzte, mit dem er den Seifenspender öffnete, vielleicht auch nicht –, leerte den Müllsack voller benutzter Tücher und lud Hunderte frisch ausgepackter und sich langsam ausdehnender neuer Tücher in eine Führung oberhalb des rautenförmigen Ausschnitts. Die Papierhandtücher selbst waren vom feinsten: fast dreißig Zentimeter breit, wellig geprägt, weiß und zur leichten Entnahme zweifach gefaltet – es war eine Ehre, sie zu benutzen. Da die Papierpreise während der letzten zehn Jahre beträchtlich gestiegen sind, haben einige Firmen, die diese breiten Tücher verwendeten, einen Adapter in den Spender eingebaut, der auch den Einsatz kleinerer, billigerer gestattet. Andere Leute von der Hausverwaltung sind noch radikaler verfahren und haben *direkt neben* der Geisterstadt des Mattstahlspenders einen Handtuchspender aus Plastik mit einem kleinen Hebel wie bei einem Einarmigen Banditen aufgestellt, den man viermal niederdrücken muß, wodurch sich innen eine große Rolle weiterdreht, bis man eine annehmbare knüllbare Länge grobes braunes Papier bekommt, das man dann mit einem befriedigenden Geräusch entlang einer metallenen Zahnreihe abreißt. Eine andere Version dieser Ersatzmaschine hat eine Drehkurbel mit einer bewußt niedrigen Übersetzung: der Hersteller hofft dabei, daß man das Kurbeln schneller leid wird und dadurch weniger Papier verbraucht. Ganz am untersten Ende der Skala rangiert, wenngleich sie einmal (zumindest für mich als Kind) ein aufregendes Symbol des futuristischen Fortschritts war, die «Krankheitsgefahr»-Maschine: das Heißluftgebläse. Man findet es heute nicht nur in Autobahntoiletten, sondern auch in den Waschräumen von Friendly's, Wendy's, Howard Johnson's und weiteren Großketten. Die haben offenbar, wenigstens über einen kurzen Zeitraum – ich meine die wohlmeinenden, aber irregeleiteten Angestellten, die bei diesen Ketten für die Kostendämpfung im Waschraum zuständig sind und sich vom Verkaufsgeschwafel der Heißluftgebläsefirmen hypnotisieren ließen –, folgendes gemacht: Sie rissen ihre Papierhandtuchspender heraus, schraubten massenhaft Heißluftgebläse an die Wand und *entfernten dann sämtliche Müllkörbe*. Denn die Müllkörbe wurden ja mit Tüchern gefüllt; die Restaurants stellten keine Tücher mehr bereit, also brauchten sie auch kein Personal mehr zu bezahlen, das die Müllkörbe leerte. Doch indem sie den Müllkorb entfernten, entfernten sie auch den einzigen unaufschiebbaren Grund, weshalb ein Angestellter wenigstens einmal pro Schicht einen Blick in den Waschraum warf, und folglich war es dort bald ziemlich zugemüllt. Sind die Menschen mit dem Heißluftgebläse jedoch wirklich zufrieden? Man drückt auf den Metallpilz, der es einschaltet, und reibt, wie es die Bedienungsanleitung empfiehlt, «die Hände sanft unter dem trockenen Luftstoß». Doch damit die Hände ebenso gründlich trocken werden, wie man es mit einem einzigen Papiertuch in vier Sekunden schafft, muß man eine halbe Minute lang in Betstellung unter dem dröhnenden Schacht verharren, weit länger, als der Geduldsfaden reicht; so ist es unvermeidlich, daß man beim Hinausgehen Wasser von den Fingern wedelt, während das Gebläse weiter den Raum beheizt. Falls man sich tatsächlich dazu entschließt, bis zum Ende auszuharren, hat der Hersteller (World Dryer Corporation) einen kurzen Text im Seidensiebdruck angebracht, mit dem man sich die Zeit vertreiben kann. Heute habe ich etwas gegen diesen Text, doch als ich klein war, kündete er mir von der ehrfurchtgebietenden orakelhaften Intentionalität von Sehern, denen Mut und Selbstvertrauen gestatteten, das Alte über Bord zu werfen und den Neuanfang zu wagen: Stadterneuerungsarchitekten, Verkehrsingenieure, Propheten von Einschienenbahnen, Papierkleidung, Nahrung in Pillenform, programmiertem Lernen und Kuppeln über Hongkong und Manhattan. Ich las ihn mir immer vor, als rezitierte ich einen Vierzeiler aus den *Rubâijat*, und ich las ihn so oft, daß er für mich einige der Ur-Resonanzen von Crest's «gewissenhaft angewandtem Programm der Mundhygiene und regelmäßiger ärztlicher Vorsorge» enthält. Da steht:

> Zu Ihrem Komfort – – – Wir haben umweltfreundliche Warmlufthandtrockner installiert, um Sie vor der Gefahr von Krankheiten zu schützen, die durch gebrauchte Tücher übertragen werden können.
>
> Diese schnelle sanitäre Methode trocknet Ihre Hände gründlicher, beugt rauher Haut vor – – – und hält den Waschraum von Papierabfall frei.

In eine Ecke der Erklärung hat World den kleinen griechischen Buchstaben gerückt, der aussieht wie ein Hamburger im Querschnitt, das Symbol der Umweltbewegung, ein Symbol, das ich in der siebten Klasse aus grünem Filz ausschnitt und auf fünf weiße Filzarmbinden klebte, die vier Freunde und ich trugen, als wir mit Mülltüten loszogen und in der Milburn Street in der Nähe der Schule Abfall aufsammelten (wir fanden verblüffend wenig und spürten die ungeheure Größe der abfallüberladenen Stadt um uns); das war, als wir den ersten «Tag der Erde» begingen – 1970 oder 1971, so um den Dreh. Aber hat die Umweltbewegung denn etwas damit zu tun, daß das Wendy's, in dem ich am 30. September 1987 stand (und den Text abschrieb, wobei ich mit M.M. = 60 zählte, um sicherzugehen, daß die warme Luft auch wirklich ungefähr eine halbe Minute lang blies, wie ich es geschätzt hatte), diesen Apparat auf der Herrentoilette installiert hatte? Nein. Verwendet er die Elektrizität, die durch Verbrennung fossiler Brennstoffe produziert wird, auch tatsächlich effektiv und umweltgerecht? Nein. Es gibt keinen Abschaltknopf, mit dem man die halbminütige Trocknungszeit abkürzen könnte. Man ist gezwungen, an der Verschwendung teilzuhaben. Beugt er rauher Haut vor? *Trockene Luft.* Ist er schnell? Er ist langsam. Ist er gründlicher? Er ist weniger gründlich. Schützt er uns vor der Gefahr einer Krankheit? An der warmen metallenen Kuppel, die man – wie jeder andere auch – drückt, um das Gebläse einzuschalten, holt man sich schneller eine Erkältung als an einem sterilen Stück Papier, das vorher kein Mensch in der Hand hatte und das man aus dem Tuchspender zieht, mit den eigenen Händen ergreift, um diese abzutrocknen, und sodann wegwirft.

Kommen Sie zur Besinnung, World! Dieser Ton von Glaubwürdigkeit und Gemeinsinn, der solche Falschheiten umhüllt, ist empörend! Wie können Sie zulassen, daß Ihre Marketingleute weiterhin Behauptungen aufstellen, die wie jene Anzeigen für eine Wundermedizin oder elektroaktive Kupferarmreife aus den neunziger Jahren des vorigen Jahrhunderts klingen, die auf das Resopal der Tische bei

Wendy's gedruckt sind? Sie verkaufen ein Heißluftgerät, das gut funktioniert und jahrzehntelang hält: ein einfaches, möglicherweise zu rechtfertigendes Gerät, mit dem Fast-Food-Ketten Einsparungen bei Papierprodukten vornehmen können. Sagen Sie das, oder sagen Sie gar nichts.

Weit wichtiger als Geschwafel im Seidensiebdruck aber ist, daß die Restaurantketten, indem sie, unterstützt von der Worldschen Rhetorik, die Papierhandtücher gegen dieses Gebläse mit seinem unbeweglichen Schacht austauschen, so tun, als sei das einzige, was man mit Papierhandtüchern macht, sich die Hände abzutrocknen. Weit gefehlt! Man braucht ein Papierhandtuch, um einen Essensspritzer abzutupfen, den man im Spiegel auf dem Ärmel bemerkt; man braucht es, um die Brillengläser trockenzureiben; man braucht es, um sich das Gesicht zu waschen. Wenn man an einem heißen Nachmittag mit fettigem Gesicht in einem Raum steht, den der Heißlufttrockner noch mehr aufgeheizt hat, und man beschließt, sich das Gesicht zu waschen, bevor man sich seinen Big Classic bestellt, was macht man? In seiner Verzweiflung, einer echten und wahren Verzweiflung, wie ich sie selbst erlebt habe, greift man auf das Toilettenpapier zurück. In Waschräumen mit Heißluftgebläsen wird so viel Toilettenpapier verbraucht, daß manche Verwaltungsleiter im Glauben, sie hätten den Kosten ein Schnippchen geschlagen, indem sie Gebläse einführten, bei den Toilettenpapierspendern ins andere Extrem gegangen sind und in jeder Kabine eine gigantische, seitlich befestigte Hunderttausend-Blatt-Rolle von der Größe eines Autoreifens angebracht haben. Gleichwohl ist

Toilettenpapier für Funktionen jenseits eines schmalen Anwendungsbereichs schlecht geeignet. Man betritt eine Kabine, zieht eine große Handvoll ab (vorausgesetzt natürlich, die Kabine ist nicht besetzt) und geht damit zum Waschbecken zurück. Sobald man es mit Warmwasser befeuchtet, welkt es einem zwischen den Fingern zu einem halbtransparenten Püree. Man fährt sich mit diesem tropfenden Plasma übers Gesicht; kleine Partikel setzen sich an Wange oder Braue fest, worauf man sich einen weiteren großen Bausch zusammenknüllen muß, um sich damit abzutrocknen – aber halt! Jetzt sind die Finger ja naß, so daß sich bei dem Versuch, von der Hunderttausend-Blatt-Rolle mehr Toilettenpapier abzureißen, der Anfang schlicht zwischen den Fingern auflöst und vorzeitig reißt. Man beschließt, sich das Gesicht im Luftstrom zu trocknen, und schaut sich nach einem Gefäß um, in das man den aufgeweichten Pfannkuchen werfen kann, nur um zu entdecken, daß der Müllkorb verschwunden ist. Also wirft man ihn in die Ecke zu dem anderen Müllallerlei oder schmeißt ihn rachsüchtig in die schon verstopfte Toilette.

Und daher betrachtete ich es als eine Ehre, in einer Firma zu arbeiten, die noch immer den klassischen Firmenpapierhandtuchspender einsetzte. Manchmal jedoch, wenn ich mehrere Papierhandtücher herauszog oder einen grauen stählernen Vorratsschrank öffnete, in dem Scheren mit schwarzen Griffen, Abreißkalendersätze, magnetisierte Büroklammernspender, Hefter, kobraähnliche Enthefter und schachtelweise Razor-Point-Stifte lagerten, oder wenn ich ein Memo mit einem Verteilerdeckel mit fünfzig Namen darauf bekam, dann kamen mir plötzlich Zweifel, ob die Firma, für die ich arbeitete, sich das alles leisten konnte. Dann dachte ich an die Leute in meiner Abteilung, einer Abteilung von vielleicht fünfundsechzig im gesamten Unternehmen: Ich stellte mir mein Gehalt, dazu das von Tina, Abelardo, Sue, Dave, Jim, Steve und von zehn oder zwölf weiteren, von denen keiner etwas tat, das unmittelbar Geld einbrachte, als eine Zahlenreihe vor, die sich zu schnell für das Auge drehte, ermaß die Masse Bargeld, derer es Sekunde für Sekunde bedurfte, um uns zum Arbeiten zu bringen. Unsere Gehälter basierten auf einer Vierzig-Stunden-Woche, nicht auf einer Fünfunddreißig-Stunden-Woche: man bedenke nur, wieviel Geld die Firma offiziell Tag für Tag ausbezahlte, nur um die Mittagspause der Tausenden von Angestellten zu finanzieren! Wenn ich entsprechender Stimmung war, wurde es mir unmöglich, den Schritt von meinem persönlichen Eindruck der einen, kleinen, teuren Sub-Einheit der Firma zu den Gesamtnettoeinkommenszahlen zu tun, die wir jedes Quartal in den Verdienstreports der Hauszeitung lasen – es war schwer zu glauben, daß das Geld in einer auch nur annähernd ähnlichen Rate hereinkam, wie wir es zum Fenster hinauswarfen. Und diese Ungewißheit erstreckte sich zuweilen auf die Firmen der ganzen Stadt: eine Skyline von schwindelnd hohen Ausgaben, eine eigene Gesellschaftsschicht von Firmen, die auf einem nicht zu haltenden Standard existierten – dem Standard des weißen Papierhandtuchs anstelle des Heißluftgebläse-Standards.

Wenn ich dann zu Dave oder Sue sagte, daß ich

mich manchmal fragte, wie wir, oder sonst eine Firma, uns diese Betriebsausgaben leisten könnten, lächelten sie mich nachsichtig an und sagten: «Keine Sorge, wir können sie uns leisten, *glaub* mir.» Aber sie wußten auch nicht mehr als ich. Nur weil eine Konvention gebietet, daß sie einem tausend Visitenkarten drucken, wenn man gerade eine Woche dabei ist, obwohl man – es sei denn, man ist Verkäufer oder macht viele Einstellungen – während der ganzen Zeit bei der Firma wohl kaum mehr als dreißig braucht, die meisten im ersten Jahr für Verwandte und danach bei Anlässen, bei denen das Überreichen der Visitenkarte einer Situation eine neckische Ironie verleiht; und obwohl der Besitz von Visitenkarten eigentlich keine andere Funktion hat, als von seiten der Firma guten Glauben zu demonstrieren und einem gleich von Beginn an ein Zugehörigkeitsgefühl zu vermitteln, egal, für wie wertlos man sich während des ersten Vierteljahrs hält – nur weil eine Konvention dieses Luxusniveau gebietet und die Preisliste der Druckerei hohe Auflagen fördert, heißt das noch lange nicht, daß dies und ähnliches das ganze Gebäude aus verschwenderischen, halb verstandenen, überlieferten Konventionen nicht an einem bestimmten Punkt zum Einsturz bringen wird.[1] Wir kamen jeden Tag

---

[1] Wenn man ein Arbeitsverhältnis beendet, ist eine der schwierigsten Entscheidungen, die man beim Leeren des Schreibtisches zu treffen hat, wohin mit der sargähnlichen Pappschachtel, in der 958 neu riechende Visitenkarten schlummern. Wegwerfen geht nicht – sie, das Namensschild und ein paar aufgehobene Gehaltsmitteilungen sind der Beweis, daß man einmal täglich in diesem Gebäude erschienen ist und komplizierte, den ganzen Mann fordernde Probleme

zur Arbeit und wurden wie Päpste behandelt – für jede Aufgabe ein neuer Aktendeckel; teure Kurierdienste; Taxiquittungen; Reisen zu dreitägigen Fünfzehnhundert-Dollar-Kongressen, damit wir auf unserem jeweiligen Gebiet auf dem laufenden blieben; noch das lächerlichste Memo getippt, kopiert, verteilt und abgelegt; Overheadschablonen, um auch das beiläufigste Meeting zu etwas Wichtigem und Offiziellem zu erheben; jeder Papierkorb in dem ganzen Unternehmen, mehr als zehntausend Papierkörbe, jede Nacht geleert und mit einem neuen Beutel versehen; Waschräume mit mindestens einem Waschbecken mehr, als je zu irgendeiner vorstellbaren Zeit gleichzeitig in Gebrauch sein würden, und mit Marmortafeln verziert, die dem Waschraum

---

gelöst hat; und obwohl sie einen einmal umgetrieben haben, einen Abend für Abend zu Überstunden zwangen, über die man im Schlaf sprach, erweisen sich diese Probleme leider als aufgeblasen: Zwei Wochen nach dem letzten Tag haben sie sich schon auf träge Körnchen von einem Fünfzigstel ihrer vormaligen Größe reduziert; man sieht sich nicht mehr in der Lage nachzuempfinden, worauf es wirklich ankam, denn allein schon der ungarische 5/2-Rhythmus der erlebten Arbeitswoche schien jede faszinierende Krise zu ihrer vollen abteilungsübergreifenden Komplexität aufzublähen. Doch in dem Maße, wie die Probleme, für deren Lösung man bezahlt wurde, in sich zusammenfallen, dehnen sich das Nicken des Wachmannes, sein Kontrollbuch, die Fahrt auf der Rolltreppe, die Gegenstände auf dem Schreibtisch, der Anblick der Büros der Kollegen, ihre aus typischen Winkeln gesehenen Gesichter, die Eigenheiten des Firmenwaschraums auf wundersame Weise aus: Und so haben sich das vormals Zentrale und das vormals Zufällige in ihr genaues Gegenteil verkehrt.

im Vatikan zur Ehre gereicht hätten! Woran hatten wir da teil?[1]

Doch trotz derlei periodisch auftretender Metaskrupel griff ich selbstverständlich bei den Papierhandtüchern zu. Forsch zog ich also fünf aus der rautenförmigen Öffnung: eines, um mir damit das Gesicht zu waschen, zwei, um es abzuspülen, ein viertes, um es abzutrocknen und ein fünftes, um damit die Brille zu trocknen, nachdem ich sie abgespült hatte. Jedesmal wenn ich zog, bot sich meinem Griff eine neue, aber identische Handtuchfalte dar: hätte man im richtigen Moment gezwinkert, dann hätte man vielleicht gar nicht gemerkt, daß es anders als

---

[1] Und von diesem Reichtum und Pomp kehren wir jeden Abend nach Hause zurück und stehen schwitzend vor einer Kommode, ein paar Schubladen stehen offen, keine Rede von Kugellagern, und stellen die Aktentasche und die Tüte aus dem Selbstbedienungsladen auf dem Fußboden ab und fangen an, handvollweise Kleingeld und Velamintröhrchenstummel aus der Tasche zu ziehen, wobei wir uns leicht nach vorn beugen müssen, um die ganzen unwillkommenen Münzen zu erfassen, die wir den Tag über in der Welt gesammelt haben, weil wir, faul wie wir waren, für einen jeden Kauf einen neuen Schein genommen haben, lassen das warme Kleingeld und die Schlüssel und die Kassenbons und die Papierschnipsel auf eine Untertasse fallen, die schon von Kleingeld überquillt, und nehmen sodann eine weitere spezielle *contrapposto*-Haltung ein, um die Geldbörse herauszuziehen, deren feuchte Masse den ganzen Tag ein unterschwelliges Ärgernis war, obwohl wir unser Unbehagen erst jetzt genau benennen können, da wir den leicht klebrigen Klumpen aus Leder und Plastik auf den rutschigen Hügel Kleingeld legen und spüren, wie gleich darauf eine ganze Arschbacke abkühlt, von zehn Stunden dieser repressiven Nähe erlöst. Und wir hängen die

das Handtuch war, auf das man eben noch geblickt hatte; doch so war es! Diese Erneuerung des Neuen, ob nun

- das Erscheinen eines weiteren identischen Täfelchens Pez am Hals des Pez-Plastikmagazins oder
- der Anblick von Fallschirmspringern, wie sie einer nach dem anderen vor dem Sprung einen Augenblick lang in der Tür des Flugzeugs stehen, oder
- eine Flipperkugel, die in die Startposition fällt, nachdem die vorherige den Flippern entwischt ist, oder
- eine klebrige Bananenscheibe, die von ihrer Nachfolgerin am Messer über der Cornflakes-Schale verdrängt wird, oder
- das Sich-Ausbilden einer weiteren Stufe auf der Rolltreppe,

war für mich damals und ist noch heute eine der reichsten Quellen des Glücks, die Menschenwerk zu bieten hat. Und es bleibt für mich persönlich einiger-

---

Hose weg, wobei wir darauf achten, daß die Bügelfalten für ein nächstes Tragen übereinanderliegen, indem wir die Hose an den Aufschlägen halten, sie durch das Dreieck des Kleiderbügels mit der spezialbehandelten rutschfesten Pappröhre führen und sie auf der Hälfte darüber fallen lassen, im Wissen, daß sie zwar jetzt etwas verschwitzt ist, aber bis übermorgen, wenn wir sie wieder tragen müssen, scheinbar wie neu sein wird. Wir laufen in Unterhose und T-Shirt herum und warten darauf, daß die Ronzoni-Muschelnudeln kochen. Kann denn dieses unstrukturierte Do-it-yourself-Abendleben wirklich dasselbe sein wie das saubere, edle Registratur-Leben, das wir in Bürogebäuden führen?

maßen frustrierend, daß Fast-Food-Restaurants, die so viel von derlei schematisierten mechanischen Neuerungen bieten (wie die Löcher mit eingelassener Feder, aus denen ein Styroporbecher nach dem anderen auftaucht), einem ständig die Freude verderben, die wir daran empfinden könnten, indem sie a) ihr Personal nicht nachdrücklich genug darauf hinweisen, wie grundlegend wichtig es ist, die schwarzen und verchromten Tischserviettenspender so aufzufüllen, daß die Servietten in die richtige Richtung zeigen: nicht nach hinten, wo die Falzenden dann versteckt sind, so daß man, will man zwei Servietten ziehen, einen ganzen Packen mit sechs oder mehr zugleich herauszupfen und sie alle auf einmal aus der Chromöffnung zerren muß, wonach man die schuldigen auf das Gehäuse legt, wo niemand sie mehr benutzt, weil niemand ihnen traut; oder wenn sie das nicht machen, indem sie b) zulassen, daß ihre Leute den Spender weit über seine Aufnahmefähigkeit hinaus vollstopfen, aus Begeisterung über die zugegebenermaßen eindrucksvolle Anzahl von Servietten, die er aufnehmen kann, so daß das Ende, an dem man zieht, reißt oder das Gerät auf seinen Gummifüßchen hoppelnd über den Tisch schleift – frustrierend, weil diese so einfache, langlebige, die Lebensqualität erhöhende, geniale Erfindung den kleinen Freuden der Fast-Food-Mahlzeit locker einen zusätzlichen Pfiff verleihen könnte, und dennoch wird ihre Großartigkeit beständig durch Ignoranz oder Unachtsamkeit gemindert, und das Ergebnis ist, daß Millionen von Tischservietten weggeworfen werden, ohne daß sie ihren Zweck erfüllt haben. Dennoch bin ich zuversichtlich, daß die Restaurantketten sich dieses verbreiteten Fehlers bewußt werden und Trainingsprogramme einrichten, in denen die Neueingestellten skandieren: «Enden nach vorn! Enden nach vorn!»; und sie werden die Heißluftgebläse allesamt gegen das Risiko der Handtuchverschwendung eintauschen – ebenso wie der oben schwimmende Trinkhalm jüngst, wenigstens von ein paar Herstellern, so schwer gemacht wurde, daß er in einer kohlensauren Umgebung steht.[1]

---

[1] Ich möchte eine weitere recht bedeutsame Entwicklung in der Geschichte des Trinkhalms erwähnen. Unlängst bemerkte ich – und ich erinnerte mich vage, mir dessen schon Jahre zuvor immer dunkel bewußt gewesen zu sein –, daß die Papierhülle, die sich früher so leicht von dem Plastikhalm löste und sich zu einer gequetschten Ziehharmonika aufbauschte, mit der man die traditionellen Kneipen- und Studentenheimkunststückchen vorführen konnte, jetzt überhaupt nicht mehr rutscht. Sie umschließt die Oberfläche des Halms so fest, daß sich das Plastik, obwohl der Halm noch steifer ist als der frühere Papphalm, zuweilen unter der Gewalt biegt, zu der man schließlich greift, um die Hülle auf die gewohnte Weise abzustreifen. Eine ganze hochentwickelte Schrittfolge zum Auspacken von Trinkhalmen – mit einer Hand, so wie man eine Zigarette auf den Tisch klopft, um sicherzustellen, daß der Tabak fest in dem Röhrchen steckt – funktioniert jetzt nicht mehr; nun müssen wir die Spitze der Hülle abknipsen und die Naht beidhändig in ihrer ganzen Länge nach unten aufreißen, als öffneten wir irgendeine Postwurfsendung. Doch auch darauf, daß dieser Fehler beseitigt wird, vertraue ich; und wer weiß, vielleicht werden wir einmal nostalgisch an die Zeit vor mehreren Jahren zurückdenken, als Trinkhalme schwer auszupacken waren. Man kann unmöglich voraussehen, was bei derlei kleinen Innovationen alles schiefgehen kann, und es braucht Zeit, sie als mangelhaft zu erkennen und etwas dagegen zu unternehmen. In ähnlicher Weise

Ich öffnete das erste der fünf Handtücher unter dem Warmwasser, legte es feucht zusammen und drückte einen knappen halben Spritzer rosa Seife darauf, die ich verdünnte, indem ich das Tuch noch einmal kurz unter den Hahn hielt. Dann beugte ich mich tief über das Waschbecken, die Krawatte au-

---

halten kleinere Neuentwicklungen oft unerwartete Pluspunkte bereit. Welcher Zuckerpäckchenhersteller hätte schon ahnen können, daß man es sich zur Gewohnheit machen würde, das Päckchen hin und her zu schütteln, um den Inhalt nach unten zu zentrifugieren, damit man das obere Ende bequemer abreißen konnte? Der Mangel einer simplen Neuheit auf dem Gebiet der portionierten Verpackung wurde (möglicherweise angeregt durch die Oszillation zum Löschen eines Streichholzes, nachdem man die Zigarette damit angezündet hat) durch gestische Adaption bemäntelt und gemildert und bekam einen Sinn; Bequemlichkeit hatte ein Ballett gezeitigt; und auf das frühmorgendliche Geräusch der geschüttelten Zuckerpäckchen, das von den nahen Sitzecken herübergeflattert kommt, würde ich nur ungern verzichten wollen, obwohl ich meinen Kaffee ungesüßt trinke. Niemand hätte vorhersagen können, daß das Wartungspersonal den Handlauf von Rolltreppen im Stillstehen polieren oder daß Studenten herausfinden würden, daß man portionierte Butterstückchen so schnipsen kann, daß sie an der Wand kleben bleiben, oder daß Lieferanten herausfinden würden, daß sie einen Bleistift bequem hinterm Ohr aufbewahren können, oder später, daß sie den Bleistift nach und nach *nicht mehr* hinterm Ohr aufbewahren würden, oder daß Scheibenwischer dazu genutzt werden würden, Werbezettel dahinterzuklemmen. Eine schlichte technische Erfindung – der Trinkhalm, das Zuckerpäckchen, der Bleistift, der Scheibenwischer – wurde von einer stummen Folklore von Verhaltensneuerungen umrankt: unbemerkt, unpatentiert, kommentar- und gedankenlos übernommen und verfeinert.

ßerhalb der Gefahrenzone unter den Ellbogen geklemmt, führte das tropfende Folioblatt mit beiden Händen ans Gesicht und barg mich in seiner Wärme. Ich schrubbte. Die Seiten meiner kleinen Finger hielten meine Nasenflügel zu. In das triefende Papier hinein sagte ich, unendlich erleichtert: «O Gott.» Das Gesicht waschen scheint die gleiche Wirkung zu haben, die man der Akupunktur nachsagt: die plötzlichen Wärmesignale, die von den Gesichtsnerven, insbesondere denen der Augenlider, her zum Gehirn fluten, lösen das Denken für einen Augenblick, befreien die Aufmerksamkeit von dem jeweiligen Gedanken, den man gerade hat, und bewirken, daß sie auf den erstbesten fixen Punkt im Gedächtnis zurückgleitet, auf den sie stößt – häufig etwas, das man früher am Tag ungelöst beiseite gelegt hatte und das nun als auf dem körnigen Schwarz der geschlossenen Lider vergrößertes Bild zurückkehrt.

In meinem Fall war das wiederkehrende Bild der gerissene Schnürsenkel, wie er mir erschienen war, kurz bevor ich ihn sieben Minuten zuvor in meinem Büro geflickt hatte. Die Frage war gewesen, wie es sein konnte, daß meine Schnürsenkel innerhalb von achtundzwanzig Stunden rissen, nachdem sie zwei Jahre lang ununterbrochen ihren Dienst verrichtet hatten. Erneut durchlebte ich nun meine ersten Empfindungen beim Anziehen der Senkelenden, bevor ich mich an den Knoten gemacht hatte: es war ein Zug, der wohl etwa zwei Zentimeter Senkelreibung bewirkte. Ich verglich ihn mit dem wichtigen zweiten Zug, häufig ein weit festerer Zug, geradezu ein Reißen, oder gar zwei, den (oder die) ich ausführte, um die Schlinge des einfachen Grundknotens anzuziehen. Bei diesem zweiten Zug ruckte man Richtung Fußboden, und die Reibung schien nur auf einer Länge von ungefähr einem halben Zentimeter stattzufinden – *da* also, dachte ich nun, mußte sich der wirkliche, konzentrierte Abrieb ereignet haben. Ich vermeinte, Fortschritte zu machen. Während ich das Gesicht mit dem zweiten und dritten Papierhandtuch spülte, unternahm ich einen neuerlichen Versuch, den zusätzlichen Beitrag der Gehbeugung zum Gesamtabrieb des Schnürsenkels in meine Erklärung des Doppelrisses aufzunehmen, da die Belastungen beim Gehen, wenngleich im einzelnen gering, tausendfach wiederholt wurden – beispielsweise mußte ich allein auf dem Gang von meinem Büro zur Herrentoilette eben den Schuh dreißig- bis vierzigmal gebeugt und damit ebensooft Spannung und Reibung bei den Schnürsenkeln verursacht haben. Ich stellte das Wasser ab und begann geistesabwesend, mir mit dem vierten Handtuch das Gesicht abzutrocknen.

Ich brauchte einfach eine Methode, mit der ich zwischen der Art des Abriebs, der durch das Ziehen an den Senkeln mit den Händen verursacht wurde, und jener Art, die beim Gehen entstand, unterscheiden konnte.

Und diesmal kam ich auf einen, wie es schien, einfachen Entweder-Oder-Test. Da jedes meiner Beine ein Spiegelbild des jeweils anderen ist und ich nicht hinke, wäre das Scheuern bei einem reinen Geh-Beuge-Abriebmodell am größten an entweder beiden *inneren* oder beiden *äußeren* obersten Ösen – niemals aber bei der, sagen wir, inneren Öse des linken Schuhs und der äußeren Öse des rechten Schuhs. Andererseits erledigen meine Arme den Bindezug asymmetrisch, nicht nur, weil mein rechter Arm kräftiger als der linke ist, wie wir es aus Krimis kennen, sondern auch, weil ich das linke und das rechte Senkelende in einem kaum merklich anderen Griff halte, da ich mich bereits auf die Bewegungen einstelle, die ich zur Formung der beiden Häschenohren machen werde. Dies gestattet uns eine sehr einfache Bestimmung, ob das chronische Geh-Beuge- oder das akute Zieh-Scheuer-Modell dominiert. Angenommen, sagte ich mir, der Schnürsenkel an meinem rechten Schuh, der mir gestern früh in meiner Wohnung gerissen war, wäre an der linken, das heißt, an der inneren obersten Öse gerissen. Beim Geh-Beuge-Modell würde ich voraussagen, daß der Schnürsenkel, der durch die rechte, das heißt, durch die innere oberste Öse meines linken Schuhs geht, heute gerissen wäre, wodurch die Symmetrie gewahrt bliebe. Beim Zug-Scheuer-Modell wiederum würde ich erwarten, daß die linke Öse des linken Schuhs der Reißpunkt war. Allerdings konnte ich mich nicht mehr daran erinnern, welche beiden Ösen tatsächlich beteiligt gewesen waren.

Rasch spülte ich meine Brille unter dem Hahn, begierig, meine Schuhe erneut einer detaillierten Untersuchung zu unterwerfen; ich polierte die Gläser mit dem fünften Papierhandtuch, wobei ich Pinke-Pinke-Bewegungen auf den beiden gewölbten Oberflächen machte, bis sie trocken waren. Eine Toilette begann zu rauschen. Ich trat vom Waschbecken zurück und führte die Brille ans Gesicht, wobei ich die Annäherung dieser beiden Reservoire zunehmender Klarheit genoß; als ich die Bügel über die Ohren hakte, hob ich aus unbekannten Gründen die Augenbrauen.[1] Jetzt konnte ich meine Schuhe sehen.

Was ich sah, war ein linker Schuh mit einem gerissenen und geflickten Stück Schnürsenkel an der linken obersten Öse und ein rechter Schuh, *ebenfalls* mit einem gerissenen und geflickten Stück Schnürsenkel an der linken obersten Öse. Das war nicht symmetrisch, und folglich war das Zieh-Scheuer-Modell dominant und die Gehbeugung als Ursache des Abriebs zu vernachlässigen. Gut. Aber: Diese Testergebnisse zwangen mich, das gesamte frühere Problem, wie man sich den hohen Prozentsatz des willkürlichen Sich-Lösens und Wiederzubindens zu erklären hatte, neu zu überdenken. Aber da brach ich das Thema ab, denn Abelardo, mein Abteilungsleiter, trat aus einer Kabine.

«Na, was denken Sie, Howie?» sagte er; das war sein Standardgruß – einer, den ich mochte.

«Abe, ich weiß nicht, was ich denken soll», sagte ich; meine Standardantwort. Ich rückte meine Brille im Spiegel zurecht, damit sie nicht schief saß, wobei ich wußte, daß sie binnen fünf Minuten in ihre normale leichte Schräglage zurückgekehrt sein würde.

---

[1] Immer wenn man etwas nahe ans Gesicht führt, scheint man die Augenbrauen zu heben. Beim ersten Schlürfen an der morgendlichen Tasse Kaffee hebt man die Augenbrauen; ich habe auch bemerkt, daß sich bei manchen die ganze Kopfhaut mit den Augenbrauen nach oben verschiebt, wenn sie eine Gabel voll Speise zum Mund führen. Eine mögliche Erklärung ist, daß das Heben eine Art ist, dem Gehirn mitzuteilen, es solle nicht die natürliche Reaktion des Zurückzuckens aktivieren, welche die Annäherung beweglicher Gegenstände an das Gesicht üblicherweise auslöst.

«Mittagspause?» sagte Abe, während er sich gründlich die Hände wusch.

«Jau. Muß mir Schnürsenkel kaufen. Einer ist gestern geknallt, der andere heute.»

«Na so was.»

«Ist mir ein völliges Rätsel. Ist Ihnen das schon mal passiert?»

«Nein. Ich nehme täglich ein neues Paar.»

«Ach? Und das kaufen Sie bei CVS, oder wo?»

«Ich lasse sie einfliegen. UPS. So ein Indianer in Texas macht sie für mich. Er mischt Alpaka mit ein paar feineren Zwirnen. Das besprüht er dann mit Krylon.»

«Super», sagte ich. Das Geheimnis, wenn man für Abe arbeitete, war, sich klarzumachen, daß alles, was er an Außerbetrieblichem sagte, weder ernst gemeint noch wahr war. «Machen Sie's gut.»

«Jau.»

Als ich mich der Tür näherte, begann ich, laut zu pfeifen. Ich zog am Griff; die Tür schwang mir ohne jeden Widerstand entgegen.

«Hoppla», sagte ich.

«Hoppla», sagte Ron Nemick, als er eintrat.

Ich hielt ihm die Tür auf. Als ich in den Flur hinausging, wurde mir bewußt, daß die Melodie, die ich gerade begonnen hatte, «I'm a Yankee Doodle Dandy» war.

Ich hörte, wie Abe drinnen fröhlich mit «I Knew an Old Lady Who Swallowed a Fly» loslegte.

ZWÖLF

Keine Stunde später glitt ich in der Haltung George Washingtons bei der Überquerung des Potomac, einen Fuß auf einer höheren Stufe, eine Hand auf dem Handlauf, auf der Diagonale zwischen der Eingangshalle und meinem Ziel stetig nach oben. Das Geräusch des Rolltreppenmotors war kaum mehr zu hören, obwohl ich noch immer einen schwachen Klickrhythmus spürte, der durch die Stufen übertragen wurde und, so nahm ich an, dadurch entstand, daß die Glieder der Kette, die mich nach oben zog, von den Zähnen zu beiden Seiten erfaßt wurden; und auch die Geräusche aus der Eingangshalle waren verschwommen und gingen in einem allgemeinen Eingangshallengeräusch unter, als wäre jedes einzelne Klacken eines Sekretärinnenabsatzes ein scharfes, blaß hervorflackerndes Pinselpünktchen in einem überkolorierten Aquarell. Von dieser Höhe aus, der Höhe der Soziologie und der Statistik, bewegten sich verkürzte Angestellte nach sichtbaren Mustern: einer nach dem anderen wurden sie mit konstanter Geschwindigkeit durch die Drehtür in die Eingangshalle gewedelt; sie sammelten sich vor Aufzügen, deren Ankunftslicht gerade aufgeleuchtet hatte; sie füllten die beständige Vier-Personen-Schlange am Geldautomaten auf; zuweilen reckten zwei auf sich schneidenden Bahnen in freudiger Überraschung gehetzt die Arme und tauschten Höflichkeiten aus, während sie einander in einem sauberen Halbkreis im Uhrzeigersinn seitwärts auswichen, um rückwärts weiterzugehen, wobei sich jeder einen obligatorischen Augenblick lang im Gravitationsfeld des anderen halten ließ und dann, in Abstimmung mit dem anderen, den Looping vollendete, indem er sich umdrehte und weitereilte.

Ich hatte meine Hand nicht bewegt, seit ich sie auf den Handlauf gelegt hatte, doch da der Handlauf auf seiner Führung mit einer unmerklich langsameren Geschwindigkeit aufwärts lief (Schlupf?), war mein Arm in einer anderen Stellung, mein Ellbogen gebeugter als am Ausgangspunkt. Ich verlagerte die Hand etwas weiter nach vorn. Es war ein eigenartiger Gedanke, daß die Rolltreppenstufen auf Grund der unterschiedlichen Geschwindigkeiten den Handlauf, der sie begleitete, periodisch überrunden würden; da der Schlupf auf meiner Rolltreppe ungefähr dreißig Zentimeter pro Fahrt nach oben oder sechzig Zentimeter pro vollendetem Kreislauf betrug, wurde der Handlauf bei einer geschätzten Handlaufschleife von dreißig Metern Länge von der sich bewegenden Treppe alle fünfzig Umdrehungen überrundet – so wie die Stockcars mit weniger Aufklebern scheinbar Kopf an Kopf mit Foyt oder Unser fahren, in Wirklichkeit aber Runden zurückliegen. Und von was für Männern werden sie gesteuert? Von traurigen, enttäuschten Männern, meint man instinktiv; vielleicht aber auch von Neulingen oder Fanatikern, die glücklich sind, überhaupt dabei zu sein.

Daß der Handlauf nicht mit genau der gleichen Geschwindigkeit lief wie die Stufen, war eine Beobachtung, die ich meiner neuen Angewohnheit verdankte, während der gesamten Fahrt stehenzubleiben und dahinzugleiten, anstatt die Stufen hinaufzugehen. Ich hatte mich aufs Gleiten erst umgestellt, nachdem ich ungefähr ein Jahr bei der Firma gearbeitet hatte. Vor Antritt dieser Stelle war ich relativ unregelmäßig Rolltreppe gefahren, am Flughafen, in Einkaufszentren, bestimmten U-Bahn-Ausgängen und Warenhäusern, und bei diesen Gelegenheiten hatte ich mir eine feste Meinung hinsichtlich der angemessenen Art der Fortbewegung darauf gebildet. Üblicherweise bewegte man sich in dem Tempo vorwärts, in dem man zu Hause Treppe steigt, wobei der Motor die eigenen körperlichen Bemühungen *nicht ersetzen*, sondern ergänzen sollte. Es war nicht im Sinne von Otis, Montgomery und Westinghouse, daß man nach ein, zwei Schritten auf ihrer Maschine zögerte und schließlich innehielt, um dann später oben anzukommen, als es der Fall gewesen wäre, wäre man schwungvoll eine feststehende, nicht elektrisch angetriebene Treppe hinaufgestiegen. Nie hätten sie ein Vermögen an Entwicklungsgeldern und Arbeitsjahre mechanischer Findigkeit in die Konstruktion einer Maschine gesteckt, die alle äußerlichen Charakteristika einer normalen Treppe wie Einzelstufen, eine vernünftige Steigung und ein poliertes Geländer aufwies, nur damit gesunde Menschen wie ich in einem Zustand ausgesetzter Vitalität verharrten, die Augen ein Muster an Ausdruckslosigkeit, bis man auf der oberen Ebene abgesetzt wurde. Ihre Inspiration war nicht der Sessellift oder die Zahnradbahn gewesen, sondern das Moped, dem man am Berg mit Beinkraft nachhalf. *Doch die Leute weigerten sich, das zu erkennen.* Oft blieb ich im Warenhaus hinter zwei reglosen Passagieren stecken, wollte sie an der Schulter packen und antreiben wie der Betreuer bei einem Abenteuerprogramm und sagen: «Annette, Bruce – wir sind hier nicht im Land der Lotusesser. Ihr befindet euch auf einer Rolltreppe. *Fühlt* doch, wie eure leistungsentschlossenen, federnden Schritte mit dem unerschöpflichen Fortschrittsglauben der Rolltreppe verschmelzen. Seht, wie die Winkel von Stockwerken und Rolltreppenabsätzen über und um euch herum ihren Fluchtpunkt mit einer sirupzähen Geschwindigkeit ändern, die nicht mit dem korreliert, was eure Beine euch über ihr Tun mitteilen. Seht ihr denn nicht, wenn ihr beiden stehenbleibt, zu zweit nebeneinander, daß ihr da nicht nur mich aufhaltet? Seht ihr denn nicht, daß ihr all denen, die in diesem Augenblick unten die Rolltreppe betreten und furchtsam nach einer Erleuchtung emporschauen, zu verstehen gebt, daß auch sie, wenn sie brennend vor Eifer nach oben jagen, uns einholen und in ihrem Fortschreiten gehemmt werden? Sie schwankten noch, ob sie stehenbleiben oder gehen sollten, und ihr habt ihnen soeben ihren Willen genommen! *Wegen euch haben sie die Wahl getroffen, ihre Zeit zu verschwenden!* Und sie wiederum hemmen jene, die ihnen folgen – somit perpetuiert ihr ein Muster der Trägheit und

Verstopfung, das sich stundenlang halten kann. *Seht ihr das denn nicht?*» Manchmal bremste ich rüde auf Stufe eins unter der, auf der das Paar stand, mein Gesicht eine Karikatur zielloser Ungeduld, und blieb dicht hinter ihnen, bis sie sich (oft unter verschreckten Lauten und Worten der Entschuldigung, die ich nicht verdiente) einreihten, um mich vorbeizulassen. Bei der Abwärtsfahrt gestaltete sich das Vorankommen leichter, denn das schnelle Trampeln meiner Schritte ließ sie verängstigt zur Seite rücken.

Doch ein Jahr lang mit der Rolltreppe zur Arbeit zu fahren veränderte mich. Nun benutzte ich sie viermal pro Tag – manchmal auch sechsmal oder mehr, wenn ich noch einmal in die Eingangshalle hinabmußte, um den Aufzug zu einer der Abteilungen der Firma im sechs- oder siebenundzwanzigsten Stock zu nehmen –, und die gewohnten Gedanken, die dieser Vorgang vordem ausgelöst hatte, wurden bei dieser Häufigkeit zu vertraut. Meine absolute Wertschätzung der Rolltreppe aber vertiefte sich, ging mir schließlich in Fleisch und Blut über, doch hatte ich nicht mehr bei jeder einzelnen Fahrt die Gewähr, daß dabei ein abgegriffenes Stück Theorie oder ein Zustand der Irritation ausgelöst wurde. Es kümmerte mich mit der Zeit immer weniger, ob es im ursprünglichen Sinne des Erfinders gelegen hatte, der Treppe nachzueifern oder nicht. Und wenn ich nach diesen ersten Monaten bei der Arbeit wieder einmal in ein Warenhaus kam, betrachtete ich die bewegungslosen breiten Rücken der Käufer vor mir auf der gedrängten Schräge mit neuem Interesse, und ich entspannte mich mit ihnen: es war natürlich, es war verständlich, es war vertretbar, in dieser Trance des motorisierten Aufstiegs durch Einzelhandelsarchitektur gleich einer Steinbüste auf den Osterinseln zu verharren. Schon recht frühzeitig stellte ich auf der Fahrt zur Haushaltswarenabteilung, wo ich mir zwecks Vervollkommnung meiner Küche zu meiner Teflonpfanne einen Revere-Kochtopf kaufen wollte,[1] sogar meine Einkaufstasche (die einen Anzug, ein

---

[1] In den ersten Monaten, als ich selber abends kochte, nachdem ich jahrelang gegessen hatte, was Seiler's und ARA für mich kochten, studierte ich mit frischem Interesse den Ursprung der Kochblasen in dem Revere-Topf, während ich darauf wartete, die Ronzoni-Muscheln hineinzuschütten; ganz am Anfang des Kochvorgangs rissen sich quecksilbrige Körnchen von bestimmten Stellen auf dem Topfboden los und stiegen auf, wobei es zur Veränderung ihres Aggregatzustands eines kleinen Kratzers oder einer Unebenheit im Metall bedurfte; danach strömten von da, wo die parallelen Windungen der Heizspirale den vollständigsten Kontakt mit der Unterseite des Topfs hatten, mehrere Perlenvorhänge mit mittelgroßen Kugeln auf; als dann noch später klebrige, krötenartige Globen in dem sprudelnd kochenden Wasser wallten, beschlug meine Brille – und ich erinnerte mich, wie meine Eltern mich vor Jahren aus Träumen geweckt hatten, in denen ich versuchte, sehr dicke Shakes durch lächerlich dünne Strohhalme zu trinken. Mein Vater trug mich in die helle Küche und sagte fröhlich: «Wieder Krupp, wieder Krupp», und seine Haare standen in ungewöhnliche Richtungen ab, und dann hielt er mich über die Dampfwolke, die aus dem kleinen Kessel kam, den meine Mutter aufgesetzt hatte. Ich inhalierte; das Verlangen zu krächzen schmolz in den Verästelungen hinter meinem Brustbein, und während ich atmete, stellte ich mir heiter die blaue Gasflamme vor, wie sie aufwärts strömte und sich am Boden des Kessels abflachte – dieselbe Flamme, über der ich ein paar Jahre später Hot dogs grillen durfte, die ich auf einer Tafelgabel aufgespießt hatte; Fett von

Hemd, eine Krawatte und, in einer kleineren Extratüte von Radio Shack, ein längeres Telefonkabel enthielt) auf der Stufe neben mir ab und schloß für einen Augenblick die Augen. Dieses neue Vergnügen, stillzustehen, übertrug ich auf meine arbeitstäglichen Rolltreppefahrten; und schließlich machte ich irgendwann die Umkehrung perfekt: ich beendete meine lange, geruhsame Fahrt nicht mehr vorzeitig durch eigene Schritte, sondern genoß sie, wie routinierte Bahnpendler die feste Pause ihrer Zugfahrt genießen – und wenn andere an mir vorüberdrängten, betrachtete ich sie mitleidsvoll. In bestimmten Situationen kam die alte Verärgerung zurück, insbesondere auf U-Bahn-Rolltreppen; doch wenn das einmal geschah, verteilte ich die Schuld gleichermaßen auf die aufgehaltenen Fußgänger und die Konstrukteure der Maschine: es war offensichtlich, daß die Ingenieure die Stufen zu hoch angesetzt hatten, und deren Höhe schwächte die funktionale Korrespondenz zwischen diesen Stufen und ihren Gegenstükken zu Hause, so daß der Fahrgast nicht von selber spürte, daß er eigentlich gehen sollte.

---

den Hot dogs wurde in heftigen kurzlebigen Funken freigesetzt, das sah man am besten, wenn man das Licht ausmachte, aber auch bei Tag waren sie mit ihren blasseren gelben Effekten recht ansehnlich, und die Hitze kokelte das Speichenmuster an den beiden Enden des Hot dog deutlich an. Wie auch immer, ich ließ meine Brille abdunsten und schüttete die Ronzoni-Muscheln in das aufgewühlte Wasser; es zischte, und dann kam ein Augenblick vollkommener, gischtiger Stille. Wenn man in diesem Moment nicht umrührte, so hatte ich herausgefunden, verringerte sich der Nudelertrag, weil sich einige am Topfboden festsetzten.

Ich hatte inzwischen annähernd zwei Drittel des Wegs ins Zwischengeschoß überwunden. Hinter mir, am Sockel, hatte der Mann vom Service inzwischen sein Tuch auf den Handlauf gelegt, an dem ich mich festhielt – eine weitere Umdrehung, und mein Handabdruck würde wegpoliert sein. Ungefähr jeden Meter glitt meine Hand an einer erhabenen Scheibe aus poliertem Stahl vorbei, die an der Schräge zwischen der aufwärts führenden Rolltreppe, auf der ich stand, und der abwärts führenden zu meiner Linken befestigt war. Ich war nie schlau daraus geworden, welche Funktion diese Scheiben wohl hatten. Bedeckten sie die Köpfe großer tragender Bolzen, oder sollten sie nur die Leute von der Versuchung abbringen, den langen Mittelabhang als Rutschbahn zu benutzen? Diese Frage, auf einen Piepser vertrauter Neugier komprimiert, stellte sich mir ein- oder zweimal im Vierteljahr, aber nie so drängend, daß ich sie mir merkte und dann nach einer Antwort suchte.

Die Metallscheibe, die nun herankam, lag zur Hälfte in der Sonne. Das Sonnenlicht, das von staubigen Höhen aus Thermoscheiben über eine hundertfach lamellierte, zehn Meter lange, ungeschaute, unsichtbar aufgehängte Leuchtkörperhalterung, die dem Metallgitter einer altmodischen Eisschale ähnelte, durch den freien mittleren Raum der Eingangshalle fiel, legte sich um meine Rolltreppe und strömte von da aus, um drei Viertel verringert, auf einen Zeitungsstand, der in den Marmor am hinteren Ende der Eingangshalle eingelassen war. Ich spürte, wie ich in die beschienene Fläche hineinfuhr: meine Hand wurde golden, und Koronen bühnenbessener

Proteine irisierten von meinen Wimpern; ein Bügel meiner Brille begann durch Glitzern auf sich aufmerksam zu machen. Die Verwandlung erfolgte nicht unmittelbar; sie schien ungefähr so lange zu dauern, wie die Drähte in einem Toaster brauchen, um orange zu werden. Es war der letzte große Höhepunkt der Mittagspause; möglicherweise der beste Teil der Fahrt auf der Rolltreppe. Mein sich bewegender Schatten tauchte in der Ferne auf, glitt auf den Boden der Eingangshalle und fing an, sich über die sonnenbestrahlten Zeitschriftenstapel am Zeitungsstand zu falten: durch hölzerne Abteile getrennte Zeitschriften, so dick wie Lehrbücher – *Forbes, Vogue, Playboy, Glamour, PC World, M* – und so voller Anzeigen, daß es ein spritzendes Geräusch machte, wenn man durch ihre kühlen Hochglanzseiten blätterte. Angeregt von den hellen Strukturen und der Wärme, erschienen mir in schneller Folge vier deutliche Bilder, von denen mir drei vertraut waren und eins neu, wobei jedes das nächste auslöste. Ich malte mir aus:

1. die Linien des vanillefarbenen Schimmers auf den Einschweißrändern der Schallplattenreihe in meinem Wohnzimmer, wie sie mir abends erschienen, wenn ich von der Arbeit nach Hause kam;
2. eine weggeworfene Zigarettenschachtel, die noch in der Zellophanhülle steckt; insbesondere das Vergnügen, mit einem Rasenmäher darüberzufahren und funkelndes Plastik und Papier über das trockene Gras zu fetzen;
3. die in einen Mäher geratenen Überreste eines Tafelbrötchens, das ich eines schönen Sams-

tagmorgens auf dem Weg zur U-Bahn gesehen hatte. Es war ein Tafelbrötchen von der Größe einer Kartoffel gewesen, wie ich anhand der weißen Trümmer schloß, und als ich mich hinabbeugte, erkannte ich es als eins der geschmacklosen, liebenswerten Brötchen, die man beim Chinesen-Imbiß gratis dazubekommt. Es war da, wo es an dem Morgen auf dem steilen, zum Gehweg hin abfallenden Abhang (die Straße mußte irgendwann früher einmal verbreitert worden sein) gelegen hatte, übergemäht worden: während ich es betrachtete, stellte ich mir die aufflackernde Unentschlossenheit auf dem Gesicht des Mähenden vor: «Ein Stein? – Nein, ein Brötchen. – Anhalten? – Nein, nicht an diesem kniffligen Hang – Los, weiter», und dann das Absacken des Motorbrummens und das darauf folgende Kartenmisch-Klatschen, das statt eines chinesischen Tafelbrötchens in einem sauberen Kreis verteilte Schnittstücke zurückließ;

4. ein riesiges Stück Popcorn, das in den Tiefen des Alls explodiert. Diese letztere Vorstellung war mir einzeln noch nie erschienen. Ihr kurzes Auftauchen im Anschluß an die des gemähten Brötchens (ein Bild, das sich bei mir alle paar Monate einstellte) erklärte sich möglicherweise dadurch, daß ich zu Beginn der Mittagspause eine Tüte Popcorn gekauft und gegessen hatte.

DREIZEHN

Ich hatte nicht vorgehabt, eine Tüte Popcorn zu kaufen. Unter dem Ungestüm eines stiernackigen Mannes und einer gehetzten Frau hinter ihm war die Drehtür der Eingangshalle ein wenig zu schnell rotiert; als ich hinkam, nutzte ich den Schwung und schlüpfte ohne jeden zusätzlichen Kraftaufwand meinerseits durch mein Kuchenstück, wobei ich mir einen Ärmel aufkrempelte. Draußen war es Mittag. Mittag! Fünfzehn gesunde, jungenhafte, schlanke Bäume wuchsen aus dem Backsteinvorplatz vor meinem Gebäude ein kurzes Stück in den blauen Himmel hinein, und jeder warf ein Arrangement kartoffelchipförmiger Schatten auf seine runde gußeiserne Stammkrause. («Neenah Foundry Co., Neenah/ Wis.») Männer und Frauen saßen auf Bänken neben erhöhten Beeten mit dem vertrauten Büroimmergrün (ich glaube, Cotoneaster) in der Sonne und packten Köstlichkeiten aus blendend weißen Tüten aus. Straßenverkäufer langten in die Kastenfächer ihrer Wagen, klappten Metalltüren auf und zu. Das Heck eines Lasters mit gepolsterten Metallwänden war voller Sandwiches, Zapfhähne, Drake's Cakes und Dosen in Eis, und der Besitzer wechselte Geld aus der Geldorgel an seinem Gürtel, füllte drei Becher Kaffee auf einmal, ohne den Hahn dabei abzustellen, zeigte auf den nächsten Kunden, alles in weitausholenden, kreisenden beidarmigen Gesten, wie ich sie mir bei den Telefonfräulein vorstelle, die an den alten Handvermittlungen arbeiteten – er bediente eine Gruppe Arbeiter, die an einem Gebäude auf der anderen Straßenseite alles bis auf die I-Träger und die Vorderseite abrissen. Ich hatte Hunger, doch in dieser sonnenbeschienenen Mittagsstimmung brauchte ich etwas weniger Substantielles, etwas Luftiges, etwa eine Minidose Bluebird-Grapefruitsaft oder einen halben Pfeilwurzkeks oder drei Kapern, die auf einem Pappteller herumrollen, oder eben: Popcorn. Spontan ließ ich einen ganzen Dollar in die Hand der Popcornverkäuferin fallen und nahm eine durch zwei Ohren zugedrehte Tüte aus dem Speicher der gläsernen Popcornmaschine des Wagens mit den gemalten Lettern im Stil der 1890er darauf und den gelben Wärmlampen und der aufgehängten Knallkammer, aus der einzelne weiße Magenfüller durch eine mit einem Metallscharnier versehene Klappe hüpften, als vollführten sie eine Zirkusnummer für die Hohlköpfe, aus denen das Publikum bestand – und ich bekam kein Wechselgeld heraus; keinerlei Wechselgeld, das mir beim Gehen den Schenkel aufreiben würde oder am Abend die Untertasse auf meiner Kommode überquellen ließe! Wie nett von ihr! Während ich auf dem Weg zu CVS bei Rot über mehrere Straßen bummelte, wobei die unvermeidlichen zwei, drei Bröckchen pro Handvoll, die die

Aufnahmefähigkeit des Mundes überstiegen, auf meiner Spur zurückblieben, und während ich mich zwischen Autos, deren Lack aussah, als fühlte er sich heiß an, und Fußgänger(inne)n in weißen Blusen und weißen, kleingemusterten Oxford-Hemden hindurchschlängelte, kam ich mir selber irgendwie wie ein platzendes Popcorn vor: ein vertrockneter Bikuspidatus von amerikanischem Schrot und Korn, der in eine klare goldene, aus weniger glücklichen Kollegen gepreßte Flüssigkeit geworfen wurde und dann unter Hitzeeinwirkung im jähen Knall des Umspringens in die Gewichtslosigkeit urplötzlich aufblühen durfte; ein Asteroid aus Styropor, weit größer, dabei scheinbar von geringerer Masse als zuvor, bestehend aus Ausflockungen, die zwar die Begrenzungen ihres äußeren Panzers durchbrachen, gleichwohl aber vermittels der verschwindenden, zurückgebogenen gebräunten Blütenblätter (die später ihren Weg in den Raum zwischen Backenzahn und Zahnfleisch fanden) zu Paisley-Mustern, Baobabs und verwandten weißen Fibonaccia wurden, zu Formen, die geradezu brasilianisch und für ein so nordamerikanisches Korn unmäßig wirkten und trotz des abrupten Wechsels in ihren Endzustand, trotz des krampfartigen, knallenden «Pop» langsam angenommen schienen wie die von aufgegangenem Teig oder Höhlenpilzen.[1]

[1] Man sollte meinen, daß das Resultat einer derartigen Explosion Zeit bräuchte, sich auf einen Kühlständer zu setzen und fest zu werden, aber nein, man kann das Ergebnis unmittelbar darauf essen, oder man ißt es, nachdem es auf einer der hohen, gesalzenen Verwehungen gelegen hat, erwärmt von

Ich brauchte zehn Minuten zur CVS-Drogerie. Bevor ich hineinging, schob ich die Popcornreste in einen eckigen Behälter draußen, dessen Klappe klebrig war von Limonadegetränken: der Kniff war hier,

---

der flachen Heizbirne mit dem gelben Milchglasschirm und der mit reflektierendem schwarzem Material gestrichenen Rückwand, die winzige Kratzer aufweist, durch die die Wattleistung schimmert. Da ich jetzt den Popcorngeschmack brauchte, um mir die Erinnerungen an meine damaligen Betrachtungen zu bestätigen, schaute ich kürzlich im Küchenschrank nach und entdeckte eine alte Dose Jiffy Pop – nicht das neue Jiffy Pop für die Mikrowelle, sondern das alte Jiffy Pop in Aluminium, ein Relikt aus der großen Zeit des Aluminiums, als man es noch über den Truthahn deckte, es von der Innenseite von Kaugummipapierchen abfieselte, damit einfror, die Knitter mit dem Daumennagel glättete, die letzten krossen Reste eines gebackenen Spinatsoufflés von Stouffer's von den geprägten und gewellten Rändern kratzte – und mehr als ein Relikt: Jiffy Pop war das schönste Beispiel für das Alu-Genre: eine Verpackung, angeregt von der Bratpfanne, deren Griff zugleich auch der Haken ist, an dem sie im Laden hängt, mit einem Mahlstorm spiralig aufgewickelter Folie darüber, die unter der subversiven Gewalt der explodierenden Körner ganz allmählich, zunächst durch den direkten Aufprall einzelner Körner und dann der allgemeinen, indirekten Steigerung des Gesamtvolumens der potenzierten Zellulose folgend, die Kuppel entfaltet, sich dabei in einer Entspiral-Bewegung langsam dreht und mit ihrer allmählichen Ausdehnung eine nachvollziehbare Zeitlupenversion dessen bietet, was jedes eruptierende Kornpartikel darunter unsichtbar und unvermittelt durchläuft. Wenn sich die Kuppel dann vollständig ausgebildet hat (ich merkte das, als ich sie über der Herdspirale schüttelte), erweist sich das Aluminium als erstaunlich dünn, dünner als Reynolds-Alufolie – und man erkennt, daß es dem ersten direkten Beschuß durch die Körner nur deshalb widerstehen konnte, weil es da noch durch seine Wirbel ver-

die Klappe mit dem, was man wegwerfen wollte, niederzudrücken und dann die Hand so schnell zurückzuziehen, daß die Klappe nicht darauf zurückschnellte, eine Technik, die in diesem Fall nicht perfekt funktionierte, weil das Behältnis zu voll war und ich meine Popcorntüte in den darin befindlichen Abfall pressen mußte, damit die Klappe wieder richtig zuschwingen konnte. Ich wischte mir Popcornsalz und -öl an der Innenseite meiner Hosentaschen von den Händen und trat in die Kühle des Geschäfts.

Ich hatte keine Ahnung, wo die Schnürsenkel waren, doch als regelmäßiger Kunde bei den CVS's in der ganzen Stadt betrachtete ich mich als Kenner ihrer Auslagen und ihres eigentümlichen Bezeichnungssystems. «augenpflege», «kopfschmerzen», «haarpflege» stand auf den von der Decke hängenden Plakaten, auf denen, vormals eingängig, inzwi-

---

stärkt war (mit Ausnahme der empfindlichen flachen Mitte). Zum Servieren riß man die dünne Folie in Dreiecken zurück, wodurch eine Blume erblühte, welche keine Biene je befruchten wird: die endgültige manieristische Unblüte, das zweite Derivat des ursprünglich geernteten Maiskolbens. Neben dem Jiffy Pop gab es, als ich heranwuchs, die etwas früheren Jolly Time und TV Time – ein Paar Plastikröhren, deren eine die Körner enthielt und die andere Backfett, das man in die Pfanne drückte –, und wir bekamen sogar einen Popcorn-Röster, der schwer zu reinigen war. Rückblickend aber erschien mir die Erfindung von Jiffy Pop so viel großartiger als jedes andere popcornverwandte Produkt einschließlich aller mikrowellengeeigneten, erschien mir gar als eines der herausragenden Beispiele menschlichen Erfindungsgeists in meinem Leben, so daß ich, nachdem ich ein paar Handvoll gegessen hatte, in die Universitätsbibliothek ging und den Namen des Erfinders, Frederick Mennen, in Erfahrung brachte, mir die

schen jedoch veraltet, die Großbuchstaben fehlten – doch wenige, so fand ich, wußten so wie ich, daß Ohrstöpsel in einem hinteren Gang, «erste hilfe» benannt, neben Nasenklemmen zum Schwimmen, Ace-Knieschonern, Cruex, Caladryl, Li-Ban Läusespray und den Regalen mit Verbandszeug lag. Ja, meine Vertrautheit mit den CVS-Läden rührte im wesentlichen daher, daß ich regelmäßig Ohrwatte kaufte. Pro Woche verbrauchte ich eine Schachtel oder mehr, und mit den Jahren hatte ich ihre ausgesuchte Plazierung liebgewonnen, weil sie implizierte, was oft zutraf, daß Hören ein Leiden war, ein Symptom, das der Heilung bedurfte. Zudem stand der Gang nie voll mit Pillenmusterern wie bei «kopfschmerzen», und die ganzen Packungen mit Verbandszeug und Pflastern daneben, noch immer vertrauenerweckend unverschweißt, mit Sonderformen für ungewöhnliche

---

wesentlichen Patente kopierte («...eingeknittertes Foliendeckblatt, das durch die Ausdehnung des Behälterinhalts vermittels Erhitzen erweitert wird...») und ein Bild von ihm aus dem Jahr 1960 fand, auf dem er in seiner Fabrik in La Porte/Indiana mit traurigen Augen lächelt, während Frauen in Laborkitteln hinter ihm das Fließband im Auge behalten. Das erste Patent erschien in der *U. S. Patent Gazette* im Jahr 1957, wenige Monate nach meiner Geburt. Bei der Information bekam ich Mennens Privatnummer und rief ihn an, um ihm zu gratulieren, dreißig Jahre nach dem Anlaß, und ihn zu fragen, worauf er stolzer sei, auf die Spiralpackung selbst oder auf die elegante Maschine, die er erfunden hatte und die die Packung mit der Spirale versah. Es klingelte sechsmal; jedes Klingeln machte mich schüchterner, und aus Sorge, er sei womöglich verstorben und es würde sich mit schwacher Stimme eine Witwe melden, legte ich auf.

Wunden und der Bonus-Reihe Minipflaster, die Erwachsene sogar bei ziemlich schlimmen Schnittverletzungen nahmen, wie man sie sich etwa zuzieht, wenn man einen vorgeschnittenen Bagel ganz durchschneidet, weil sie weniger auftrugen und weniger selbstmitleidig wirkten als die Standardgröße – diese Packungen erschienen mir als das Herz der ganzen Drogerie. Wenn man übrigens so ein Pflasterpäckchen öffnet, verströmt es einen Geruch (wie ich unlängst merkte, als ich für einen überraschend häßlichen kleinen Schnitt ein Pflaster benötigte[1]), der einen direkt in die Zeit zurückbefördert, als man vier war[2] – obwohl ich diesem olfaktorischen Erinne-

---

[1] Ich lieh mir das Pflaster aus dem Kasten in L.'s Wohnung – ich selbst besaß keinen Verbandskasten. Und sehr oft sieht man Frauen sehnsüchtig die Verbandszeugregale bei CVS betrachten; vielleicht denken sie: Wenn ich diese Pflaster kaufe, lege ich sie in mein Erste-Hilfe-Schränkchen, um die kleinen Wunden des guten Mannes zu versorgen, dem ich vielleicht irgendwann in der Zukunft begegne, und später sind sie dann für die Schürfwunden am Ellbogen der Kinder da, die ich mit ihm haben werde.

[2] In dem Alter stach ich einmal meinem besten Freund Fred mit einer Zickzackschere ins Genick, aus Wut darüber, daß er die komplette Vierundsechziger-Schachtel Buntstifte von Crayola – einschließlich der Gold- und Silberstifte – bekommen hatte und mich nicht die Schachtel genauer anschauen ließ, um zu sehen, wie Crayola den eingebauten Buntstiftspitzer unter den Streben für die Buntstifte stabilisiert hatte. Während der folgenden zehn Tage war Fred sehr unnahbar und probierte jede einzelne Pflastergröße und -form aus, die Johnson & Johnson herstellte (seine Eltern waren reich und konnten sich die Großpackung mit der ganzen Auswahl leisten, worunter auch Formen waren, die es, soweit

rungstrick nicht mehr traue, weil er mir wie ein Hardware-Virus im Nervengeäst des Geruchssinns vorkommt, wie eine untergeordnete Verbindung, die etwa zwischen Geruchssinn, Sehvermögen und Selbstsucht unterhalb der feineren Schichten von Sprache und Erfahrung liegt und von einigen Autoren fälschlicherweise zu etwas Wahrerem und Reinerem, zu etwas von geheiligterer Bedeutung als die gedankliche Erinnerung erhoben wurde wie die Sumpfmethanblasen, die ehrfürchtige Provinzler einst für UFOs hielten.

Ich benutzte oft Ohrstöpsel, nicht nur zum Einschlafen, sondern auch bei der Arbeit, weil ich herausgefunden hatte, daß die verstärkten Sensurround-Geräusche meiner Kiefer und Zähne und das Gefühl von Unterwasserfülle in den Ohren, dazu die Dämpfung aller äußeren Geräusche (selbst das Ausdrucken meiner Rechenmaschine oder das Schleifen eines Blatts Papier über ein anderes) meine Konzentrationsfähigkeit unterstützten. Manchmal, wenn ich den ganzen Tag lang leidenschaftliche Memos für das gehobene Management schrieb, hatte ich am Vor- und am Nachmittag Stöpsel in den Ohren – sogar auf der Herrentoilette, und nahm nur zum Telefonieren einen heraus. In der Mittagspause hatte ich sie nie

---

ich weiß, heute nicht mehr gibt); er weigerte sich, mir die (sehr unbedeutende) Wunde zu zeigen, und spannte mich mit meiner Schuld und meiner Neugier auf die Folter, indem er noch lange, als ich schon überzeugt war, daß da nur noch ein schwaches weißes Narbensternchen war, das kleinste Pflaster, ein winziges, fleischfarbenes Spiegelei, eins Komma zwei Zentimeter im Durchmesser, darauf ließ.

drin; eine mögliche Erklärung dafür, warum meine Gedanken über Mittag eine andere Art von Oberton hatten: das lag nicht nur am Sonnenlicht und den sauberen Brillengläsern, sondern auch daran, daß ich die Welt zum erstenmal, seit ich am Morgen zur U-Bahn gegangen war, wieder deutlich hörte. (Ich hatte sie auch in der U-Bahn drin.) Ich benutzte Flents Silaflex Silikonohrwatte. Diese hervorragenden Stöpsel sind erst seit ungefähr 1982 überall erhältlich, jedenfalls in den Geschäften, die ich aufsuche. Davor benutzte ich die alten Flents-Pfropfen in der orangen Schachtel – sie waren aus wachsgetränkter Baumwolle, und sie waren riesig: man mußte sie mit einer Schere halbieren, um eine Form zu bekommen, die auch hielt, wenn man sie hineinknetete, und dann bekam man von dem rosa Paraffin fettige Finger. L. fand sie scheußlich, und wenn ich sie einmal auf dem Fensterbrett neben ihrem Bett liegengelassen hatte, tat sie sie in eine leere Pastillendose mit einer ländlichen Szenerie darauf – und ich kann es ihr nicht verdenken. Dann tat sich allmählich eine Firma namens McKeon Products auf dem Markt hervor und bot Mack's Pillow Soft® an – durchsichtige, gelartige Kittklümpchen, die das Ohr so vollständig versiegelten, daß das Trommelfell ein wenig schmerzte, wenn man den Druck der Finger löste, weil sie im Gehörgang ein leichtes Vakuum erzeugten – ein Vakuum! Wir alle wissen, wie schlecht ein Vakuum den Schall leitet! Diese neuen Stöpsel blockten also nicht nur Schallwellen ab, sie veränderten auch noch die Toneigenschaften der Luft, die in dem Gang steckte! Ihr Ruhm verbreitete sich wie ein Lauffeuer von Drogeriekette zu Drogeriekette. Ich trug sie, bis ich nicht mehr wußte, was ein richtiger Ton war. Flents hielt kräftig dagegen und propagierte sein schickes Silaflex-Modell – eine fleischfarbene zylindrische Version von Mack's –, während es die alten Wachs-und-Baumwolle-Schneckennudelungeheuer nach und nach aus dem Verkehr zog. Die Silaflex-Stöpsel wurden ebenso wie die von Mack's in einem aufschnappbaren Plastikdöschen angeboten, ähnlich einer Schnupftabaksdose; ich trug die Dose in der Hemdtasche mit mir herum, damit ich immer neue Ohrstöpsel hatte, wenn ich welche brauchte. Vielleicht aus Angst vor einem Prozeß fuhr Flents fort, das neuere Produkt übergroß herzustellen – obwohl auf der Packung «3 Paar in handlicher Speicherbox» stand, riß ich weiterhin jeden Zylinder entzwei und bekam dadurch sechs komplette Sets. Im Bett gab ich L. einen Gutenacht-Kuß, während sie gerade die Ereignisse des Tages in einen Spiralblock eintrug, und dann wählte ich einen verheißungsvollen gebrauchten Stöpsel aus der Sammlung auf meinem Nachttisch und drückte ihn in dasjenige Ohr, das als erstes zur Decke zeigen würde. Wenn sie mich noch etwas fragte, nachdem ich den Stöpsel schon eingesetzt und mich auf die Seite gedreht hatte, mußte ich den Kopf vom Kissen heben und somit das untere Ohr entblößen, um sie zu hören. Früher hatte ich versucht, mit Ohrstöpseln in beiden Ohren zu schlafen, um schallfrei zu sein, wenn ich mich im Schlaf umdrehte, gleich, welches Ohr nach oben kam, doch dann schmerzte das Kissenohr in den frühen Morgenstunden; also lernte ich, immer wenn ich mich umdrehte, den einen warmen Stöpsel im Schlaf von einem Ohr ins andere zu verlegen. Inzwischen hatte L. sich damit abgefunden, daß ich Ohrstöpsel benutzte; manchmal wollte sie besondere Zärtlichkeit demonstrieren, holte die hölzerne Toastzange, nahm damit einen Ohrstöpsel auf und ließ ihn in mein zur Decke gewandtes Ohr fallen, bevor ich dazu gekommen war, es zu tun, und knetete ihn dann zurecht, wobei sie sagte: «Siehst du? Siehst du, wie sehr ich dich liebe?»[1]

---

[1] Zum Einschlafen sind Ohrstöpsel unbedingt notwendig, danach jedoch, wenn man von Nachtängsten erwacht und das Gehirn in einem üblen fluoreszierenden Saft simmert, sind sie nutzlos. Während meiner ganzen Collegezeit schlief ich hervorragend, doch der neue Job brachte regelmäßig Schlaflosigkeit mit sich und dazu eine lange Periode des Ausprobierens, bis ich die Bilder fand, die mich am beständigsten wieder in den Schlaf lullten. Ich begann mit Montagnacht-im-Kino-Titelfolgen: ein Substantiv wie «MEMORANDUM» oder «CALAMARI» in riesigen, dreidimensionalen, geschwungenen, an den Rändern mit einem Chromfinish aus Linien und blinkenden Sternen abgehobenen Lettern, die über zwei Achsen rotierten. Ich wollte eingeschlafen sein, wenn ich durch das ausgedehnte O oder das Mansardenfenster des A hindurch war. Das ging nicht lange gut. In dem Glauben, substantiellere Bilder mit einem weniger abstrakten Muster aktivierten den Traumzustand eher, stellte ich mir vor, wie ich in einem flachen, schnellen Auto fuhr, in einem flachen, schnellen Flugzeug von einem Flugzeugträger abhob oder in einem überfluteten Kellergeschoß Wasser aus einem Handtuch wrang. Mit dem Flugzeug lief es noch am besten, aber es lief nicht gut. Und dann, ich war überrascht, daß ich nicht früher darauf gekommen war, erinnerte ich mich an die Konvention des Schäfchenzählens. In Disney-Zeichentrickfilmen läuft in einer Denkblase über einem Mann im Bett eine kleine Szene mit Schafen, die leichtfüßig über ein Drehkreuz oder einen Bretterzaun springen, während auf der Tonspur

Gleich neben den Ohrstöpseln waren die langnasigen weißen Flaschen mit Ohrschmalzlöser, die ich ungefähr einmal im Jahr kaufte. Immer wenn ich nach dem Schrillen des Weckers beim Entfernen des nächtlichen Ohrstöpsels merkte, daß ich danach auch nicht besser hörte, blieb ich im Bett und spritzte mir die kalte Carbamid-Peroxid-Lösung ins Ohr, lag reglos da und wartete darauf, daß eine fühlbare Bla-

---

Geigen eine sanfte 78er Platten-Stimme begleiten, die sagt: «Eins, zwei, drei, vier...» Ich dachte an Story-Konferenzen in den Disney-Studios damals in den goldenen Trickfilmtagen: an die Miene liebevoller Konzentration auf dem Gesicht des gebeugten Trickzeichners, wie er sorgfältig die Konturen eines schwebenden stilisierten Schafs ein Bild weiter auf seinem Bogen kolorierte, während warmes Licht von seiner Klemmleuchte am Zeichentisch über die Heftnadeln und das Abdeckband und den Spezialazetatstift in seiner Hand strahlte – schon war ich erfolgreich eingeschlafen. Doch obwohl die Disney-Version ihren Zweck erfüllte, fühlte ich mich unbefriedigt: gut, ich stellte mir Schäfchen vor, aber die Konvention, der ich genügen wollte, verlangte, sie zu *zählen*. Doch fand ich nicht, daß es einen Sinn hatte zu zählen, was offensichtlich immer dieselbe, ständig wiederholte Tricksequenz war. Ich mußte über den Film hinausgelangen und mir selbst eine Abfolge wirklich unterscheidbarer Schäfchen schaffen. Also peilte ich jedes einzelne auf seinem Weg zur Hürde an und hielt nach individuellen Kennzeichen Ausschau – ob es besonders auffällig eine Distel streift oder ein getrocknetes Bröckchen Erde am Unterschenkel hat. Manchmal band ich dem, das als nächstes springen würde, eine Nummer um und gab ihm einen Namen vom Kentucky-Springderby: Brunch Commander, Nosferatu, I Before E, Wee Willie Winkie. Und ich ließ es den Sprung ganz langsam ausführen, damit ich jede Phase studieren konnte – die Schmutzkrümel, die langsam durch die Luft auf die Linse zu-

sengärung einsetzte. Dann ging ich unter die Dusche. Allerdings war dieser Reagenzspritzer nicht so wirkungsvoll wie die wahnsinnige Warmwasserkanone aus Stahl, die Krankenschwestern benutzten: dieses Gerät hatte zwei Fingerhaken wie eine Spritze und einen Daumendrücker; es trieb einem einen fast unerträglichen Warmwasserstrahl in den Kopf und

---

flogen, die weichlippige Grimasse, die Wellenbewegung, die die Wolle bei der Landung durchlief. War ich da noch nicht weggetreten, fuhr ich zurück und rekonstruierte den ganzen Tag des Schafs; denn ich merkte, daß nicht der Sprung selbst, sondern die *Annäherung* an den Sprung den Schlaf herbeiführte. Manche Schafe hatten sich möglicherweise um Mittag etliche Städte weiter zerzaust und mürrisch zum Dienst gemeldet. Gegen zwei Uhr mittags, ich war im Büro und erwartete eine harte Nacht, hatte ich (so stellte ich mir vor) ein Telefonat mit einer der Schafverteilerinnen geführt: ob sie mir irgendeine Anzahl Schafe, nicht mehr als dreißig, vorbeischicken könne, die um 3.30 Uhr morgens vor meiner Wohnung zum Zählen erscheinen sollten. Der geübte Hirtenstab der Schafverteilerin schweift über die Herde und zeigt: «Du, du, du»; wieder und wieder gibt sie ihren nickenden Untertanen meine Adresse; und eine Viertelstunde später reist meine persönliche Herde mit einem Lieferschein ab, der bei Eintreffen zu unterschreiben ist. Den ganzen Nachmittag traben sie über Dorfanger, durchwaten Bäche und trotten Mittelstreifentäler von Schnellstraßen entlang. Während ich mit L. zu Abend esse, sind sie noch meilenweit entfernt, doch zur Schlafenszeit, um 23.30 Uhr, sehe ich sie schon durchs Fernglas, wie sie über eine Anhöhe kommen: winzige hüpfende Schemen neben einem perspektivisch verkürzten Red Roof Inn-Schild, noch immer im nächsten Bezirk. Und um 3.30 Uhr, wenn ich sie dringend brauche, kommen sie herangetollt, belebt von ihrer Reise: Ich lege den ungeschriebenen Dankesbrief, über dem ich geschwitzt habe, beiseite, trage die Schafe ein und bezahle sie,

spülte Unreinheiten in eine Bettpfanne aus, die man sich an den Hals hielt. Nachdem ich mir einmal so die Ohren hatte freidonnern lassen, hörte ich in Hertzfrequenzbereichen, wie ich sie vermutlich zuletzt als Neugeborenes gehört hatte; und das größte Vergnügen an dieser neuen Weizenfeldklarheit, die über den normalen Geräuschen lag, war, daß ich sie,

---

und die ersten beginnen schon, über die Bretter und Milchkästen, die ich draußen aufgeschichtet habe, hinwegzusetzen, man sieht die kleinen rosa Zungen, so strengen sie sich an, das Weiß ihrer Schafaugen tritt hervor; eins, zwei, drei... und nun bin ich ein sehr erfolgreicher Regisseur von Weichspülerwerbespots – die Agentur will flauschige Einstellungen von springenden Schafen; ihr Vlies muß im schwindenden Sonnenlicht golden schimmern, und das Grün der Landschaft muß unfaßbar prall sein. Ich shampooniere jedes Schaf eigenhändig; ich tröste die Weinenden; ich lese der versammelten Herde aus Kardinal Newmans *Vorstellungen von einer Universität* vor, um ihre Zielstrebigkeit und ihre Würde zu steigern, und ich demonstriere ihnen, wie ich es möchte, daß sie ihren plumpen Torso durch die Luft *schleudern*, die Hinterbeine zu einem zusätzlichen Stoß *hoch*ziehen, die Köpfe um der Dramatik willen zurück*werfen*, und immer, immer die Landung mit dem rechten Vorderhuf beginnen. Ich gebe ihnen den Einsatz durch ein zusammengerolltes Skript: «Okay, Nummer vier. Leichterer Tritt. Jetzt abstoßen. Hoch. Und die Hinterbeine! Mehr Zähne! Anspannung zeigen! Jetzt Nüstern blähen! Und aus!» Unlängst habe ich herausgefunden, daß mein letzter Sinneseindruck vor dem Wiedererlangen der Bewußtlosigkeit oft der schwindende Anblick eines einsamen Schafs ist, das, nachdem es meine Hürde überquert hat und erledigt ist, voller Erleichterung und freudestrahlend angesichts des Erreichten über ferne Hügel zu seinem nächsten Auftrag eilt, der darin besteht, für L., die neben mir mit ihren eigenen Sorgen wachliegt, in Zeitlupe über eine Kräuterrabatte zu springen.

wenn ich wollte, mit einem Paar Silaflex-Ohrstöpseln verkorken konnte. Indessen war es mir peinlich, eine Krankenschwester zu bitten, die Ohrenkanone bei mir anzuwenden, weil sie dann sah, wie der Schmutz aus meinem Ohr sprudelte, daher griff ich oft auf die weiße Do-it-yourself-Flasche CVS-Lösung zurück und stellte mich anschließend unter die Dusche, wobei ich den Kopf schräg darunter hielt, damit das heiße Wasser so direkt wie möglich in mein Ohr spülen konnte, und bis sechzig zählte.

Derlei unentbehrliche und Diskretion erheischende Waren verkauften also die CVS-Läden – es war eine Kette, die es sich zur Aufgabe gemacht hatte, die kleinen, teuren, hochspezialisierten Gegenstände anzubieten, die den menschlichen Körper für die menschliche Zivilisation in Schuß brachten. Hier warfen Männer und Frauen einander seltsame Blicke zu – ungewöhnliche Kräfte der Anziehung und verstohlenen Distanz waren am Werk. Hier wurden Dinge verkauft, deren Anwendung Nacktheit und Intimität erforderte. Es war mehr ein Geschäft für Frauen als für Männer, und doch konnten Männer ganz ungezwungen an Regalen entlangstreifen, die geringe, aber meßbare Curie-Grade von Zügellosigkeit abstrahlten. Man schlüpft an einer Frau vorbei, die gerade das Kleingedruckte auf einer Einweg-Vaginaldusche liest. Sie spürt, wie man vorbeigeht. *Prickel!* Eine andere grübelt über einer Dose Gleitcreme – wozu? Eine dritte überlegt, ob sie einen Wimpernformer von Revlon will, der aussieht wie eine Kreuzung aus einem Teesieb und einem mittelalterlichen Katapult. Schwere, gewölbte Seifen wie Basis oder Dove, obschon in schmucken eckigen

Schachteln verkauft, werden heute nacht zum Duschen aus ihrer Verpackung gezogen: ihre in Creme gegossenen Markenzeichen werden auf ihrem Weg über frauliche Oberarme und Bäuche abgetragen.[1] Als ich jünger war, als ich hätte sein sollen, stahl ich immer Damenbinden aus dem Karton zwischen den Schuhen im Schrank meiner Eltern, wo sie wie Tennispullover gefaltet in einer Schublade lagen, und ging damit ins Badezimmer, wo ich unter einigen Schwierigkeiten mit einem Bleistift oder einer Zahnbürste ein Loch in eine bohrte, dann meinen buntstiftgroßen Penis durch das Loch steckte und in die Toilette urinierte – und die CVS-Geschäfte haben etwas von dieser ungewissen, kindlichen Abartigkeit und Mittelbarkeit an sich, indem sie in einem öffentlichen Geschäft so viele Varianten des Privaten zusammenbringen. Selbst wenn man sich nur ein Nasenspray kaufen will oder, wie ich, einfach ein paar Schnürsenkel, spürt man das unterschwellig Verführerische: die Coppertone-Reklameplakate, mit denen die Wände tapeziert sind, quadratmeterweise gebräunte Schultern und Knie und Gesichter, auch Krazy Nails-Tapeten und Maalox- und Secret-Deodorant-Tapeten und Energizer-Batterien-Tapeten, die ganzen alten Reklameplakate, gestutzt und einander überlappend, hier und da von kreisförmigen Antidiebstahlspiegeln verdeckt. Zutiefst vertrauliche Namen flüstern einem von jedem Gang aus zu

[1] Es gibt kein gutes Wort für *Bauch*; ebenso gibt es kein gutes Wort für *Freundin*. *Bauch* verhält sich zu *Freundin* wie *Bäuchlein* zu *Geliebte* und wie *Abdomen* zu *Gemahlin* und wie *Taille* zu *petite amie*.

– Anbesol, Pamprin, Evenflo –, meisterliche Silbenspleißungen des Perversen und Gelehrten, das Muster einer jeden bunten Packung wiederholt sich in Stapeln zu vieren und acht und zehn auf dem Regal. Es war ein ganzes Istanbul des Medizinschranks, von der Straße abgeschirmt durch die Rotkreuzunschuld und die Reinheit des CVS-Zeichens.

Und da die Shampoos! War es denn wirklich noch nötig, die historische Vergangenheit von Tschandragupta von Pataliputra oder Harsha von Kanauj zu studieren, oder den Aufstieg der Chola-Könige von Tanjore und den Untergang der Pallawa-Könige von Kanchi, die einst die sieben Tempel von Mahabalipuram gebaut hatten, oder die endgültige Verwüstung und Vernichtung der großen Metropole Vijayangar, wo wir doch während der letzten zwanzig Jahre dieses großen Hindu-Erbes, des Shampoos, dynastische Verschiebungen, Wirbel und Schaum in Hülle und Fülle hatten? Allerdings. Doch waren emotionale Analogien zwischen der Geschichte der Zivilisation einerseits und der Geschichte des Innenlebens der CVS-Drogerie andererseits nicht schwer zu finden, wenn der Blick auf ein einstmals großes Shampoo wie Alberto VO 5 oder Prell fiel, jetzt in bedauernswertem Vasallentum im untersten Regal im Gang 1 B, überrannt von späteren Wellen von Mongolen, Moslems und Tschalukjas – Suave; Clairol Kräuteressenz; Du, Dein Haar Riecht Toll; Silkience; Finesse; und flaschenweise Akbaresque Flex. Das Grün von Prell ist für uns heute ein allzu simples Grün, das falsche Französisch im Namen erscheint kitschig, nicht chic, und wo es einst in meinem fernseherweichten Gehirn von der Eindringlichkeit und dem kehligen Timbre einer fraulichen Stimme aus dem Off umhüllt war, ist es nun längst im Niedergang begriffen, man sieht es kaum in der Werbung, nachdem es Jahr um Jahr durch die dichten, aber hygroskopischen Emulsionen unserer Wertschätzung gesunken ist, so wie die große absinkende Perle, die einmal in einem der großartigsten Werbespots dafür vorkam und demonstrieren sollte, wie phantastisch satt und sämig es war. (Ich *glaube*, der Spot warb für Prell – oder war es Breck oder Alberto VO 5?[1]) Ich erinnere mich an ältere Schwestern von Freunden, die diese alten Shampoos benutzten – besonders an eine, die gerade Alberto VO 5 und Dippity-do benutzt, die Haare auf ein paar rosa Schaumstoffwickler und drei RC-Coladosen gewickelt, und sich dann zum Frühstück an den Küchentisch gesetzt hatte, während wir

[1] Und war es das Prell-Konzentrat oder Head & Shoulders, wo der Duschenden die neue bruchfeste Tube aus den Fingern flutschte («Huch!»), über die gläserne Duschkabine sprang und vom Ehemann aufgefangen wurde, der sie verwundert betrachtete? *Geschmeidigkeit* – der romantische Aspekt dieser Vorstellung kehrte zurück, wenn ich einen Augenblick im Shampoo-Gang verharrte: ein so Harold-Geneensches Wort, geschaffen dafür, von Models gemurmelt zu werden, deren Haar wie das von Samantha in *Verhext* aussah. Und ich erinnerte mich an die Familie, die mehr aus Trauer als aus Wut dem Vater sagte, er möge doch bitte nicht seinen blauen Blazer tragen, wegen der Schuppen nämlich, bis er dann Head & Shoulders nahm (ein abstoßender Name für ein Shampoo, wenn man es sich überlegt, was man aber nie tut); und die Frau, die ein so aktives Leben führte, daß sie in der Privatheit des Fahrstuhls ein Aerosol-Dosen-Shampoo benutzte, die Fettigkeit wegbürstete und zwanzig Stockwerke höher mit Hochglanzsträhnchen ausstieg.

(neun Jahre alt) rohe Bermudazwiebeln zu Mittag aßen und dabei Fester-Bestertester-Taschenbücher lasen. Ich denke an die alten Product Manager, die wie weiland Proust aus dem Fenster starren und in Erinnerungen an die tollen Tage schwelgen, als sie noch riesige TV-Budgets hatten und alles wirbelte, während sie sich jetzt damit bescheiden müssen, Fachzeitschriften durchzublättern, um sich wie Outsider verspätet mit den neuen Haarpflegekreationen vertraut zu machen. *Bald würde niemand mehr wissen, daß sie für ihre Shampooflasche ein besseres Plastik eingeführt hatten, eine Sorte mit einer leicht fahlen Gewehrmetall-Stumpfheit anstelle des unangenehm lackledernen Reflexionsvermögens der damaligen Bemühungen um Transparenz; und daß sie ihr Produkt damit bis an die Spitze geführt hatten!* Irgendwann einmal, wenn alle gestorben sein werden, die eine bestimmte, nicht mehr hergestellte Shampoomarke benutzt haben, wird sie nicht mehr angemessen verstanden, nicht mehr korrekt in die gefühlte Peripherie des Lebens eingeordnet werden; statt dessen wird sie eine unter vielen kuriosen Plastikfläschchen in ländlichen Antiquitätenläden sein – nicht besser verstanden als ein an der Koromandelküste ausgegrabener Schmuckgegenstand aus dem neunten Jahrhundert. Ich bin nicht stolz darauf, daß die wesentlichen Ingredienzien meiner Gefühlsgeschichte heute bei CVS erhältlich sind. Das erscheint besonders verwirrend, da dieses mein Gefühl ausschließlich das des Betrachters war: Ich benutzte keines der großen Shampoos; statt dessen laugte ich zahllose Stücke Ivory-Seife auf meinem Haar aus (die Stücke wurden konkav, wenn sie kleiner wurden, und paßten sich so meinem Schädel an), und zwar noch mindestens ein Jahr lang, nachdem ich den Job im Zwischengeschoß bekommen hatte, bis mir langsam die Haare ausgingen und ich zu Johnson's Babyshampoo wechselte, die Jahre seifiger Rauheit ungeschehen zu machen, die, so dachte ich, vielleicht die Ursache dafür waren.

Mit dem alljährlichen Erscheinen neuer Produkte auf dem Markt wird der eigene ursprüngliche Shampoo-Pantheon bzw. der Zahnbürsten-, Automaten-, Zeitschriften-, Auto- oder Filzstiftpantheon schließlich von Neuheiten untergraben, und man merkt, wie man seine Bezugspunkte verliert und nicht mehr in der Lage ist, einen neuen Gegenstand in eine Vergleichsreihe vertrauter Markennamen zu integrieren, weil die anderen Namen ebenfalls noch unausgegoren und unassimiliert wirken. Was Shampoos betrifft, bin ich, glaube ich, soweit; endgültig hat mich die Flex-Familie zermürbt, und nun lebe ich ausschließlich in der Vergangenheit: falls nicht etwas Spektakuläres auf den Markt kommt, wird jedes Post-Flex-Produkt (wie dieses schwedische Birken- und Kamille-Zeug, Hälsa) für mich tot sein, außerhalb meines Lebens stehen, gleich, wie oft ich es im Regal sehe. Vermutlich gibt es theoretisch auch einen Punkt, an dem das Gesamtvolumen all der Miniaturhistorien jener bunten Mischung, die sich parallel in meinem Gedächtnis angesammelt hat und die einige der verschiedenen Gänge im CVS füllt und sogar einen kleinen Teil der Zivilisationsgeschichte als solcher umgreift, einen kritischen Punkt erreichen und mich saturiert machen wird, gleichgültig, unfähig, noch ein einziges Mal neue Begeisterung aufzubringen; das wird wohl der Fall sein, wenn die CVS-Geschäfte selber traurig und veraltet sind, so wie davor schon Rite Aids oder Oscos: wenn sich die roten Lettern und die zugehefteten weißen Tüten vor etwas verbeugen, das wir uns noch gar nicht vorstellen können, etwas noch Saubererem, elektrisierend Flottem.[1]

Bis dato allerdings ist die CVS-Drogerie näher am Puls des Lebens als, sagen wir, Crate & Barrel oder Pier 1 oder Restaurants, Nationalparks, Flughäfen, Forschungszentren und die Eingangsbereiche von Bürogebäuden oder Banken. Diese Orte sind die Romane der Epoche, CVS ist ihr Tagebuch. Und irgendwo in diesem Geschäft war, Tina zufolge, die es viel besser kannte als ich, ein Paar Schnürsenkel, das im Bestand für jenen schicksalhaften Tag bereitgehalten wurde, an dem die meinigen durchscheuerten und rissen. Zu meiner Enttäuschung offerierte der Gang mit dem Schild «fußpflege» nur Schachteln mit

---

[1] Und schon setzt die Verwirrung ein: die letzten paar Male, als ich ein CVS aufsuchte, *hefteten sie meine Tüte überhaupt nicht zu*, obwohl der Hefter unmittelbar neben der Kasse lag – sie waren dazu übergegangen, Plastiktüten mit zwei integrierten Trageschlaufen zu verwenden, die den Tüten das Aussehen des Oberteils eines Overalls verliehen, und dieses Plastik war unmöglich ordentlich zuzuheften. Ich möchte wissen, ob genaue Beobachtung und Zeit-Bewegungsstudien der Geschäftsleitung von CVS gezeigt haben, daß in Anbetracht der ständigen personellen Unterbesetzung der Geschäfte die höhere Zahl erfolgreicher Ladendiebstähle aufgrund ungesicherter Tüten von einem schnelleren Arbeitsdurchlauf bei den Kassiererinnen, die nicht mehr zusätzliche Sekunden auf das Heften verwenden mußten, mehr als aufgewogen wurde.

Hühneraugenpflastern, Hühnernaugenfeilen, Hühneraugen-/Schwielenentferner, Zehenkappenmanschetten, Mittel gegen eingewachsene Zehennägel und den Rest von Dr. Scholl's Sortiment. Ich schaute unter «strumpfwaren» nach, fand aber nur Strümpfe. Ich war schon drauf und dran zu glauben, daß CVS nicht vorrätig hatte, was ich brauchte, als ich in den mit «reinigungsmittel» bezeichneten Gang 8 A gelangte; da sah ich sie über Kiwi-Schuhcremedosen hängen, gleich neben Schwämmen und wollegefütterten Arbeitshandschuhen. Es war die CVS-Hausmarke, «Ersatzschnürsenkel» zu neunundsechzig Cent. Ein feines Rüchlein von Billigkeit weckte in mir den Verdacht, daß sie aus Kunstfasern gewoben waren; doch auf dem nebensächlichen Niveau von Schnürsenkeln konnte man wohl kaum Baumwolle erwarten. Eine Tabelle auf der Rückseite einer jeden Packung stellte eine Beziehung zwischen der Anzahl der Ösenpaare am Schuh und der Länge des benötigten Schnürsenkels her: ich zählte meine (fünf) und kaufte die Siebenundsechzig-Zentimeter-Größe. Meine Schuhe wirkten abgewetzt, und fast hätte ich noch eine Dose schwarze Kiwi-Politur dazugekauft – die Archaik des Dosendesigns zog mich an: es war amerikanisch, mindestens so gut wie die Olivenöl-Büchsen von Filippo Berio, und es bestand eine hübsche Ähnlichkeit zwischen dem Kiwi, der da in seinem weißen Halbkreis steht, und dem Pinguin in dem weißen Oval auf dem schwarzen Taschenbuch, das ich dabei hatte. Doch erinnerte ich mich daran, daß ich mehrere Dosen Kiwi-Schwarz zu Hause hatte – wirklich ein Wunder, dachte ich, daß Kiwi in diesem Geschäft überhaupt Geld machte, wenn man bedenkt, wie lange so eine Dose hält: sie verlor sich irgendwo in den Tiefen des Schranks, lange bevor sie aufgebraucht war.

Vor jeder Kasse stand eine Schlange. Ich studierte die Technik der Kassiererinnen und wählte die mir am geschicktesten erscheinende, eine Inderin oder Pakistani in einem blauen Pullover, obwohl ihre Schlange zwei Menschen länger war als jede andere, denn ich war zu dem Schluß gekommen, daß das Verhältnis der Kassiergeschwindigkeit einer schnellen, geschickten Eintipperin zu der einer langsamen, dummen drei Abwicklungen zu einer betrug, so unterschiedlich waren die menschlichen Fähigkeiten und die angeborene Intelligenz – sogar vier zu einer, wenn anspruchsvolle Abwicklungen hinzukamen wie Geldrückgabe oder das Auftauchen eines Artikels, dessen Preis im alphabetischen Ausdruck nachgesehen werden mußte, weil die Packung nicht ausgezeichnet war. Diese Inderin war ein echter Profi: Sie legte die Artikel in die Tüte, während sie sie eintippte, wodurch sie darum herumkam, alles zweimal in die Hand nehmen zu müssen, und sie wartete nicht ab, ob der Kunde den genauen Betrag zur Hand hatte: sie hatte gelernt, daß, wenn der Typ sagte: «Moment, ich glaub, ich hab's passend!», die Wahrscheinlichkeit groß war, daß sich nach dem ganzen Angeln und Handtellerzählen das Münzsortiment als unzulänglich erweisen und er sagen würde: «Tut mir leid, doch nicht», um ihr einen Zwanzig-Dollar-Schein zu reichen. Sie schloß die Kassenlade mit der Hüfte und riß den Bon fast im selben Moment ab, und wie sie den verchromten Griffhefter handhabte, der mit einer Kette am Kassenstand befestigt war, ließ auf dem Gebiet des Tütenzuheftens keine Wünsche offen. Sie kam erst in Schwierigkeiten, als sie der Frau vor mir (Pinzette, Vaseline Intensivpflege, Trident Kaugummi, nacktfarbene Strümpfe und eine Schachtel Marlboro Light 100s) herausgeben wollte und ihr die Dimes ausgingen. Die Münzrolle bestand aus dickem, verschweißtem Plastik. Es kostete sie zehn Sekunden gelassenen, ausdruckslosen Biegens und Brechens, vier Dimes in den Münztrog zu drücken.[1] Und trotz

[1] Ich verzieh ihr diese Verzögerung vollkommen: die Plastikmünzrollen stellten im Leben einer Kassiererin eine sehr unglückliche Entwicklung dar. Papiermünzrollen hatten etwas Schönes: interessante breiige Farben, weiches Papiertütenpapier, waren aber schwer durch die Masse des Geldes darin; und gute Kassiererinnen konnten sie an der Kante des Münztroges aufknacken und den gesamten Inhalt binnen fünf Sekunden hineinleeren. Und dennoch, als ich die Plastikrollen zum erstenmal sah (um 1980), war ich aufgeregt, war ich hoffnungsfroh: man konnte an den Rändern der aufgereihten Münzen viel leichter erkennen, um was für welche es sich handelte, und das Plastik war womöglich das Produkt einer wunderbaren Sortier-/Zähl-/Pack-/Bündelmaschine in der Bank. Doch Plastik, es sei denn, es ist unhandlich dick, reißt, anders als Papier, wenn es einmal eingekerbt ist (wie bei einer eingeschweißten Schallplatte) – und Kerben entstanden in großen, schweren Taschen mit Münzrollen zweifellos: die Verfechter der Plastikmünzrolle waren daher offensichtlich gezwungen, eine Dickte des Materials ihrer Wahl zu verwenden, die aus dem Leben einer Kassiererin eine Zeit periodisch wiederkehrender Verzweiflung machte, insbesondere, wenn sie lange Fingernägel hatte. Was hier gebraucht wurde, war eine Art Reißlasche über die ganze Länge der Rolle, ähnlich dem Faden beim Verbandpäckchen, nur daß es eben funktionierte.

dieses Rückschlags rückte ich mit meinen Schnürsenkeln schneller zu ihr vor, als es bei jeder anderen Kassiererin der Fall gewesen wäre. (Um die Wahrheit zu sagen, ich hatte sie schon früher beobachtet, wenn ich in dem Geschäft war, um Ohrstöpsel zu kaufen, und wußte daher schon, daß sie die schnellste war.) Ich brach einen Zehner an. Sie legte mir die Scheine in die Hand und ließ die losen Münzen in die von den Scheinen gebildete Kuhle fallen – die risikoreichste, gewandteste Art, wodurch ich eine Hand für die Tüte frei hatte und die zuweilen peinliche Berührung der warmen Hand eines Fremden vermieden werden konnte. Ich hätte ihr gern gesagt, wie flink sie sei, wie sehr es mir gefiele, daß sie die Bewegungen und Abkürzungen herausbekommen hatte, durch die Bargeldabwicklungen weiterhin vergnüglich blieben, doch es schien keine unpeinliche Art und Weise zu geben, dies zu übermitteln. Sie lächelte und nickte mir zeremoniell zu, und ich hatte meine Besorgung erledigt und ging.

VIERZEHN

Der Weg vom CVS zurück zum Büro erschien mir länger als der Hinweg. An einem Stand holte ich mir einen Hot dog mit Sauerkraut (eine Zusammenstellung, deren Schmackhaftigkeit mich jetzt noch erzittern läßt) und ging dabei schnell, um möglichst viel von den zwanzig Minuten, die mir von meiner Mittagspause noch blieben, zum Lesen zu haben. In einem Keksladen, an dem ich vorbeikam, waren keine Kunden; in weniger als dreißig Sekunden hatte ich für achtzig Cent einen großen weichen Keks mit Schokostückchen gekauft. Während ich fünf Blocks von meinem Gebäude entfernt auf Grün wartete, biß ich davon ab; sogleich verspürte ich ein starkes Bedürfnis nach Milch als Ergänzung und kaufte mir bei einem Papa Gino's auf die schnelle eine Viertelliter-tüte. Solchermaßen ausgestattet und ganz in Gedanken an die rituellen Aspekte des Eintütens, kehrte ich zu dem Backsteinplatz zurück und setzte mich auf einer Bank in der Nähe der Drehtür in die Sonne. Es war eine neo-viktorianische Bank aus schmalen Holzlatten, die auf kunstvoll geschwungenes Eisen geschraubt und grün gestrichen waren – die Art, die man heutzutage einen Tick zu niedlich finden könnte, zu jener Zeit aber ausgefallen und wunderschön fand, weil die Architekten damals erst allmählich von den niedrigen, scheußlichen Platten aus Gußzement oder poliertem Granit abkamen, die in derlei öffentlichen Bereichen über zwanzig regressive Jahre lang als Sitz-(oder Hock-, denn sie hatten keine Rückenlehne)gelegenheiten gedient hatten.

Ich legte die CVS-Tüte neben mich und öffnete die Milchtüte, wobei ich mir einen Zipfel der Tüte, die Donna mir gegeben hatte, unter den Schenkel klemmte, damit es sie nicht wegwehte. Von der Bank aus hatte ich einen Dreiviertelblick auf mein Gebäude: das Zwischengeschoß, ein dunkelgrünes Glasgitter mit vertikalen Marmorakzenten, war das letzte breite Stockwerk, bevor die Fassade sich verjüngte und nackenzerrend unter scheelen Blicken in blauen Dunst abhob. Der Schatten des Gebäudes hatte ein Ende meiner Bank erreicht. Es war ein idealer Tag, um ein Viertelstündchen zu lesen. Ich schlug das Penguin Classic am Lesezeichen auf (ein Kassenbon, den ich vorerst ein paar Seiten weiter nach hinten steckte) und nahm einen Bissen von dem Keks und einen Mundvoll Milch. So lange bis meine Augen sich umgestellt hatten, waren die Seiten blendende, unleserliche Hügel, getönt mit Nachbildern retinaler Violetts und Grüns. Ich blinzelte und kaute. Die separaten Identitäten des Keksbissens und des Schlucks Milch begannen sich angenehm in meinem Mund zu verbinden und zu erwärmen; ein weiterer, reiner Strom Milch spülte den süßen Brei hinunter.[1] Ich fand die Stelle auf der gleißenden Seite und las:

> Kurz, man bedenke, wie vergänglich und belanglos alles sterbliche Leben ist; gestern noch ein Tropfen Samen, morgen schon eine Handvoll Gewürz und Asche.

Falsch, falsch, falsch! dachte ich. Destruktiv und wenig hilfreich und irrig und völlig unwahr! – aber harmlos, sogar angenehm ernüchternd für einen

---

[1] Meine Mutter hatte eines Nachmittags, während wir beide am Küchentisch saßen (ich las «Dear Abby», während ich ein Erdnußbuttersandwich aufaß und dazu ein Glas Milch trank; sie las *Vorlesungen zur Philosophie der Sozialwissenschaften* für ein Seminar, an dem sie teilnahm), unvermutet gesagt, sie finde es nicht gut, wenn man von seinem Getränk trinke, bevor man das Gekaute hinuntergeschluckt habe – nicht, erklärte sie, als ich sie nach dem Grund fragte, weil man sich dadurch leichter verschlucke, sondern weil so etwas als ungezogen gelte; und das anscheinend auf subtilere Weise als die kindliche Grobheit, mit vollem Mund zu sprechen oder «mit den Lippen zu schmatzen» (eine Wendung, die ich bis heute nicht ganz verstehe); zwar setze man die anderen nicht unerfreulichen Anblicken oder Geräuschen aus, lasse aber doch zu, daß sie unerwünschte detaillierte Schlüsse bezüglich des glucksenden Vermengens und Mahlens zögen, das hinter den versiegelten Lippen vor sich gehe. Die Vorstellung, daß ich mich im Angesicht meiner Mutter am Küchentisch danebenbenommen hatte, schmerzte mich; nie wieder trank ich in aller Öffentlichkeit einen Schluck, wenn ich noch kaute, und mir drehte sich der Magen um, wenn andere es taten; da aber im Falle von Milch und Keksen Simultaneität wirklich das einzige ist, womit man von der mörderischen Süße des Kekses ablenken und die pepto-bismolische Käsigkeit der Milch tarnen kann, biß und süffelte ich, hier auf der Bank relativ unbeobachtet, munter drauflos.

Mann, der auf einem fischgrätengemusterten Backsteinplatz nahe bei fünfzehn gesunden, in regelmäßigen Abständen gepflanzten Bäumen und in Hörweite des Gummiächzens und Rauschens einer Drehtür auf einer grünen Bank saß. Ich konnte jeden brutalen Stoizismus einstecken, den wer auch immer austeilte! Statt aber weiterzulesen, nahm ich einen weiteren Bissen Keks und einen Mundvoll Milch. Das war das Problem mit dem Lesen: man muß immer genau an der Stelle weitermachen, wegen der man am Vortag die Lektüre beendet hat. Eine begeisterte Erwähnung in William Edward Hartpole Leckys *Geschichte der europäischen Moralvorstellungen* (auf die ich, als ich eines Samstags in der Bibliothek stöberte, wegen ihres ambitionierten Titels und der verschwenderischen Marginalität der Fußnoten [1] auf-

---

[1] In einer Fußnote etwa zitiert Lecky einen französischen Spinoza-Biographen dahingehend, daß der Philosoph sich ein Vergnügen daraus machte, Fliegen in Spinnennetze fallen zu lassen, und an dem anschließenden Kampf so viel Gefallen fand, daß er gelegentlich in schallendes Gelächter ausbrach. (*Geschichte der europäischen Moralvorstellungen*, Bd. 1, Seite 289.) Lecky benutzt dieses Schmankerl, um seine Behauptung zu veranschaulichen, daß verfeinerte Moralempfindungen eine Persönlichkeit oder eine Kultur nicht konsequent durchdringen; in einer Sphäre kann man beredsam tugendhaft sein, in einer anderen wiederum toleriert man Widerwärtigkeiten oder ist gar selber widerwärtig – vielleicht eine nicht unbedingt neue Feststellung, die aber, wie ich glaube, nie zuvor am Beispiel von Spinoza exemplifiziert worden ist. Auch Hobbes, so lesen wir in der Penguin-Auswahl aus John Aubreys *Lebensbeschreibungen*, Seite 228, stand während seiner College-Zeit («krähengeplagtes» Oxford) gern frühmorgens auf, um, anscheinend zum Vergnügen, Dohlen mittels einer klebri-

merksam geworden war) hatte mich vor dem vom Boden bis zur Decke reichenden Regal der Penguin Classics in der Buchhandlung während einer Mittagspause zwei Wochen zuvor innehalten und nach

---

gen Schnur zu fangen, wobei er als Köder Käse verwendete, und sie dann flügelschlagend und in der federzerstörenden Falle verheddert zu sich heranzuziehen. Du lieber Gott! Wenn unser Wissen von diesen Philosophen nun um derlei häusliche Anekdoten bereichert wird, kommen wir nicht um die Feststellung herum, daß unsere Wertschätzung für sie durch diese grausamen kleinen Marotten gelitten hat. Und Wittgenstein, so las ich einmal in einer Biographie, schaute sich gern Western an: jeden Nachmittag ging er sich stundenlang Schießereien und Pfeile in Brustkörben ansehen. Kann man jemandes Sprachtheorie ernst nehmen, wenn man weiß, daß er an hölzernen, drögen Western Spaß hatte? Schön und gut, ab und zu einmal – aber jeden Tag? Zwar haben diese winzigen Enthüllungen über drei Philosophen (von denen ich, um ehrlich zu sein, sehr wenig gelesen habe) zumindest vorübergehend jegliches Interesse gelähmt, das ich vielleicht gehabt hätte, mehr von ihnen zu lesen, dennoch dürste ich nach derartigen Detailkenntnissen. Wie Boswell sagte: «Auf dieser Reise trug er [Johnson] unterwegs Stiefel und einen sehr weiten braunen Tuchmantel mit Taschen, die fast zwei Bände seines Foliodiktionärs hätten aufnehmen können; und in der Hand trug er einen großen Stock aus englischer Eiche. Man sollte mich nicht dafür tadeln, daß ich solch kleinliche Details anführe. Alles an einem großen Mann ist der Erwähnung wert. Ich erinnere mich, daß Dr. Adam Smith uns in seinen Rhetorikvorlesungen in Glasgow erzählte, er freue sich zu wissen, daß Milton anstelle von Schnallen Riemen an den Schuhen getragen habe.» (Boswell, *Tagebuch einer Reise zu den Hebriden*, Penguin, Seite 165. Man stelle sich vor: *John Milton trug Schnürsenkel!*) Boswell liebte, ebenso wie Lecky (um zum Thema dieser Fußnote zurückzukehren) und Gibbon, Fußnoten. Sie wußten, daß die Außenfläche der

dem schmalen Bändchen mit Mark Aurels *Wege zu sich selbst* im obersten Regal greifen lassen, wobei ich den Schemel verschmähte, der zur Verfügung stand, den Finger über den oberen Rand des Buchs

---

Wahrheit nicht glatt ist, nicht von Abschnitt zu wohlgeformtem Abschnitt schwillt und sich sammelt, sondern mit einer rauhen, schützenden Rinde aus Zitaten, Gänsefüßchen, Kursiva und Fremdsprachen überzogen ist, einer ganzen Anmerkungskruste aus «Ibid» und «vergleiche» und «siehe», die den Schutzschild für den reinen Fluß der Argumente bildet, wie er für einen Augenblick in einem Geist lebt. Sie kannten die Vorfreude, beim Umblättern der Seiten durch einen Blick aus den Augenwinkeln zu erahnen, daß am Fußende in winziger Schrift der graue Schlick eines weiteren Beispiels oder einer näheren Bestimmung wartete. (Allgemeiner formuliert: sie waren sich darüber im klaren, daß die winzige Schrift insofern nützlich war, als sie die Lust erhöhte, Werke von obskurer Gelehrsamkeit zu lesen: typographische Dichte zwingt einen dazu, wie Robert Hooke oder Henry Gray über der Geschäftigkeit und Vertracktheit aufgezeichneter Wahrheit zu kauern.) Freudig entschieden sie, ob sie sich beim Lesen die Mühe machen sollten, eine bestimmte Fußnote zu befragen oder nicht, und ob sie sie im Kontext lesen sollten oder vor dem Text, an dem sie hing, als Horsd'œuvre sozusagen. Die Augenmuskeln brauchen, wie sie wußten, vertikale Routen; Rectus externus und internus werden benommen, wenn sie immer entlang der Zs, die man in der Grundschule lernt, hin und her wackeln: die Fußnote wirkt wie eine Weiche, die eine Modellbahnerbefriedigung bereithält, indem sie den Marsch der Gedanken an einer hochgestellten «1» abfängt und ihn, oft recht lange, durch stillgelegte Bahnhöfe und versunkene, tropfende Tunnel leitet. Die Digression – eine Bewegung weg vom *gradus*, d.h. der Aufwärtsbewegung des Arguments – ist manchmal die einzige Art, wie man gründlich sein kann, und Fußnoten sind die einzige Form graphischer Digression, die Schriftsetzer über die Jahrhunderte

hakte und zog, so daß es mir halb in die Hand fiel: ein dünneres Penguin als die meisten, Hochglanz, steif, tadelloser Zustand. Während früherer kurzlebiger Phasen der Begeisterung für die Klassiker hatte

---

sanktioniert haben. Und dennoch warnte das Stilblatt der MLA, das ich am College hatte, vor längeren, «essayartigen» Fußnoten. Waren die *bescheuert*? Wie weit kommt es *noch* mit der Gelehrsamkeit? (In späteren Auflagen haben sie diesen Makel entfernt.) Sicher, Johnson sagte bezüglich exegetischer Anmerkungen zu Shakespeare: «Der Geist wird durch Unterbrechungen eingefroren; die Gedanken vom Hauptthema abgelenkt; der Leser ist lustlos und ahnt nicht, warum; und wirft am Ende das Buch weg, welches er allzu fleißig studiert hat.» («Vorwort zu Shakespeare».) Doch Johnson bezog sich dabei auf den speziellen Fall des Kommentars eines Autors zu einem anderen – und wirklich, wessen Geist kühlt nicht um etliche Grade ab, wenn die Herausgeber der *Norton Anthology of Poetry* uns jedes potentiell verwirrende Wort, jede solche Zeile erläutern und dabei nicht begreifen, daß die Freude des Studenten an der Poesie zum Teil von obigem Dornengestrüpp von Substantiven, die er nicht ganz einordnen kann, und Anspielungen, die er nur zur Hälfte erkennt, herrührt? Ist es wirklich nötig, daß Tennysons «unzählbare und gewaltige Polypi» säuberlich in einer Fußnote als «3. Tintenfischähnliche Tiere» erläutert werden? Ist es denn nötig, daß uns auch noch der Titel dieses Gedichts («Der Kraken», abgedruckt auf den Seiten 338–339 der überarbeiteten gekürzten Ausgabe dieser Anthologie) wegerklärt wird? Und ist es nötig, daß der *erste Satz* von James' *Der Amerikaner*, der den «Salon Carré im Louvre» erwähnt, mit dem folgenden demoralisierenden Hilfsmittel zahngeseidet wird (und das ausgerechnet in der Penguin American Library-Ausgabe)?

1. Dieser Raum, das Herz der Gemäldegalerie in dem großen französischen Nationalmuseum, beherbergt neben Werken der alten Meister, die James im weiteren Verlauf erwähnt, Leonardos «Mona Lisa».

ich die Penguin Classics von Arrian, Tacitus, Cicero und Prokopius gekauft und nicht mehr als zwanzig Seiten davon gelesen – es gefiel mir, wie sie nebeneinander auf dem Fensterbrett standen, gleich über dem Regal mit meinen Schallplatten; sie gefielen mir schon deshalb, weil ich – ursprünglich hatten mich die Rückseiten von Plattenalben auf die Geschichte gebracht – das Schwarz der Classics mit Schallplattenvinyl assoziierte.[1] Lecky hatte Mark Aurel auf

---

Dagegen sind die großen gelehrten oder anekdotischen Fußnoten von Lecky, Gibbon oder Boswell, die der jeweilige Autor des Buches selbst verfaßt hat, um das, was er im Primärtext sagt, zu ergänzen oder über mehrere spätere Auflagen hinweg zu korrigieren, eine neuerliche Beruhigung hinsichtlich der Tatsache, daß die Verfolgung der Wahrheit keine klaren äußeren Grenzen kennt: sie endet nicht mit dem Buch; sich inmitten des alles umschließenden Meeres zitierter Autoritäten selbst zu berichtigen und zu widersprechen, all das geht weiter. Fußnoten sind die feineren Saugnäpfe, die es den Texttentakeln gestatten, sich an der breiter gefächerten Realität der Bibliothek festzuhalten.

[1] Die schwarzen Penguins gefielen mir auch deshalb, weil auf ihrer Titelseite eine biographische Notiz über den Übersetzer stand, ebenso klein gedruckt wie die biographische Notiz über die bedeutende historische Gestalt, die er ins Englische übertragen hatte, eine Paarung, die die unbedeutenden Übersetzerexistenzen in Dorset oder Leeds ebenso wesentlich erscheinen ließ wie die oftmals meuchelmörderischen, gehässigen und verschwörerischen Existenzen der Schriftsteller der Antike. Die Übersetzer von Penguin schienen häufig keine Akademiker, sondern Amateure zu sein, die nach ihrem Einser-Examen ein ruhiges Leben in der väterlichen Firma oder als Geistliche geführt und abends übersetzt hatten – möglicherweise war eine beträchtliche Anzahl von ihnen schwul: der vorzügliche, unaufdringliche Typ Mann, der

eine Art gepriesen, die seine Lektüre unwiderstehlich machte:

> Schwer geprüft von den bewegten Ereignissen einer neunzehnjährigen Regentschaft, über eine Gesellschaft herrschend, welche zutiefst korrupt war, und über eine Stadt, die für ihre Ausschweifungen berüchtigt war, ließ die Vollkommenheit seines Charakters selbst die Verleumdung verstummen, und die Volksseele erklärte ihn mehr zum Gott denn zum Mann. Es hat nur wenige Männer gegeben, über deren Innenleben wir mit soviel Gewißheit sprechen können. Seine *Selbstbetrachtungen* sind nicht nur eines der eindrucksvollsten Bücher in der ganzen Vielfalt der religiösen Literatur, sondern auch eines der wahrhaftigsten.

Und tatsächlich überwältigte mich gleich die erste Stelle der *Wege zu sich selbst*, die ich in der Buchhandlung wahllos aufschlug, mit ihrer Großartigkeit. «Offenkundig», las ich (das scheppernde Geräusch eines gespülten Kochtopfs, der gegen den Rand der Spüle schlägt, hallte mir im Kopf),

> offenkundig könnten keine Lebensumstände so gut der Praxis der Philosophie eingepaßt sein wie diese, in welchen der Zufall dich heute antreffen mag!

---

nach äußeren Maßstäben wenig erreicht, der uns aber die Zivilisation bewahrt, indem er auf eine vollkommen ausgewogene, zugängliche und überlegte Weise alles weiß, was es über diverse kurze Perioden der niederländischen Geschichte oder über die Blüte einer besonders reichen Tradition von Terracottaröhren zu wissen gibt.

Doing! Mir gefielen die feine Unbeholfenheit und das Archaische des Satzes, voller Wendungen, die heute keinem Menschen mehr leicht über die Lippen kommen, es aber einst taten: «Lebensumstände», «der Philosophie eingepaßt», «der Zufall dich antreffen mag», ebenso die unerwartete und dennoch passende Eile hin zu dem Ausrufezeichen am Ende. Vor allem aber fand ich, daß diese Behauptung ungeheuer wahr war und daß ich, wenn ich das Buch kaufte und lernte, wie man entsprechend diesem einen Satz handelte, in komplexe Bereiche des Verstehens eingeführt werden würde, selbst wenn ich nach außen weiterhin nichts anderes als vorher tat, zur Arbeit gehen, Mittag machen, nach Hause gehen, mit L. telefonieren oder sie über Nacht da haben. Wie so oft, gefiel mir dieser erste, entscheidende Satz besser als alles, worauf ich bei späterer Lektüre stieß. Ich hatte das Buch über zwei Wochen lang in der Mittagspause mit mir herumgetragen; sein Rükken war weniger vom Gelesen- als vielmehr vom Getragenwerden abgewetzt, wenngleich an ihm eine einzelne weiße Falzlinie hinunterlief, die das Buch automatisch auf Seite 168 aufschlug, auf der der «Lebensumstände»-Satz stand; inzwischen war ich ernüchtert, nachdem ich ziemlich viel darin herumgelesen hatte, und wollte es schon ganz aufgeben, war Mark Aurels unerbittliche und morbide Selbstverleugnung leid geworden. Diese letzte Sache über das sterbliche Leben, das nichts als Same und Asche ist, hatte ich an zwei aufeinanderfolgenden Tagen gelesen, und das war zuviel für mich. Ich legte den Kassenbon wieder in die Seite, wo er bis vor kurzem steckte, und klappte das Buch zu.

Noch wollte die Hälfte der Milch getrunken sein. Da ihr Geschmack mich wieder für sich gewonnen hatte, leerte ich die Tüte in einem Zug; und dann erinnerte ich mich an eine Angewohnheit aus der Kindheit: ich knüllte die Kekstüte, die aus dünnem, knittrigem Papier bestand, zusammen und stopfte sie in die Tülle der Milchtüte. Zehn Minuten blieben mir noch von meiner Mittagspause. Wenn ich schon nicht las, dann, so fand ich, sollte ich die Zeit damit verbringen, meine durchgescheuerten Schnürsenkel durch die neuen, soeben erstandenen zu ersetzen. Doch dafür schien die Sonne zu warm: ihr das Gesicht zuneigend, saß ich mit geschlossenen Augen da, die Arme auf der Bank ausgestreckt und die Beine vor mir an den Knöcheln gekreuzt, wobei ich jedesmal die Füße einzog, wenn ich jemanden in der Nähe gehen hörte, für den Fall, daß sie im Weg waren. Meine rechte Hand, die im Schatten lag, berührte die kühle Kuppel einer neo-viktorianischen Schraube; meine linke Hand, die in der Sonne lag, berührte heiße, glatte grüne Farbe; ein Strom vollkommenen, friedvollen Wohlbehagens begann von der Schattenhand zur Sonnenhand zu fließen, passierte dabei meine Arme und Schultern und wirbelte unterwegs noch mein Gehirn durch. «Offenkundig», wiederholte ich, wie um mich zu schelten, «könnten keine Lebensumstände so gut der Praxis der Philosophie eingepaßt sein wie diese, in welchen der Zufall dich heute antreffen mag!» Der Zufall traf mich an einem Tag an, an dem ich den ganzen Vormittag für meinen Lebensunterhalt gearbeitet hatte, an dem mir ein Schnürsenkel gerissen war, ich mit Tina geplaudert, erfolgreich in Firmenambiente uriniert, mir das Gesicht gewaschen, eine halbe Tüte Popcorn gegessen, ein neues Paar Schnürsenkel gekauft und einen Hot dog sowie einen Keks mit etwas Milch gegessen hatte; und der Zufall fand mich nun auf einer grünen Bank in der Sonne sitzend, ein Taschenbuch im Schoß. Was sollte ich, philosophisch gesehen, damit anfangen? Ich blickte auf das Buch hinab. Eine goldene Büste des Kaisers war auf dem Umschlag. Wer kaufte so ein Buch? Das fragte ich mich. Leute wie ich, sporadische Selbstverbesserer in der Mittagspause? Oder nur Studenten? Oder Taxifahrer, die etwas brauchen, womit sie ihre Fahrgäste überraschen können, ein Buch, mit dem sie vor dem Plexiglas wedeln können? Ich hatte mich oft gefragt, ob Penguin mit dem Verkauf dieser Taschenbücher überhaupt etwas verdiente.

Und dann dachte ich über die Wendung «mich oft gefragt» nach. Ich fühlte mich von Mark Aurel unter Druck gesetzt, mit der Philosophie an das dürftige Rohmaterial meines Lebens heranzugehen, und überlegte, *wie oft genau* mir die Profitabilität der Penguin Classics zu denken gegeben hatte. Lediglich zu sagen, daß man sich oft etwas fragte, gab keinen Hinweis darauf, ein wie wichtiger Teil des Lebens dieser Geisteszustand tatsächlich war. Trat er alle drei Stunden ein? Einmal im Monat? Immer dann, wenn eine Reihe von besonderen Umständen zusammenkamen, die mich daran erinnerten? Natürlich dachte ich nicht jedesmal über die finanzielle Situation von Penguin nach, wenn mir eines der Bücher unter die Augen kam. Manchmal hatte ich nur das Thema des jeweiligen Buches im Kopf, wobei mich zunächst nicht interessierte, von welchem Verlag es war; manchmal dachte ich daran, daß die orangefarbenen Rücken der Penguin-Romane in der Sonne ausblichen wie Trockenreinigungsplakate, und wie faszinierend es war, daß man eine Farbkombination, die ihrem Wesen nach so fragwürdig war wie jenes Orange, Weiß und Schwarz, als hübsch und feinsinnig empfand und sie eng mit unserer Vorstellung vom englischen Roman verknüpfte, nur weil zufällig jemand im Verlag beschlossen hatte, sie als Standardaufmachung zu verwenden. Manchmal erinnerten mich die orangefarbenen Rücken an mein erstes Penguin-Buch, *My Family and Other Animals*: meine Mutter hatte es mir eines Sommers geschenkt, und damals hatten mir nicht nur die Eidechsen, die Skorpione und der Sonnenschein gefallen, sondern als ich mich tiefer in den Seitenblock hineinlas, hatte auch ein kleingedruckter Code, der ungefähr alle zwanzig Seiten am unteren linken Rand der rechten Seite erschien, mein Interesse geweckt: «FOA-7», «FOA-8», «FOA-9» usw. Eine Art interner technischer Buchbinderjargon, so glaubte ich – «Facing Off Alternate 7» oder «Feed Onto Assembly 7» vielleicht. Viel später, als ich diese Zeichen in anderen Penguin-Büchern wiedersah und mir mitten in der Lektüre von Iris Murdochs *A Fairly Honourable Defeat* («F. H. D.-6» usw.) klar wurde, daß das nur die Initialen des Buchtitels waren, ein Kürzel, um bei der Herstellung ein Durcheinander zu vermeiden, spürte ich, wie ich dieses vormals ungelöste Rätsel rückwirkend in meine Liebe einschloß, spürte Dankbarkeit gegenüber Penguin, weil der Verlag uns dieses unabhängigere Set von Kilometersteinen zur Verfügung gestellt hat, mit dem wir unser Vorankommen in einem Buch messen können: denn wenn man etwa bis zu «F. H. D.-14» gelangt ist (weiter bin ich, das muß ich sagen, in dieser Murdoch nicht gekommen, sosehr ich sie auch mag), hat man den Eindruck, daß das Vorankommen eine objektivere Bestätigung erfährt, als wenn man lediglich bis zu einem neuen Kapitel vorgedrungen ist.

All diese besonderen Penguin-spezifischen Beobachtungen kehrten in unterschiedlichen Zyklen wieder und hatten daher mikroskopisch unterschiedliche Gewichtungen in meiner Persönlichkeit – und da schien es mir, als bräuchten wir eine Maßeinheit der «Periodizität» regelmäßig wiederkehrender Gedanken, und zwar ausgedrückt, sagen wir einmal, in Form einer Zahl, wie oft pro Jahr einem ein bestimmter Gedanke in den Sinn kommt. Die finanzielle Situation von Penguin gab mir vielleicht viermal im Jahr zu denken. «Eine Periodizität von 4» – das klingt wissenschaftlich. Einmal im Jahr, wenn die Musikberieselung auf Weihnachtslieder umgestellt wurde, dachte ich: «Komisch, daß ‹Stille Nacht, heilige Nacht› in Dur ist.» Jedesmal, wenn ich mir einen Zeh anstieß, dachte ich: «Erstaunlich, wie so ein menschlicher Zeh einen solchen Stoß aushalten kann, ohne zu brechen» – und ich stieß mir vielleicht achtmal im Jahr einen Zeh an. Ungefähr jedes zweite Mal, wenn ich eine Vitamin-C-Tablette nahm, fünfzehnmal im Jahr, dachte ich, während ich Wasser ins Glas goß: *«... livin' on reds, vitamin C, and cocaine ...»* Könnten wir jedem wiederkehrenden Gedanken, den jemand gedacht hat, auf diese Weise eine Zahl zuordnen, was wüßten wir dann? Wir wüßten um die relative Häufigkeit seiner Gedanken im Lauf der Zeit, mithin um etwas, das sich als erhellender erweisen würde als jede Erklärung seiner Ansichten, die er abgeben könnte, oder selbst als ein starres Segment verfügbarer potentieller Gedanken (wenn das möglich wäre) zu irgendeiner bestimmten Zeit. So wie die häufigsten Wörter im Englischen Routinewörter wie «of», «in» und «the» sind, drehen sich auch die häufigsten Gedanken um nichtssagende und leidige Dinge wie: «Jucken im Gesicht», «[flüchtiges Sexualbild]» und «Habe ich Mundgeruch?» Doch unterhalb der «of»- und «in»-Ebene des Gedankenvokabulars gab es eine ganze Liste von Gedanken mittlerer Häufigkeit. Ich stellte mir vor, daß sie die Form einer Tabelle einnahmen – etwa so:

Gedanken-gegenstand	*Häufigkeit eines Gedankens pro Jahr (in abnehmender Reihenfolge)*
L.	580,0
Familie	400,0
Zungeputzen	150,0
Ohrstöpsel	100,0
Rechnungen bezahlen	52,0
Dreirädriger Panasonic-Staubsauger, ist toll	45,0
Sonne macht fröhlich	40,0
Verkehrsfrust	38,0
Penguin-Bücher, alle	35,0
Job, soll ich kündigen?	34,0
Freunde, habe keine	33,0
Heirat, eine Möglichkeit?	32,0
Automaten	31,0
Trinkhalme lassen sich schlecht auspacken	28,0

Schimmer auf sich bewegenden Gegenständen	25,0
McCartney talentierter als Lennon?	23,0
Freunde klüger, fähiger als ich	19,0
Papierhandtuchspender	19,0
«Was oft gedacht, doch nie» usw.	18,0
Die Menschen sind sehr verschieden	16,0
Bäume, Schönheit von	15,0
Gehwege	15,0
Freunde sind meiner nicht wert	15,0
bei der Geburt getrennte eineiige Zwillinge, Studien von Charakterzügen	14,0
Intelligenz, rapide Abnahme von	14,0
Rollstuhlrampen, ihre irrsinnige Gefährlichkeit	14,0
Tötungsdrang	13,0
Erfindung der Rolltreppe	12,0
Die Menschen sind sehr ähnlich	12,0
«Aber nicht mit mir»	11,0
Trinkhalme schwimmen jetzt	10,0
Als DJ, wäre ich glücklich?	9,0
«Wenn du nicht kneifen kannst, knie dich rein»	9,0
Filzstift	9,0
Benzin, riecht gut	8,0
Kugelschreiber	8,0
Stereoanlagen	8,0
Angst, wieder überfallen zu werden	7,0
Hefter	7,0
«Kakerlaken kommen, gehen aber nicht mehr»	6,0
Tafelbrötchen, Vorstellung eines	6,0
Schuhe	6,0
Tüten	5,0

Butz, Earl	4,0
Fegen, Besen	4,0
Pfeifen, Jodelkniff	4,0
«Man schmeckt es mit den Augen»	4,0
Trockenreinigungsflüssigkeit, Geruch von	3,0
Reißverschlußzüge	2,0
Popcorn	1,0
Vögel würgen Nahrung hervor und füttern Junge damit	0,5
Kant, Immanuel	0,5

Doch die Liste zu erstellen war, wie ich merkte, als ich skizzenhaft im Kopf damit anfing, nicht der erwartete erhellende Abstraktionsprozeß: die Gedanken waren zu fließend, zu schwierig zu benennen, und, waren sie einmal benannt, zu klassifizieren, als daß meine Schätzung ihrer relativen Häufigkeit viel bedeutet hätte. Und es gab viele, viel zu viele davon. Doch diese Reihung der Periodizität als ein Ideal der Beschreibung war das beste, was ich an dem Mittag tun konnte. Die Selbstbeschau war die einzige einigermaßen philosophische Tätigkeit, zu der ich mich in der Lage sah, wie ich da auf der Bank in der Sonne saß und bis zur letztmöglichen Minute wartete, bevor ich wieder zurück an die Arbeit ging; und die Zuweisung der Häufigkeit erzwang zumindest eine wahrere Art der Selbstbeschau als die sperrangelweit offene Frage: «Worüber denke ich nach?» Die Menschen schienen einander so ähnlich, wenn man sich ihre Tagesabläufe vorstellte oder sie zu der Drehtür gehen sah (wie Dave, Sue und Steve, ohne mich zu sehen, es gerade taten), wenn man sich aber eine für jeden von ihnen erstellte detaillierte Gedankenhäufigkeitstabelle vorstellte und versuchte, eine

Tabelle mit der anderen zu vergleichen, dann käme es einem plötzlich so vor, als vergliche man Wesen, die so unterschiedlich waren wie eine Verlängerungsschnur und ein Weinrebenblattröllchen. L. sagte mir einmal, sie dächte «die ganze Zeit» (ich bat sie, genauer zu sein, sie sagte, ungefähr alle drei Wochen) an einen verwirrenden Witz, den ihr jemand erzählt hatte, als sie elf war, und der folgendermaßen ging: «Frage: Kennst du die Beschreibung der perfekten Frau? Antwort: [Hält die Hand hüfthoch] So groß, mit einem flachen Kopf, damit man sein Bier darauf abstellen kann.» Bis vor zwei oder drei Jahren, erzählte sie mir, hatte sie, seit ihrem zehnten Lebensjahr und oft gegen ihren Willen, mehrere Male pro Woche an ein gereimtes Rätsel denken müssen, das wie folgt lautete:

Als ich einst ging nach St. Ives Town
Traf ich 'nen Mann mit sieben Frau'n
Jede Frau hatt' sieben Säcke
In jedem Sack war'n sieben Katzen
Und jede Katz hatt' sieben Kätzchen
Kätzchen Katzen Säcke Frau'n
Wie viele gingen nach St. Ives Town?

Alle anderthalb Monate, erzählte sie mir, dachte sie mit Vergnügen an eine Beschreibung eines Zimmers in *Daniel Deronda*, in dem alles gelb war, wobei sie sich die hohen viktorianischen Zimmer vorher nie in einer solchen Farbe vorgestellt hatte. Und ich dachte an nichts dergleichen! [1] Sie und ich, wir kann-

[1] Was nicht mehr ganz stimmt. Seit sie mir das St.-Ives-Town-Rätsel erzählte, hat es auch auf meinem Karussell seinen Platz eingenommen: Mich bedrückt, daß die Lösung lau-

ten einander gut; wir fanden, daß wir uns in wichtigen Dingen ähnlich waren, uns als Tandem freuten oder nicht freuten, doch Tabellen sich wiederholender Gedanken und ihrer Periodizität ergaben für uns beide überraschend wenig Überlappungen im mittleren Häufigkeitsbereich.

Über der Periodizität einsamer innerer Gedanken stand, davon abhängig und doch auf einer Ebene für sich existierend, die Periodizität der Gespräche, am Telefon und von Angesicht zu Angesicht. Zwanzigmal pro Jahr redeten L. und ich darüber, daß Frauengestalten in Filmkomödien fast immer die Funktion der komischen Stichwortgeberin erfüllten. Fünfundzwanzigmal pro Jahr überlegten wir, wie es wohl gewesen wäre, wenn meine Eltern verheiratet geblieben wären oder ihre sich hätten scheiden lassen. Fünfzigmal pro Jahr redeten wir über die Auswirkungen der Promiskuität auf Weltsicht und Persönlichkeit unter Hinzunahme von Beispielen aus

---

ten soll: «Keiner, Doofi – der Mann kam *aus* St. Ives Town», weil man a) selbstverständlich unterwegs jemanden «treffen» kann, indem man ihn einholt und sich mit ihm unterhält; und b) ist die Zeile nicht dahingehend spezifiziert, ob der Mann auch wirklich sieben Frauen auf der Straße mithat oder ob lediglich die Verantwortung für sieben Frauen ein fester Bestandteil seines Lebens ist. Daher mache ich mir Sorgen darüber, wieviel Verwirrung ein derartiges Rätsel bei Kindern in Familien gestiftet haben mag, wo man sich Rätsel erzählte; ob ich als Kind diese Verwirrung gut gefunden hätte, wäre ich ihr (anstelle von, sagen wir, Jack und Spot und ihrem Wagen) ausgesetzt gewesen; was derjenige im Sinn hatte, der dieses Rätsel erfunden hatte; und welche Stellung im Leben er oder sie einnahm – darüber denke ich grob geschätzt neunzehnmal pro Jahr nach.

unserem Leben und aus dem ihrer Freundinnen. Jeden zweiten Tag erwogen wir, in welcher Stadt oder Gegend wir am liebsten leben würden und in was für einem Haus, wenn wir reich wären. Die Gleichstellung gesellschaftlicher Minderheiten hat eine Periodizität von 4; die Erblichkeit geistiger Eigenschaften eine von 12. Zweimal pro Sommer diskutierten wir darüber, ob Farben in der Natur sich beißen konnten. Wenn ein Thema wieder auftauchte, kam es uns bekannt, aber nebulös vor: fast immer kam es erst dann auf (das heißt, wurde als diskussionswürdig erachtet), wenn wir uns nicht mehr genau erinnerten, wie unsere jeweilige Meinung dazu gewesen war – wir erinnerten uns vage, unattributiv an die wesentlichen Argumente, die wir das letzte Mal vorgebracht hatten, verkehrten aber oft unsere Positionen, wobei jeder nun noch begeisterter die frischer erscheinenden Argumente vertrat, die der andere das letzte Mal vorgebracht hatte, und weniger überzeugt von den eigenen von damals war.

Und dann gab es auch Periodizitäten, die noch über der Gesprächsebene standen: landesweite Fünfzehnjahres-Zyklen journalistischer Ereiferung über dieses oder jenes Thema; generationsbedingte Korrekturen und pendelartige Überreaktionen; und darüber noch die Periodizitäten von Bibliotheken und Penguin Classics, die noch langsamer waren, ein Wiederaufleben und Nachlassen des Interesses an irgendeinem Untersuchungsansatz oder einem Denkstil von einem Jahrhundert zum nächsten, Neuformulierungen verschüttgegangener Wahrheiten in neuen Jargons.

Auf all diesen Ebenen, so glaubte ich, glich der

Wechsel zwischen Vernachlässigung und Aufmerksamkeit gegenüber einer Idee dem Kreislauf von Wachsen und Polieren, Abstumpfen und den Glanz erhöhen, Schichten schmirgeln und eine neue auftragen – auf den langen unüberwachten Strecken geschah einiges damit. Eben noch hatte ich, zum sechstenmal in zwei Arbeitswochen, meine Aufmerksamkeit einer satzlangen Idee von Mark Aurel gewidmet, ein, zwei Minuten lang, und sie dadurch für diese kurze Zeit aus der künstlichen Penguin-Lagerung in die aktive Erinnerung herausgeholt, und wenn sie mich nicht beschäftigt hätte, dann wäre sie während dieser Minuten für niemand anderes in der ganzen Stadt, womöglich sogar auf der ganzen Welt Gegenstand der Betrachtung gewesen. Heute war ich auch zum erstenmal seit zwanzig Jahren bei zwei getrennten Anlässen an den Vorgang des Schuhezubindens erinnert worden (drei Anlässe, wenn man den einen Augenblick währenden Stolz mitrechnet, den ich, kurz bevor der Schnürsenkel riß, empfand), ein Lebensalterdurchschnitt der Periodizität von ungefähr einem Zehntel Erinnerung pro Jahr, wenngleich diese Zahl irreführend ist, da der Durchschnitt einer Häufigkeit, so entschied ich, über einen kürzeren Zeitraum, etwa fünf Jahre, ermittelt werden sollte, damit er Aussagekraft besitzt, zumindest so lange, bis man gestorben ist. Es war unmöglich vorauszusagen, wer von den beiden, Mark Aurel oder die Schnürsenkel, bei meinem Tod in der Periodizitätsbewertung meiner Gesamtlebenszeit höher liegen würde.[1]

[1] Ich bin jetzt ziemlich sicher, daß die Schnürsenkel höher liegen werden. Während ich die vorliegenden Aufzeichnun-

Es war Zeit hineinzugehen. Die Finger meiner Sonnenhand fühlten sich klebrig an; ich rieb sie mit dem Daumen, bis sich ein winziger dunkelgrauer

---

gen jenes Mark Aurel- und Schnürsenkel-Mittags anfertigte, durchlebte ich einen harten Monat, in dem das Thema des Schnürsenkelbindens und des Schnürsenkelabriebs 325mal aufkam, während Mark Aurels Sinnspruch nur bei etwa 90mal rangierte. Ich habe starke Zweifel, ob ich mich je wieder auf eines der beiden konzentrieren werde, da nun beide Gedanken für mich erschöpft sind. Dieses unvermittelte spätere Aufflackern aber braucht man nicht zu berücksichtigen, da es sich dabei um künstliche duplikative Rückholungen handelt, die ausgeführt werden, damit man versteht, wie die früheren natürlichen Rückholungen zustande kamen. Der allerletzte Fall eines Schnürsenkelgedankens trug sich so zu: zufällig blätterte ich in meinem Büro durch die *Research Reports* 1984–1986 des Labors für Herstellung und Produktivität am Massachusetts Institute of Technology, und da sah ich, daß über das Thema der «Pathologie durchgescheuerter Taue» aktiv gearbeitet wurde. Das Forschungsprojekt wurde folgendermaßen beschrieben:

> Zahlreiche, für eine Vielfalt von Einsatzarten und Zeitdauer der Beanspruchung repräsentative Schiffstaue wurden auf der ganzen Welt gesammelt. Schemata mechanischer und chemischer Abnutzung wurden entdeckt und quantifiziert. Für spezifische Einsatzarten wurden vorherrschende Abnutzungsmechanismen nachgewiesen. Nunmehr werden Abnutzungsschemata für die Übertragung auf Strukturmodelle von Tauen zusammengetragen, um eine gültige Ausmusterungsstrategie zu entwerfen.

Es wurden also Abnutzungsschemata zusammengetragen! Eieiei! Abgesehen davon, daß ich für einen kurzen Moment beschloß, zu kündigen und bei diesem aufregenden Projekt neu anzufangen, fragte ich mich, ob S. Backers und M. Seos Ergebnisse, wie grob auch immer, auch auf den Fall meiner Schnürsenkel übertragen werden konnten. Zu meiner

Zylinder aus Popcorn-Öl, Stadtschmutz, Haut und Kekszucker bildete. Ich schnipste ihn weg. Das Datum auf meiner Hand war, wie ich bemerkte, noch

---

Überraschung besaß die Bibliothek nicht die angegebene Septembernummer 1985 der *Proceedings of the Third Japan-Australia Joint Symposium on Objective Measurement: Application to Product Design and Process Control.* Ich forderte einen Reprint an, doch in der Zwischenzeit trieb mich meine Ungeduld, weiterzusuchen. Ich merkte bald, daß es dumm von mir war zu glauben, die verdrehte Pathologie von Schiffstauen könne irgend etwas mit der gewebten Pathologie von Schnürsenkeln zu tun haben. Ich zog den Band 07.01 der gewaltigen Richtlinien der Amerikanischen Gesellschaft für Tests und Materialien zu Rate und fand eine Erörterung des Verfahrens und der Instrumentierung für Abriebtests von Textilien. Die abgebildeten Abriebmaschinen sahen aus wie in den dreißiger Jahren gebaut, doch im Reich des Abriebs, würde, so dachte ich, die bekannte Wirkung etablierter Testmaschinen wichtiger sein als eine verfeinerte Instrumentierung. Auch dies erwies sich als falsch. Ich wandte mich der Zeitschriftenliteratur zu und erfuhr darin von dem Microcon I, dem Instron-Dehntester, dem Beschleuniger-Abrieb-Tester und dem Stoll Quarter Master Universal-Abrieb-Tester oder SQMUAT. (Zu letzterem siehe *Textile Technology Digest*, 05153/80; Pal, Munshi und Ukidre vom indischen Cotton Technology Research Laboratory haben diese Maschine für die Bestimmung des Schnurabriebs bei Nähfäden angewandt.) Nichtsdestoweniger, wie H. M. Elder, T. S. Ellis und F. Yahya von der Fiber- und Textileinheit der Abteilung für reine und angewandte Chemie der Universität Strathclyde, Glasgow, schreiben, «...ist es zweifelhaft, ob überhaupt eine Maschine entwickelt werden kann, die in der Lage ist, die komplexen Vorgänge bei Abriebspannungen und deren jeweilige Proportionen nachzuvollziehen, denen ein Textilmaterial im Gebrauch unterworfen ist.» (*J. Text. Inst.*, 1987, Nr. 2, S. 72.) Diese schottische Skepsis war erfrischend, da sie bestätigte, was ich

immer zu sehen, aber nach dem nächsten Händewaschen würde es weg sein. Mit einiger Mühe schaffte ich es, die Papa Gino's-Tüte zusammenzudrehen und so fest zu knüllen, daß ich auch sie fast vollstän-

---

selber schon in jenen ersten Minuten in meinem Büro, nachdem mein zweites Schnürsenkelpaar gerissen war, geahnt hatte.

Und dann las ich bei der Durchsicht der 1984er Bände der *World Textile Abstracts* folgenden Eintrag 4522:

> **Methoden zur Auswertung des Abriebwiderstands und der Knotenschlupfstärke von Schnürsenkeln**
>
> Z. Czaplicki
>
> *Technik Wlokienniczy*, 1984, **33** Nr. 1, 3–4 (2 Seiten). Polnisch.
>
> Zwei mechanische Geräte für die Untersuchung des Abriebwiderstands und der Knotenschlupfleistung von Schnürsenkeln werden beschrieben und überprüft. Polnische Standards werden erörtert. [C] **1984/4522**

Ich stieß einen kleinen Schrei aus und schlug mit der Hand auf die Seite. Die Freude, die ich empfand, mag für manchen schwer nachvollziehbar sein. Da war einer, Z. Czaplicki, der *es wissen mußte!* Er würde das Problem nicht nach kurzem Überlegen mit einem Seufzer über die Komplexität und die menschliche Beschränktheit zu den Akten legen, wie ich es getan hatte, und Mittag machen – *er würde das Problem zu seinem Lebenswerk machen.* Sage mir keiner, daß er eine Direktive von der Zentrale erhielt, sich um ein haltbareres Webmuster für Schnürsenkel für den Exportmarkt zu kümmern. O nein! Ihm selbst ist eines Morgens der Schnürsenkel einmal zu oft gerissen, und statt daß er sich dann ein paar Ersatzsenkel in der *farmacja* an der Ecke kaufte und das Problem bis zum nächstenmal vergaß, hatte er eine Maschine konstruiert, Hunderte von Schnürsenkeln aller Art darauf eingespannt und sie im leidenschaftlichen Bemühen, eine genauere Vorstellung von den darauf einwirkenden Kräften zu bekommen,

dig in die Milchtüte stopfen konnte; ich empfand eine vage Befriedigung über das Von-Außen-nach-Innen dieser Leistung. Ich sammelte meine Sachen ein, meine zugeheftete CVS-Tüte und mein Taschenbuch, und stand auf. Die vollgestopfte Milchtüte warf ich weg; oder genauer, ich legte sie ganz vorsichtig auf die Spitze eines Hügels aus bienenumsummtem Mittagspausenmüll, der jeden Moment eine Öltonne daneben zu überschwemmen drohte, wobei ich Sorge trug, daß die Tüte wenigstens so lange hielt, bis ich weg war, indem ich sie ein paar Sekunden lang sachte mit den Fingerspitzen an ihrem unsicheren Platz stabilisierte. Den darunterliegenden Müll konnte ich nicht niederdrücken, wie ich es eine halbe Stunde zuvor vor dem CVS getan hatte, weil jegliche Anwendung von Druck den ganzen Hügel zum Einsturz gebracht hätte. Eine Biene erhob sich aus einem sonnenerfüllten Pappbecher, um aus ein bißchen Malzbier, das sie darin gefunden hatte, Slumhonig zu machen. Ich betrat die Eingangshalle und lenkte meine Schritte zu der aufwärts fahrenden Rolltreppe.

---

immer wieder aufs neue durchgescheuert. Und er war noch weiter gegangen – er hatte eine weitere Maschine gebaut, um damit zu bestimmen, welche Oberflächentextur auf dem Schnürsenkel am besten den Knoten hielt, damit die Menschheit sich nicht den ganzen Tag die Schuhe zubinden müßte und die Schnürsenkel vorzeitig verschleißen würden. Ein großer Mann! Erleichtert verließ ich die Bibliothek. Es wurden Fortschritte gemacht. Jemand befaßte sich mit dem Problem. Mr. Czaplicki in Polen würde am Ball bleiben.

FÜNFZEHN

Ganz am Ende der Fahrt fiel mein Blick auf eine Zigarettenkippe, die an der Kammplatte, wo die Rillen verschwanden, rollte und hüpfte. Ich betrat das Zwischengeschoß und wandte mich um, um sie noch kurz zu betrachten. Ihre Bewegung war eine schnellere Version der Rotation von Mayonnaise- oder Erdnußbutter- oder Olivengläsern oder von Orangensaft- oder Suppendosen am Ende eines Fließbands im Supermarkt, wo sich die Etiketten dann immer im Kreis drehen – Hellman's! Hellman's! Hellman's! Als ich klein war, hat mir der Anblick immer großen Spaß bereitet. Ich schaute den großen Silbergletscher hinab in die Eingangshalle. Unten stand der Mann vom Service. Ich winkte ihm zu. Er hielt seinen weißen Lappen kurz hoch und legte ihn dann wieder auf den Gummihandlauf.

33.90 / 20.6.91